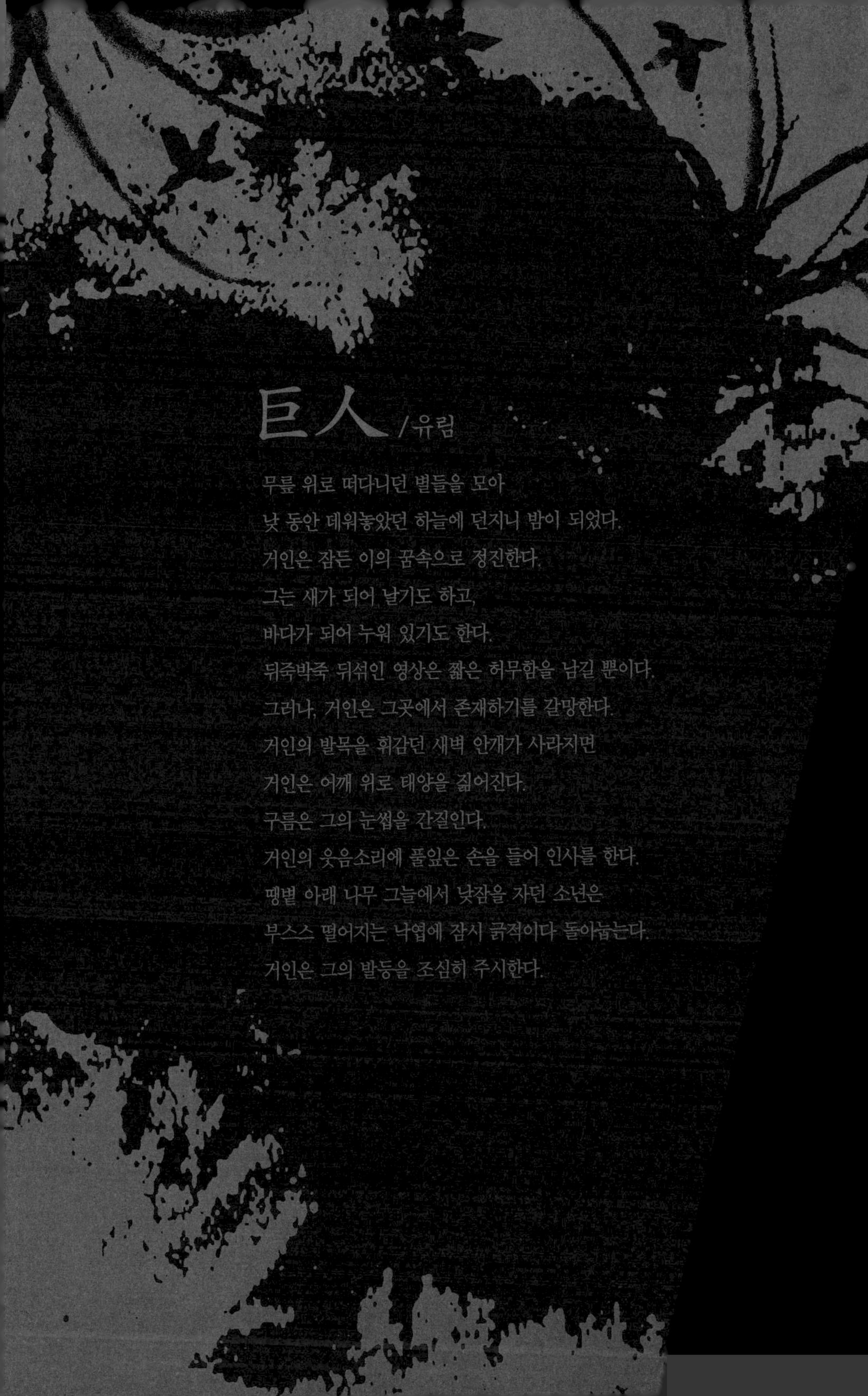

巨人 /유림

무릎 위로 떠다니던 별들을 모아
낮 동안 데워놓았던 하늘에 던지니 밤이 되었다.
거인은 잠든 이의 꿈속으로 정진한다.
그는 새가 되어 날기도 하고,
바다가 되어 누워 있기도 한다.
뒤죽박죽 뒤섞인 영상은 짧은 허무함을 남길 뿐이다.
그러나, 거인은 그곳에서 존재하기를 갈망한다.
거인의 발목을 휘감던 새벽 안개가 사라지면
거인은 어깨 위로 태양을 짊어진다.
구름은 그의 눈썹을 간질인다.
거인의 웃음소리에 풀잎은 손을 들어 인사를 한다.
땡볕 아래 나무 그늘에서 낮잠을 자던 소년은
부스스 떨어지는 낙엽에 잠시 긁적이다 돌아눕는다.
거인은 그의 발등을 조심히 주시한다.

광마도법

狂魔刀法

광마도법 2

백향목 新무협 판타지 소설

초판 1쇄 찍은 날 § 2005년 9월 13일
초판 1쇄 펴낸 날 § 2005년 9월 23일

지은이 § 백향목
펴낸이 § 서경석

편집장 § 문혜영
편집책임 § 이재권
편집 § 장상수 · 유경화

펴낸곳 § 도서출판 청어람
등록번호 § 제1081-1-89호
등록일자 § 1999. 5. 31
어람번호 § 제2-0700호

주소 § 경기도 부천시 원미구 심곡1동 350-1 남성B/D 3F (우) 420-011
전화 § 032-656-4452 팩스 § 032-656-4453
http://www.chungeoram.com
E-mail § eoram99@chollian.net

ⓒ 백향목, 2005

ISBN 89-5831-733-7 04810
ISBN 89-5831-731-0 (세트)

Fantastic Oriental Heroes

백항목 新무협 판타지 소설

광마도법

狂魔刀法

2

광룡무적

도서출판 청어람

목차

하얀 눈이 몇 송이씩 바람에 흩날렸다. 이틀 연속 내린 폭설로 천지가 백색 일변이었다. 바람에 팔락거리는 붉은색 옷자락. 칠 척에 육박하는 키에 백색 눈썹이 인상적인 미청년이었다. 온갖 알 수 없는 크고 작은 문자들이 붉은색 상, 하의 모두에 정교하게 수놓아져 있었고, 그 글자들은 은은한 빛을 뿜어내고 있었다. 그로 인해 청년의 전신에서는 마치 붉은색의 보석처럼 기묘한 빛이 감돌았다. 그는 입을 열어 말했다.

"대종사……."

바람이 그치자 조금씩 뿌려지던 눈송이도 더 이상 보이지 않았다. 고요하던 청년의 눈빛에 파문이 일었다.

"……."

청년의 삼 장 전면에 한 명의 인물이 나타났다. 이십대 후반으로 보이는 그자는 흑색 천마(天魔) 문양이 옷 전체를 앞뒤로 휘감듯 수놓아진 백의를 입고 있었다. 오직 마교의 교주인 엽무극만이 입을 수 있는 천마의(天魔衣)였다.

"서문소, 나를 찾은 이유가 뭔가?"

"말씀드릴 게 있어 찾았습니다."

서문소는 고개를 숙이며 무릎을 꿇었다. 그러자 엽무극은 인상을 찌푸렸다.

"네게 모든 것을 위임하고 처리할 권한을 주었다. 나의 휴식을 방해할 만큼 중요한 일인가?"

"파천도 팽우가 움직이고 있습니다."

순간 엽무극의 찌푸려졌던 인상이 굳어지며 그의 붉은색 동공이 마치 불이라도 붙은 듯 이글거렸다. 서문소는 일순 몸을 움츠렸다. 엽무극이 물었다.

"그는 어디에 있나?"

"서역에 있습니다. 팽가의 모든 세력이 서장(西藏)에 존재하고 있음이 밝혀졌습니다."

악마공자가 무림 전역을 쑥대밭으로 만들 때 정파의 세력 중 유일하게 피해를 입지 않았던 가문. 하북(河北)의 패자(覇者)이며 무림오대세가 중 하나인 하북팽가였다. 파천도(破天刀) 팽우는 하북팽가의 가주로 악마공자의 혈겁이 일어났을 때 그의 모든 가솔 및 무사들과 함께 자취를 감춘 신비의 인물이었다. 이후 마교천하가 되었을 때 단 한 번 행방을 드러냈을 뿐 그 뒤로는 종적이 묘연했다.

"서장이라……."

단 한 번의 만남. 악마공자와 괴수 군단을 퇴치한 후 마교천하를 위해 정파의 잔당들을 소탕할 때 십대마존의 호위를 뚫고 엽무극을 암습했던 인물. 그로 인해 엽무극은 대략 보름간을 휴양해야 하는 부상을 입었다. 물론 팽우 역시 엽무극의 천마혈인(天魔血印)이 가슴에 적중되어 중상을 입었으나 그 상황에서도 십대마존의 추격을 따돌리고 도주했던 것이다.

비록 그 당시 악마공자에게 입었던 상처가 완전히 회복되지 않은 상태이긴 했으나 자신에게 상처를 입힐 수 있는 자가 있으리라고는 상상도 못했던 엽무극은 혈안이 되어 팽우를 찾았다. 그러나 팽우와 수천이 넘는 하북팽가의 무사 중 단 한 명도 찾을 수 없었다.

엽무극은 서문소를 쳐다봤다.

"놈이 왜 그곳에 있는 것이라 생각하나?"

"서장을 거점으로 서쪽을 정복해 나가 세력을 만들 작정을 한 것 같습니다. 주군께서 조만간 제패하셔야 하는 천외무림(天外武林)을 노리고 있는 것이 분명합니다."

"천외무림?"

"이른바 천하 밖의 또 다른 천하입니다. 중원무림 못잖은 천외천(天外天)의 무림이 서방에 존재합니다. 그자는 대종사께 맞서기 위해 서방무림을 제패할 생각을 한 것입니다."

엽무극은 흥미롭다는 듯 잔잔한 미소를 머금었다.

"재미있군. 그러고 보니 언젠가 네가 말했던 천외천의 무림을 말하는 것이로군."

"그렇습니다. 그곳의 규모는 이곳 중원무림에 비해 훨씬 방대하고 넓습니다. 수십 개의 거대한 국가가 패권을 다투고 있지만 그것과는 무관하게 이곳 중원무림처럼 황실이나 국가와 상호불가침, 상호불관여의 관계를 갖고 있는 무림이 존재합니다. 그것의 유래 또한 무림처럼 아득한 고대로부터 이루어진 것이라 그 깊이를 알 수 없습니다. 온갖 기이한 무공과 술법들이 수없이 존재한다 들었습니다."

"조만간 팽우를 처치하고 서방무림을 접수하러 가야겠군."

"제 생각에는 팽우를 그냥 내버려 두는 것이 어떨까 싶습니다."

서문소의 눈이 서늘하게 빛났다. 그는 말을 이었다.

"어차피 팽우는 언젠가 대종사께 제거될 것입니다. 그때까지 충분히 이용할 만한 가치가 있습니다. 서방무림은 이곳과 달리 알려지지 않은 수많은 술법 등으로 인해 장악하려면 많은 피해가 속출할 것입니다. 차라리 팽우가 그곳을 장악할 때를 기다리는 것이 좋을 듯합니다."

그러자 엽무극은 인상을 구겼다.

"무척 재미없는 방법이로군."

"대종사께서 군이 직접 수고하실 필요 없습니다. 팽우가 모든 것을 이루었을 때 대종사께서 그것을 취하시면 될 것입니다. 특히 그동안 깊숙이 숨어 있던 정파의 잔당들도 팽우가 세력을 일으키면 그의 아래로 몰려들 것입니다. 그때 한꺼번에 모두 제거하십시오. 이를 위해 그의 세력에 사람을 심어두겠습니다. 능히 그 세력의 한 축을 장악할 만한 인재를 그의 밑으로 보내겠습니다."

"알았다."

엽무극은 고개를 끄덕였다.

"이제부터 나는 폐관에 들어간다. 모든 것을 위임할 테니 네가 알아서 하도록. 급한 일이 생기면 십대마존과 상의해라."

"존명!"

서문소는 오체투지하며 외쳤다. 그가 머리를 들었을 때 엽무극의 모습은 보이지 않았다. 서문소는 문득 미간을 찌푸렸다.

'대종사께서 설마……'

그러나 서문소는 이내 고개를 흔들며 자리에서 일어났다. 하늘에 가득했던 구름이 물러가고 눈으로 가득 찬 대지에 햇살이 내리비쳤다. 서문소는 문득 중얼거렸다.

"화옥……."

당당히 세력을 드러낸 것은 마교가 당장 공격하지 않을 것이라는 것을 확신해서였을 것이다. 어찌 보면 무모하기까지 한 확신. 그것을 생각하여 과감히 실행할 수 있는 자는 서문소가 아는 한 오직 한 사람뿐이었다.

"네놈이 그곳에 있는 줄 안다. 결코 네 뜻대로 되지 않을 것이다. 지금은 마음껏 네 능력을 발휘해라. 최후의 순간 네놈은 피를 토할 것이다."

서문소는 차갑게 웃었다. 그는 눈 위를 걸어 어디론가 사라졌다. 그가 걸어갔으나 눈 위에는 아무런 흔적도 남아 있지 않았다.

주목랑마(珠穆朗瑪).

눈을 뜰 수 없을 만큼 강한 바람. 사방 어느 곳을 둘러봐도 눈으로 뒤덮인 만년설산(萬年雪山)만 아득하게 보였다. 산 정상에 서 있는 두 명의 인물. 그중의 한 명은 키가 무려 구 척(九尺)에 육박하는 거대한 체구의 중년인이었다. 그는 극냉(極冷)의 바람이 몰아치는 이곳에서도 그저 흑색의 피풍의(皮風衣)만을 걸쳤을 뿐 우람하게 균형 잡힌 근육질의 팔뚝을 그대로 노출하고 있었다. 그의 피부는 은은한 금빛이었는데 햇살마저도 얼어붙을 냉기에 노출되고도 아무런 이상이 없었다.

그의 앞에는 다소 왜소한 체구의 청년이 서 있었다. 칙칙한 회색빛

도복을 입은 청년은 놀랍게도 눈[雪]보다 하얀 백색의 피부와 섬세한 이목구비를 가지고 있었는데 이는 절세미녀라도 가지기 힘든 아름다움 이었으나 창백한 안색 안에 음울하게 박혀 있는 백색 눈동자는 마치 동공이 없는 것처럼 하얗게 웃고 있었다. 팽우는 그런 그를 담담히 쳐 다봤다.

"정말 엽무극이 내가 이곳에 있는 것을 알고도 움직이지 않는다는 건가?"

"물론입니다."

"어찌 그것을 확신하지?"

"가주께서 서방무림을 장악하려는 것을 그들이 모를 것 같습니까? 가주께서 서방무림의 패자가 되었을 때 엽무극은 일시에 가주를 꺾어 서방무림을 장악하려 할 것입니다."

팽우는 순간 주먹을 꽉 쥐었다.

"돌아다니기 귀찮으니 한꺼번에 모아놓고 조지겠다는 말이로군. 제 기랄, 죽 쒀서 개 줄 수는 없다."

"현재 마교의 능력이라면 충분히 가능한 일입니다."

"닥쳐! 내가 그리 호락호락 당할 것이라 생각하는가?"

순간 팽우가 화를 버럭 내며 화옥을 노려봤다. 화옥은 움찔했으나 차갑게 웃으며 말했다.

"가주께서는 아직 엽무극의 적수가 아닙니다."

"니미럴! 네놈 입이라고 잘도 나불대는구나. 언젠가 그 입을 찢어놔 야 속이 풀리겠다."

"언제든 찢고 싶으면 찢으십시오. 어쨌든 중요한 것은 우리에게 기 회가 생겼다는 것이죠. 서문소가 제법 잔머리를 굴렸지만 한 가지 간과한 것이 있습니다."

살기등등한 팽우의 기세에도 불구하고 화옥은 담담히 말을 이었다.

"그는 서방무림을 과소평가하고 있습니다. 이것이야말로 우리에게 말할 수 없는 좋은 기회가 될 것입니다."

"서방무림의 힘이 그만큼 막강하다는 것인가?"

"물론입니다. 마교가 최강의 성세를 누리고 있고 마도의 거의 모든 세력이 그의 휘하로 들어갔습니다. 그 힘은 실로 가공하나 서방무림을 통합한다면 그에 능히 맞설 수 있을 것입니다."

"쉽게 말해서 서방무림을 통합하면 엽무극과 마교를 때려부술 만한 힘이 생긴다 이 말이로군."

팽우가 팔짱을 끼며 고개를 끄덕이자 화옥은 냉소했다.

"턱도 없는 소리 하지 마십시오. 엽무극을 이길 수 없는데 무슨 수로 마교를 때려부순다는 말입니까?"

"뭣이? 네놈이 좀 전에 분명 말하지 않았느냐? 서방무림만 통합하면 마교와 맞설 수 있다는 말이 그 말이 아니고 무엇이란 말이냐? 정녕 아가리가 찢겨져야 정신을 차리겠구나!"

"니미럴, 맘대로 하십시오. 서방무림을 장악하면 마교도 우리를 어찌할 수 없다는 말입니다. 중원이라면 모를까 아득히 먼 서방까지 마교의 고수들을 모두 데려올 수는 없다는 뜻입니다."

"그러니까 나보고 결국 중원에 들어가지 말란 말이로군. 서방에서 늙어 죽으란 말이 아니냐?"

화옥은 성의없이 고개를 끄덕였다.

"엽무극이 늙어 죽으면 갈 수 있겠죠."

"죽고 싶어 환장했구나!"

팽우가 주먹을 들어 올렸다. 그러자 화옥의 신형이 사라지며 삼 장 뒤에서 나타났다. 그는 손을 흔들며 말했다.

"가주, 진정하십시오. 사실 지금은 방법이 없습니다. 그러나 적어도 오 년의 시간 안에 무슨 방법이든 만들어야겠지요. 엽무극과 십대마존을 죽일 방법을 말입니다."

"네놈이 착각하고 있는 것이 있다. 엽무극 그놈은 제아무리 먼 곳이라도 찾아올 놈이다. 내가 피한다면 서방무림을 쑥대밭으로 만들고도 남을 놈이지. 제기랄! 악마공자 그 미친놈만 아니었어도 정파가 그리 허무하게 무너지지는 않았을 텐데."

"악마공자와는 무조건 손을 잡아야 합니다. 그러면 승산이 우리에게 있습니다."

"그놈은 뒈졌는데 무슨 헛소리야?"

화옥은 고개를 저었다.

"그는 죽지 않았습니다."

그러자 팽우의 안색이 굳어졌다.

"그게 무슨 말인가? 그가 죽지 않았다니? 그는 분명 엽무극에게 죽음을 당한 것으로 알고 있다."

"그저 제 느낌입니다만… 그는 죽지 않았습니다. 저의 이런 감은 틀린 적이 없습니다."

"네 감이 그렇다면 그럴 수도 있겠군. 너의 감은 틀린 적이 없었으니."

악마공자의 혈겁에서 하북팽가가 미리 피할 수 있었던 것도, 마교의 공격을 피해 이곳 서장에 숨은 것도, 십대마존을 따돌리고 엽무극을 암습할 수 있던 것도 모두 화옥의 특별한 감에서 비롯된 것이기에 팽우는 고개를 끄덕였다.

"좋다. 그럼 이제 이곳 서장의 세력부터 조지는 것이 어떻겠느냐?"

"훌륭하신 생각입니다."

"참, 그건 그렇고… 너 아까 나한테 니미럴이라고 하지 않았느냐?"

순간 화옥은 안색이 변해 뒷걸음질쳤다.

"가주, 지난 일입니다. 잊으십시오."

"너 같으면 그것을 잊겠느냐? 뒈져랏!"

팽우가 소리를 지르며 주먹을 휘둘렀을 때 화옥은 그 자리에 없었다.

"스승님, 부르셨습니까?"

"들어오너라."

여송은 담린과 지연을 방 안으로 들어오게 했다. 총기가 빛나는 두 소년 소녀가 들어와 공손히 포권했다. 여송은 부드럽게 웃었다.

"이곳 생활은 지낼 만하느냐?"

담린이 미소 지었다.

"재밌는 분들이 많아 무료하지 않고 즐겁습니다."

여송은 고개를 끄덕이고는 지연을 향해 물었다.

"연아 너는 재미가 없느냐?"

그러자 지연은 조금은 토라진 표정을 지으며 고개를 끄덕였다.

"스승님께서 많이 바쁘셔서 가르침을 주시지 않으니 무료하고 재미가 없어요."

"책을 읽으며 막히는 부분이 있느냐?"

"그런 것은 없지만……."

여송은 빙긋 웃으며 담린과 지연의 손을 잡았다.

"내가 할 일이 많아 요즘 너희들에게 소홀해 미안하구나. 오늘은 너희들과 함께 갈 곳이 있다. 그곳에 가면 한동안 나오지 못하니 옷가지 등을 채비하거라."

"알겠습니다."

담린은 지연과 함께 밖으로 나왔다. 숙소로 돌아와 옷가지를 챙기면서 담린은 생각했다.

'한동안 나오지 못한다니 어디로 가는 것일까?'

몇 벌의 옷과 서너 권의 책을 정돈하여 봇짐에 넣고 방을 나섰다. 전각들 사이로 난 길을 따라 걷고 있을 때였다.

"어이, 린아, 어디 가느냐?"

큰 체구의 험상궂은 대머리장한 장칠이었다. 담린은 미소 지었다.

"장 아저씨, 앞으로 한동안 못 보겠군요."

"아저씨가 아니고 형님이라 부르라고 몇 번을 얘기해야 들을 작정이냐?"

장칠이 짐짓 눈을 부라렸다. 담린은 생글거리며 대답했다.

"아무리 봐도 연세가 있어 보이는데 어떻게 형님이라 부르겠어요?"

"내가 네놈보다 겨우 여섯 살 많다고 몇 번을 얘기했냐? 엉? 아무래도 군기 좀 잡아야겠구나. 크흐흐, 너, 내가 얼마나 무서운 사람인지 모르나 본데 항주 거리에서 아무나 붙잡고 장칠이 누구냐고 한번 물어봐라. 모두 벌벌 떨며 대답해 줄 것이다."

장칠이 험상궂게 노려봤으나 담린은 오히려 역성을 냈다.

“어제 내기에서 졌다고 또 이리 속 좁게 나오다니. 게다가 내기에서 지면 행하기로 한 약속도 안 지켰잖아요.”

“뭐야? 내가 그깟 내기에서 좀 졌다고…….”

장칠은 갑자기 말을 멈추고 한쪽을 향해 허리를 꺾었다.

“나오셨습니까?”

“쯧, 네놈, 왜 린아를 괴롭히는 것이냐?”

철무생이었다. 장칠은 애써 미소를 지었다.

“헤헷, 괴롭히다뇨, 린아와 저는 매우 친합니다요.”

“무생 형님, 장 아저씨가 어제 저와 내기에서 졌다고 제게 화풀이를 했어요. 게다가 내기에서 졌는데도 약속을 안 지켰어요.”

담린은 울먹이는 표정으로 말했다. 순간 장칠의 표정이 사색으로 변했다. 철무생의 안색이 싸늘해졌다.

“사실이냐?”

“저… 그게 말입니다…….”

“닥치고, 무엇을 걸고 내기를 했는지 모르겠으나 냉큼 약속을 지키도록 해라.”

철무생이 다그치자 장칠은 똥 씹은 표정이 되어 머뭇거렸다. 그러자 철무생이 눈을 부릅떴다.

“어쭈, 네놈이 지금 내게 반항하는 거냐? 하긴 요새 워낙 바쁘다 보니 푸닥거리를 안 하긴 했지.”

“아, 아닙니다. 하겠습니다. 제발 푸닥거리만은 참아주십시오.”

장칠은 기겁하며 말하더니 담린에게 다가왔다. 그리고는 쭈그려 앉아 담린을 죽일 듯 노려봤다.

“약속대로 해라. 딱… 열 번뿐이다. 니밀.”

“알았어요.”

담린은 진지한 표정으로 고개를 끄덕였다. 철무생은 내심 무슨 내기를 했기에 장칠이 저리 죽을상을 하는지 궁금했다. 담린의 진지한 표정 앞에 쭈그리고 앉아 고개를 푹 숙인 장칠. 결코 범상한 내기가 아님이 분명했다. 그러다 철무생은 담린의 다음 행동을 보고는 웃음을 참지 못했다.

슬슬.

담린이 장칠의 대머리 부분을 손바닥으로 쓰다듬고 있었다. 장칠은 인상을 구기고 묵묵히 쓰다듬을 당하고 있었다. 정확하게 열 번을 쓰다듬고는 담린은 잽싸게 뒤로 물러난 후 정중하게 포권했다.

“그럼 장 형님, 무생 형님, 린아는 이만 가보겠어요.”

“너… 이… 네놈!”

장칠이 벌떡 일어나 담린을 잡으려 했다. 철무생이 말했다.

“린아, 어디를 가기에 짐까지 싼 것이냐?”

“스승님이 한동안 가 있을 곳이 있다고 채비를 하라 하셨어요.”

“음… 그래, 잘 다녀오너라.”

“예.”

담린은 장칠을 향해 씽긋 한 번 웃은 후 총총히 걸어갔다. 장칠은 철무생의 눈치를 살피며 어색하게 서 있었다. 철무생이 잠시 침묵하다가 말했다.

“그래, 아무래도 그 광마일백연무관에 들어가 수련을 시키려나 보군.”

“예? 광마… 그게 뭡니까?”

장칠은 고개를 갸우뚱하며 물었다. 철무생은 인상을 찌푸렸다.

"엊그제 보니 린이 또래 녀석들이 백 명 정도 장원에 들어오는 것 같았다. 그 녀석들도 연무관에 들어갈 것이 분명해. 안 되겠군. 이러다 애들한테 굽실거려야 할지도 모른다."

"예? 애들한테 굽실거리다뇨? 미쳤습니까?"

장칠이 황당한 표정으로 물었다. 철무생은 장칠을 노려봤다.

"닥치고 애들 집합시켜!"

그러자 장칠의 얼굴이 울상이 되었다.

"푸, 푸닥거립니까?"

"냉큼 집합 안 시키면 네놈은 특별히 손봐주겠다."

"아, 아닙니다. 지금 갑니다요."

장칠은 허겁지겁 한곳으로 뛰어갔다. 철무생은 중얼거렸다.

"애들한테 굽실댈 수는 없지."

며칠 후 손후가 여송을 찾아왔다. 여송이 말했다.

"어서 오게. 아이들은 적응 잘하고 있겠지?"

"예, 다들 자질이 훌륭한 것 같았습니다. 게다가 그중 몇 명은 무공의 기초가 튼튼한 아이들도 있어 기대해도 될 것 같습니다."

여송은 고개를 끄덕였다. 손후가 말을 이었다.

"그런데 철무생 공자가 부하 백여 명을 이끌고 연무관에 들겠다고 간청을 해 허락했습니다."

"대인께서 기뻐하시겠군. 그들도 무공을 익히려 마음을 잡았다니."

"예, 의욕이 상당합니다."

여송은 미소를 지으며 끄덕이다가 문득 물었다.

"그건 그렇고, 성과는 있었나?"

“예, 대인께서 장원을 떠나신 후 바로 연무관에 도전해 보았습니다. 물론 모두 통과하지 못했습니다. 한 달 동안 삼십 개 수련장을 통과했을 뿐입니다. 오늘 다시 가서 끝까지 통과하도록 하겠습니다.”

“자네의 무공이 결코 약하지 않은데 그리 오래 걸린단 말인가?”

“광마도법은 기본 개념부터 다른 무공입니다. 어찌 보면 무학(武學)이라 부르는 게 맞을 만큼 이론적으로 완벽하여 익히기가 쉽지 않습니다. 모든 쓸데없는 멋과 초식을 배제한 가장 실질적인 변화와 초식을 무(無)에서부터 시작하여 단계적으로 발전시켰습니다. 따라서 실전에 있어서 그 어떤 무공도 이를 따라오지 못할 것이 분명합니다.”

여송이 말했다.

“나도 대략 훑어보았네. 그러나 적어도 삼백 이상의 초식을 펼칠 수 있어야 절정고수 대열에 들 수 있고 또한 백 년의 내공이 필요하니 그림의 떡이더군. 그러나 십 년의 내공으로 충분히 구사가 가능한 일백 개의 초식, 그것을 바탕으로 삼 인, 오 인, 십 인, 백 인, 도합 네 종류의 도진(刀陣)을 펼친다면 능히 무림의 절정고수를 상대할 수 있을 것이란 생각이 들었지. 대인께서 안 계신 지금 그것을 발전시킬 자는 오직 손후 자네뿐이야.”

“예, 사부께서 무당과 연이 깊은 분이셨던 까닭에 검진(劍陣)에 대해서 저 역시 견식할 기회가 있었습니다. 사실 대인께서 설명을 자세히 적어놓으신 비급을 보고 백 초식을 모두 이론적으로 깨달았고, 그로부터 방금 말씀하신 네 종류의 도진을 창안했습니다. 그러나 이는 이론적인 것이라 제가 직접 백 개의 초식을 완벽하게 체득하여 도진을 보완할 계획입니다.”

“위력은 어느 정도까지 가능한가?”

"일백광마도진(一百狂魔刀陣), 즉 백 명이 펼치는 광마도진의 위력은 소림의 백팔나한진이나 무당의 태극검진을 능가할 것이라 장담합니다. 그러나 무림 최강이라 부르는 마교의 천마검진이나 수라도진에 비하여는 잘 모르겠습니다."

여송은 끄덕였다.

"그 정도면 훌륭하네. 첫술에 배부를 수는 없겠지. 앞으로 계속 보완을 해 나간다면 그것들을 능가할 수도 있을 것이야. 이제 그만 나가보게. 앞으로 한동안 얼굴 보기 힘들겠군. 나와 음서가 꾸준히 인재들을 연무관에 보낼 테니 수련 중에라도 틈틈이 돌아보며 그들을 도와주게나."

"알겠습니다."

손후가 밖으로 나간 후, 여송은 생각에 잠겼다.

"연무관을 통과한 무사들이 배출되려면 시간이 많이 필요하다. 일단은 음서와 상의하여 호위무사들을 좀 더 모집해야겠어."

며칠 전부터 수련을 시작한 담린과 백여 명의 아이들은 앞으로 몇 년 지나면 모두 훌륭한 무위를 발할 것이다. 그 아이들은 당장이 아닌 장원의 미래에 훌륭한 주역이 되어줄 소중한 인재들로 여송과 음서가 고심하여 뽑은 기재들이었다. 그들뿐 아니라 조금 있으면 매일 수 명에서 수십의 인재들이 연무관에 들 것이다. 그들 또한 장원의 정예 무사들이 될 소중한 인재들이었다.

"그들을 광마전사라 부르면 좋겠군."

광마전사(狂魔戰士).

광마일백연무관을 통과한 무사들에게만 주어지는 호칭이 될 것이다. 그들에게는 많은 특혜와 우대가 주어질 것이고 많은 무사들에게 선망의 대상이 될 것이다. 여송의 눈이 빛났다.

"서문 대형, 당신의 야욕으로 세상이 너무 어지럽소. 결코 당신의 뜻
대로 되지 않을 것이오."

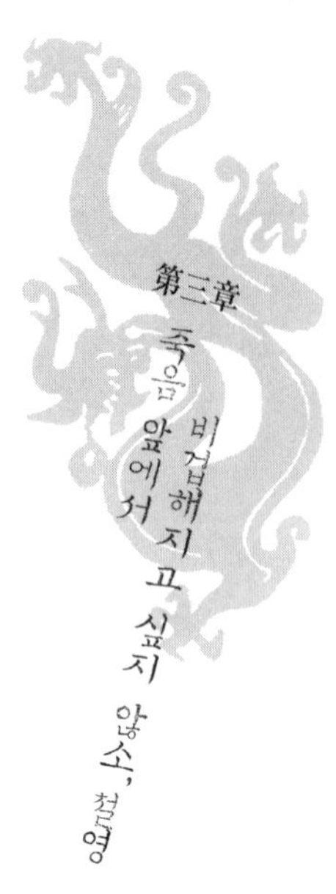

남경(南京) 외곽에 위치한 한 산의 정상.

이유강은 풍혼 위에 탄 채로 아래를 내려다봤다. 산기슭의 공터에는 수백의 무사들이 서로 뒤엉켜 싸우고 있었다. 깃발을 보니 흑웅방(黑熊房)과 적사문(赤蛇門)이라는 두 세력 간의 싸움인 것 같았다. 싸움은 매우 치열했고 피와 비명이 난무했다.

"어딜 가나 싸움이 그치질 않는군."

남경 지역에만도 수백여 개의 중소문파가 존재했다. 모두 마도에 속했고 마교에 충성한 상태였으나 그들 간에는 여전히 남경의 패권을 위한 암투와 분쟁이 그치지 않았다. 흑웅방과 적사문도 그들 중 하나였다. 특이하게도 마교에서는 이에 대해 아무런 제재를 하지 않았다.

오히려 그들 중 지역 패권을 장악한 자들에게 분타의 권한을 주고 원하면 마교 총단으로의 출세길도 열어주었던 것이다. 따라서 지역의 마교 분타란 그 지역의 가장 강한 세력을 의미하고 그것은 언제든 뒤바뀔 수 있었다. 새로운 세력이 그 분타를 공격해 무너뜨리고 마교에 충성을 맹세하면 마교는 그 새로운 세력에게 분타의 권한과 특혜를 내려주는 것이었다.

즉, 마교에 반기만 들지 않는다면 무슨 짓을 하든 전혀 상관하지 않았다. 힘의 논리에 의해 약한 자가 도태되는 것은 너무나 당연한 일이었다. 따라서 이전에는 정파의 세력들로 인해 잠정적으로 서로 협력했던 마도 문파들끼리도 각 지역의 패권을 장악하기 위해 서로에게 칼을 뽑기 시작했다.

물론 그중에는 정파였다가 마도로 전향한 문파들도 상당수 있었다. 그들은 마교에 충성을 맹세했으므로 마교로부터 공격을 당하지는 않았으나 지역 마도 세력들 사이에서 생존하기가 결코 쉽지 않았다. 결국 그들도 약육강식, 적자생존의 논리에 따라 살아남기 위해 숱한 전쟁을 치르고 지역 패권을 장악해 마교 분타로 인정받기 위해 수단과 방법을 가리지 않았다.

"대단한 자들이야."

이유강은 엽무극과 서문소를 생각하며 내심 마음이 무거워졌다. 저들이 저렇게 싸우는 한 마교는 절대 권력을 계속 유지할 것이다. 그 누구도 마교에게 칼을 들이댈 생각을 하지 못하도록 세력들 간의 분쟁을 조장하고 있음이 틀림없었다. 하나의 문파가 사라지면 또 다른 문파가 새로 생겨나고, 무림 세력들의 저러한 분쟁은 끝이 없을 것이다. 마교는 그저 그들을 비웃듯 지켜보며 부채질하고 있음이 분명했다.

게다가 더욱 두려운 사실은 마도의 세력들 자체가 숱한 실전을 겪으며 계속 강해지고 있다는 것이었다. 오직 힘으로 모든 것이 결정되는 잔혹한 무림의 세계. 정의나 도덕, 인정 따위는 찾아볼 수 없었다. 그 비정한 세계에서 살아남기 위해서는 긴장하고 매일매일 날을 갈아야 했다.

그것은 마도의 뿌리 자체가 더욱 강해지고 있는 것을 의미했다. 결국 정파의 뿌리가 들어설 곳이 없어지는 것이다. 그 어디선가 숨을 죽이며 기회를 노리고 있는 숱한 정파의 군웅들. 시간이 가면 갈수록 그들의 가슴에는 절망만 들어차게 될 것이다.

"세상은 이미 마도천하가 되었다. 어쩌면 돌이킬 수 없을지도 모른다."

가장 소름 끼치도록 무서운 사실은 마도천하 이래 무림인이 아닌 일반인들의 삶이 더욱 평화로워졌다는 것이다. 마교는 황실을 장악했으나 황실을 그대로 내버려 두었다. 즉, 마교의 이익에 반하는 일이 있을 때가 아니면 특별히 정사(政事)에 간섭하지 않는다고 했다.

또한 지역마다 무림 세력의 패권 다툼이 있었으나 마교는 그들에게 철저히 일반인이나 상인들에게 그 어떤 위해도 가하지 못하도록 명령을 내렸고, 이를 감시하기 위해 마교의 비밀고수들이 각지에 파견되었다는 소문도 있었다. 결국 일반인들의 삶은 마도천하가 되었어도 특별히 나빠진 것이 없었고 오히려 살기 좋아졌다. 많은 상인들이 오히려 지금이 예전보다 훨씬 낫다고 마도천하를 칭송하고 있었다.

"……."

이유강은 한숨을 쉬며 아래를 쳐다봤다. 싸움은 막바지에 달하고 있었다. 적사문의 문주로 보이는 자가 흑웅방 방주의 가슴에 검을 꽂아 넣었고 흑색 무복을 입은 체격 좋은 무사들은 적색 옷을 입은 무사들

에 의해 대부분 죽음을 당했다. 적사문의 승리인 것이다. 모두가 크게
함성을 질렀다.

"와아!"

적사문 무사들의 얼굴에 환희의 빛이 가득했다. 승리에 도취되어 동
료들의 죽음도 잊은 것 같았다. 한쪽에 무릎 꿇려진 채 그들을 바라보
며 좌절과 공포에 질려 있는 수십 명의 무사들. 그들은 치욕스럽지만
그래도 살고자 하는 애원의 표정을 짓고 있었다. 적사문의 무사 중 한
명이 문주에게 가서 뭐라고 말을 했다. 문주는 잠시 생각에 잠기더니
고개를 저었다. 그리고는 흑웅방의 무사들을 향해 말했다.

"내 오늘 지난 한 달에 걸친 지긋지긋한 싸움을 끝내고 드디어 승리
하였다. 흑웅방을 생각하면 지긋지긋하지만 내 특별히 네놈들에게 기
회를 주겠다. 이제 흑웅방은 없어졌다. 내게 와서 충성한다면 앞으로
살길을 열어주겠다. 어떠냐?"

"충성을 맹세하겠습니다."

흑웅방의 무사들은 모두 살았다는 안도의 표정을 지으며 적사문주
에게 충성을 맹세했다. 그러나 한 소년만은 아무 말도 하지 않았다. 대
략 십오 세 정도 되어 보이는 소년이었다. 적사문주가 소년에게 물었
다.

"네놈은 왜 대답이 없느냐? 내게 충성하겠다고 말하면 살려주겠다."

"패한 자가 어찌 살기를 바라겠소. 죽여도 원망하지 않겠으니 빨리
죽이시오."

"감히 살길을 열어주겠다는 데도 거절하는 이유가 무엇이냐? 내게
충성하지 못하겠다는 것이로군."

적사문주의 음성에 살기가 배어 있었다. 소년은 그의 시선을 피하지

않았다.

"그렇소. 당신에게 충성할 마음이 없소."

"기어코 죽겠다는 것이냐?"

"부탁이니 단칼에 죽여주시오. 고통스럽게 죽고 싶지는 않소."

그러자 적사문주의 표정이 차갑게 변했다.

"좋다. 네놈의 기개가 아깝다만 어쩔 수 없군. 소원대로 단칼에 죽여주겠다. 이놈의 목을 쳐라!"

"예."

한 명의 무사가 도를 빼어 들고 소년의 앞으로 걸어가더니 도를 하늘로 향해 치켜들었다.

"멈추시오!"

이유강은 그렇게 외치며 풍혼을 타고 내려갔다. 소년의 목을 치려던 무사가 잠시 머뭇거렸다. 그러자 적사문주가 소리쳤다.

"뭐 하느냐? 냉큼 목을 쳐라!"

그러자 무사는 고개를 끄덕이고는 다시 도를 치켜들었다. 이유강은 풍혼의 속도를 빨리하여 무사를 향해 돌진했다. 동시에 소년의 목을 향해 내려쳐지는 무사의 칼을 도를 휘둘러 막았다.

채앵!

무사는 칼을 놓치고 비틀거렸다.

"웬 놈이냐?"

무사들이 우르르 달려들었다. 이유강은 풍혼을 움직여 그들을 가볍게 피한 후 적사문주의 앞으로 내려섰다. 전신에 철갑을 두른 커다란 말을 탄 백의서생. 적사문주는 일순 황당해하는 듯하더니 소리쳤다.

"네놈은 누구기에 본 문의 일을 간섭하는 것이냐?"

“간섭할 생각은 없소. 단지 저 소년에게 볼일이 있을 뿐이오.”

“설마 저놈을 살려달라는 말이냐?”

“어린 소년을 굳이 죽일 필요가 있겠소?”

적사문주는 고개를 저었다.

“저놈은 내게 충성을 맹세하지 않았다. 저놈은 분명 나중에 내게 칼을 들이밀 놈이다. 그런데 내가 어찌 살려줄 수 있겠는가.”

“내가 한번 물어보겠소.”

이유강은 소년에게 물었다.

“저자의 말대로 너는 저자를 죽일 생각을 하고 있느냐?”

“내가 살아난다면 기필코 언젠가 죽일 것이오.”

“너와 죽은 흑웅방의 방주와는 무슨 관계가 있기에 그러한 생각을 하는 것이지? 혹시 그의 아들이라도 되는 것이냐?”

“아니오. 그러나 그는 고아인 나를 키워준 부친과 다름없는 존재였소. 그러니 내 어찌 복수를 하지 않을 수 있겠소.”

소년의 눈은 강렬하게 빛나고 있었다. 이유강은 다시 물었다.

“너는 죽음이 두렵지 않느냐? 네가 저자를 죽이지 않겠다고 하면 너는 살 수 있을지도 모른다.”

“……”

소년은 잠시 침묵하다가 말했다.

“죽음이 어찌 두렵지 않겠소. 하지만 죽음 앞에서 비겁해지고 싶지는 않소. 차라리 죽을지언정 거짓으로 연명하고 싶은 생각은 없소.”

“그것 봐라. 저러니 내 어찌 저놈을 살려둘 수 있겠나.”

적사문주가 옆에서 비아냥거렸다. 이유강은 풍혼에게서 내려 적사문주를 향해 걸어갔다.

"나는 이 아이를 살리기로 마음먹었소. 매우 미안한 말이지만 마음을 돌릴 수 없겠소? 쉽지 않겠지만 내가 이 아이를 설득하여 당신에 대한 복수심을 누그러뜨려 보겠소."

"헛소리하지 마라! 네놈이 무슨 자격으로 그러한 말을 하는 것이냐? 더 이상 나를 자극하지 말고 썩 꺼져라! 그렇지 않으면 네놈도 용서하지 않겠다!"

"어리석군. 애써 이룬 모든 것을 잃고 싶소?"

그러자 적사문주가 표정을 일그러뜨리며 웃었다.

"크카캇! 네놈은 실로 광오하구나! 네놈의 눈에는 본 문의 무사들이 보이지 않는……."

순간 적사문주는 잠시 환상에 빠졌다. 백의서생의 도가 자신의 미간을 쪼갤 듯 다가왔다 사라지는 환상이었다.

"무, 무슨……?"

말이 잘 나오지 않았다.

'내가 감당할 수 없는 고수다…….'

방금 보여준 일초의 초식. 자신이 무슨 수를 써도 피할 수 없는 가공할 도법이었다.

'자칫… 하면 나뿐 아니라 모두가 몰살당할 수도 있다.'

순간 온몸의 힘이 빠지고 등 뒤에 차가운 땀이 고였다. 백의서생의 차가운 시선이 느껴졌다.

"내 말뜻을 알 수 있겠소?"

"…무, 물론입니다. 대협을 몰라뵈었습니다. 부디 용서를……."

적사문주의 음성이 떨렸다. 그에게 있어서 강자에게 약한 모습을 보이는 것은 결코 비굴한 태도가 아니었다. 마도 세계의 철칙인 것이다.

"돌아가서 마음껏 승전의 기쁨을 누리시오."

"…감사합니다."

적사문주는 문하 무사들의 시체를 수습하여 부하들과 함께 급히 사라졌다. 그들이 떠난 자리에는 적사문에 충성을 맹세했던 흑웅방의 무사들과 곳곳에 널브러진 흑웅방 무사들의 처참한 시신이 남아 있었다. 이유강이 물었다.

"당신들은 적사문에 충성을 맹세했으면서 왜 그를 따라가지 않는 것이오? 아무도 당신들을 탓하지 않을 것이니 원하는 대로 하시오."

"……."

그들은 아무 말도 하지 않고 머뭇거렸다. 이유강은 그들을 신경 쓰지 않고 소년을 쳐다봤다. 소년이 강한 눈빛으로 자신을 쳐다보고 있었다. 이유강은 물었다.

"내게 원하는 것이 있느냐?"

"없습니다."

뜻밖의 말에 이유강은 웃음이 나왔다. 분명히 복수를 도와달라거나 무공을 가르쳐 달라고 할 줄 알았는데 소년은 단호하게 원하는 것이 없다고 하는 것이다.

"제게 원하는 것이 있습니까?"

"없다."

이유강은 고개를 저었다. 소년이 진지하게 말했다.

"저의 목숨을 구해주셨으니 제게 원하는 것이 있으면 말씀하십시오."

"그런 것 없다. 무엇을 바라고 구한 것이 아니니 신경 쓰지 말거라."

"저의 이름은 철영이라 합니다. 오늘 구해주신 은혜, 잊지 않겠습니다."

"그래, 이제 무얼 할 생각이냐?"

이유강이 고개를 끄덕이며 물었다.

"일단 본 방 무사들의 시신을 수습할 생각입니다."

"그 일이 끝나면 복수를 할 작정이냐?"

"예. 지금은 힘이 없으나 어떻게든 힘을 길러 꼭 복수하겠습니다."

그때 흑웅방의 무사들이 다가왔다.

"철영아, 미안하다. 목숨을 부지하기 위해 어쩔 수 없이 적사문에 충성을 맹세했는데 실로 너 보기가 부끄럽구나."

그들 중 한 무사가 말하자 철영의 안색이 싸늘하게 변했다.

"당신들은 이제 나와는 아무 상관이 없소. 목숨을 부지하기 위해 신의를 배반한 자들과는 상종하고 싶지 않소. 복수는 나 혼자 할 것이니 모두 사라지시오."

"……."

모두 철영보다 작게는 다섯, 많게는 열 살 넘게 차이가 나는 청년들이었으나 철영의 호통에 아무 말을 하지 못했다. 안색이 붉은 것을 보니 모두 자신들의 잘못을 수치스럽게 여기고 있는 것 같았다. 그들은 한동안 서로 뭔가를 심각하게 얘기하더니 뭔가 굳은 결심을 한 듯 표정이 굳어진 채 소년에게 다가왔다.

"철영 너는 비록 나이는 어리지만 오히려 우리를 능가하는 무공을 가졌다. 우리는 앞으로 너를 새로운 방주로 삼아 후일을 기약하기로 합의했다. 부디 우리를 용서하고 흑웅방의 방주가 되어다오."

"……."

철영은 뜻밖의 말에 잠시 당황하는 것 같았다. 그러나 이내 표정을 굳혔다.

"나는 결코……."

그때 철영의 귀에 이유강의 전음이 들렸다.

"그들의 뜻대로 하거라. 그것이 내가 네게 원하는 것이다."

철영은 의혹의 표정으로 이유강을 쳐다봤다. 이유강은 고개를 끄덕였다. 철영은 복잡한 표정을 짓더니 입술을 꽉 깨물었다. 그리고는 무사들을 향해 말했다.

"뜻대로 하겠소."

"방주!"

수십 명의 무사가 일제히 철영을 향해 한쪽 무릎을 꿇으며 고개를 숙였다. 그 모습을 보던 소년은 순간 주먹을 꽉 쥐며 눈을 강하게 번뜩였다.

"아까의 일은 용서하겠소. 그러나 앞으로 또다시 그런 비겁한 행동을 했을 경우… 그 누구도 결코 용서하지 않을 것이오."

"명심하겠습니다."

마치 칼날과 같은 기세와 위엄이었다. 무사들은 그러한 철영의 기세에 위축되어 감히 그의 눈을 쳐다보지도 못했다. 이유강은 부드럽게 철영을 응시했다.

'타고났군. 그러나 너무 강해서 부러질 위험이 있다는 게 문제로군. 어쨌든 멋진 녀석이야.'

철영이 이유강을 쳐다보며 포권했다.

"대협, 그럼 저는 이만 시신들을 수습하고 가볼까 합니다."

"이것을 받거라."

이유강은 철영에게 두루마리 종이를 건넸다. 자그마한 두루마리에는 이유강이 친필로 쓴 풍운(風雲)이라는 글자가 적혀 있었다. 그 누구도 흉내 낼 수 없는 이유강만의 필체. 여송은 그 필체를 잘 알고 있었다. 이 종이를 보여주면 자신이 보냈다는 것을 여송은 단번에 알아챌 수 있을 것이다. 철영이 물었다.

"이것이 무엇입니까?"

"네가 새로 흑웅방의 방주가 된 것을 축하한다. 그러나 지금의 실력으로는 적사문은커녕 암흑가의 패거리들에게도 웃음거리가 될 것이다."

"…그러면 어떻게 해야 합니까?"

철영은 자존심이 상한 표정이었다. 이유강은 풍혼의 위에 올라탔다.

"그것을 가지고 항주 풍운장을 찾아라. 여송을 만나 그것을 보여주며 광마일백연무관에 들겠다고 하거라."

"광마일백연무관……."

"일백 개의 수련장을 모두 통과한 후 나를 찾아와라. 그때 네게 진정 해야 할 일이 무엇인지 알려주겠다."

"알겠습니다."

철영은 고개를 숙여 포권했다. 다시 고개를 들었을 때 이유강의 모습은 보이지 않았다.

"……?"

철영은 고개를 두리번거렸다. 그러다 멀리 산 정상에서 자신을 보고 있는 백의서생의 모습을 발견했다. 커다란 철갑마 위에 앉아 잠시 이쪽을 바라보던 백의서생은 말 머리를 돌려 어디론가로 사라졌다. 한 무사가 떨리는 음성으로 말했다.

"단 몇 번의 도약으로 백여 장을 달리다니……. 저분 대협이 탄 말은 전설에나 나오는 신마(神馬)가 분명합니다."

"……!"

철영은 매우 놀랐다. 무사들 모두 마치 귀신을 본 듯 웅성대고 있었다. 잠시 이유강이 사라진 산 정상을 쳐다보던 철영의 얼굴에 서서히 미소가 떠올랐다.

"멋지군."

철영은 이유강이 준 두루마리를 품속에 잘 갈무리했다. 그리고는 무사들에게 외쳤다.

"시신들을 수습하고 장례를 지낸 후 모두 항주 풍운장으로 갈 것이니 그렇게 아시오!"

"예!"

무사들은 급히 시신들을 수습하기 시작했다. 철영도 그들과 함께 움직였다. 땀이 나도록 움직이는 시종 가슴이 심하게 두근거렸다. 철영은 주먹을 불끈 쥐었다.

'풍운장 그곳에 가면 내가 강해질 수 있을까.'

한줄기 바람이 이마를 식히며 지나갔다.

이유강은 철영 등이 바라본 산 정상 너머의 조금 아래 기슭에 있었다. 풍혼에게서 내려 바위에 걸터앉았다. 심호흡을 하고는 손을 들어 가슴을 쓸어내렸다.

"제길, 간 떨어질 뻔했군."

멋진 모습을 보여주기 위해 처음으로 풍혼이 낼 수 있는 최고의 속도를 시도해 보았던 것이다. 물론 풍혼은 실망시키지 않고 단숨에 산 정상으로 올랐다. 상상을 불허할 속도. 더 이상 생각하고 싶지 않았다.

"철영은 내가 무림에 나와 본 가장 훌륭한 재목이다. 능히 십대마존

중 한 명을 상대할 만한 칼이 될 것이다.”

이유강은 잠시 휴식을 취한 후 풍혼 위에 올랐다.

“이제 이 후텁지근한 남경을 떠나 좀 더 시원한 곳으로 가봐야겠
군.”

第四章 천마혈광

천장에 수없이 박힌 야명주. 그러나 마치 암흑이 연기처럼 곳곳에 피어 있는 거대한 석실 안이었다. 눈에서 시뻘건 광채를 내뿜고 있는 천마상(天魔像). 백 척이 넘는 높이의 커다란 천마상이 원형 석실의 중앙에 세워져 있었고 석실의 가장자리에는 원형으로 포진한 수십 개의 각종 악귀 형상들이 세워져 있었다.

쿠웅!

석실이 진동했다. 사방의 모든 악귀상의 눈에서 피가 뚝뚝 떨어지더니 급기야 빗물이 쏟아지듯 주르르 흘러내렸다.

"끼이이이……."

중앙의 천마상에서 가공할 검은색 기류가 형성되더니 앞에서 그것을 쳐다보고 있는 한 명의 청년에게 폭사했다. 순간 청년의 전신에서 붉은색 기류가 회오리치며 그에게 폭사하던 검은색 기류를 소멸시켜 버렸다.

쿠웅!

석실이 더욱 크게 진동했다. 악귀상들의 눈에서 흐르던 피가 그쳤다.

"끼이이이……."

어디에서 들리는 소리인지 가늠할 수 없었다. 거대한 석실 안을 가득 메운 사이한 웃음소리.

"큭!"

청년은 엽무극이었다. 그는 기이한 웃음을 지었다. 그를 향해 달려들고 있는 수십 마리의 악귀들. 엽무극의 신형이 허공으로 떠올랐다. 그의 팔이 교차되며 붉은 빛이 폭발하듯 사방으로 분사되었다.

화악!

뇌전이 작렬하듯 찰나의 순간이었다. 닥쳐 들던 수십 마리의 악귀상이 모두 가루로 변했다. 엽무극은 검을 빼어 들고 눈앞의 천마상을 쪼개 버렸다.

"끄아아악……!"

괴이한 비명과 함께 천마상이 가루로 변해 흩어졌다. 사방 가득 서려 있던 붉은 기운이 모두 엽무극의 몸으로 흡수되었다. 엽무극은 상기된 표정을 지으며 허공에 그대로 떠 있었다.

쿠구구구!

커다란 굉음과 함께 천장이 무너져 내리기 시작했다. 엽무극은 석실 한쪽 문으로 몸을 날렸다. 석실은 완전히 내려앉아 있었다. 엽무극은 무심한 표정으로 석실을 한 번 쳐다보고는 고개를 돌렸다.

두 명의 인물이 앞에 서 있었다. 이십대 중반의 날카로운 눈매를 지닌 청년과 나이를 짐작할 수 없는 여인이었다. 여인의 얼굴은 눈 아래 부터 검은색 면사로 가려져 있었다. 전신을 흑색으로 두른 듯 옷이 모 두 검었지만 이마에 두른 흑색 건에는 붉은 실로 ‘마(魔)’라는 글자가 수놓아져 있었다. 비록 얼굴의 대부분을 가렸으나 허리까지 늘어진 치 렁한 흑발, 옷 위로 나타난 가녀린 몸매의 굴곡으로 보아 그녀가 여인 임을 짐작할 수 있었다.

“대종사, 천마전이…….”

“신경 쓸 것 없다.”

엽무극은 천마의를 벗어 청년에게 건넸다. 순간 청년은 전신을 부르 르 떨었다.

“대종사, 어찌 천마의를…….”

그러자 엽무극은 사내를 응시하며 말했다.

“마룡 너는 내가 잠시 자리를 비우는 동안 내 행세를 좀 해야겠다.”

“……!”

“십대마존과 서문소가 내가 나간 것을 알게 되면 귀찮게 할 것이 분 명하다. 폐관 수련을 하는 것처럼 그들에게 보이도록. 네놈이라면 내 흉내를 잘 낼 수 있을 것이다. 어설프게 행동해서 내가 없는 것을 들키 면 네놈을 용서하지 않겠다.”

순간 청년은 오체투지하며 외쳤다.

“존명!”

엽무극은 고개를 끄덕이고는 여인을 쳐다봤다.

“사영, 천마의 대신 내가 입을 만한 옷을 한 벌 가져오너라. 화려하 지 않은 평범한 것이면 좋겠군.”

“존명!”

여인은 그 자리에 부복한 그대로 사라지더니 눈 깜짝할 사이에 다시 나타났고, 그녀의 손에는 평범한 흑색 무복이 들려 있었다. 엽무극은 흑의를 받아 입었다.

"괜찮군."

옷은 잘 맞았다. 엽무극은 만족한 표정을 지었다. 마룡과 사영은 부복한 채 그의 지시를 기다렸다. 엽무극이 말했다.

"천마전이 부서진 사실은 그들이 알 필요 없다."

"존명!"

엽무극은 돌아서서 걸었다. 마룡이 순간 다급하게 물었다.

"대종사, 언제쯤 돌아오실 것입니까?"

"기약은 없다. 몇 년 걸릴 수도 있지. 알아서 잘하도록."

"존… 명!"

엽무극은 사영을 쳐다봤다.

"사영은 나와 함께 간다."

엽무극과 사영이 사라졌다. 마룡은 천마의를 들고 한동안 서 있었다. 그러다 일순 그의 얼굴과 체격이 변하더니 엽무극과 동일한 모습으로 변했다. 마룡은 천마의로 갈아입고 무너진 석실을 쳐다봤다.

"천마전이 부서지다니……. 그렇다면 대종사께서 설마 천마지경(天魔之境)에 드셨다는 말인가?"

마룡의 전신이 부르르 떨렸다. 천마전이 부서지는 것은 마교주의 독문무공인 천마비공(天魔秘功)이 극성에 이르렀을 때 나타나는 천마혈광(天魔血光)에 의해서만 가능했다.

"전설의 천마혈광이라니? 세상에 그 누가 대종사를 상대할 수 있을 것인가?"

　마룡과 사영은 오직 엽무극에게만 복종했다. 십대마존이나 서문소도 마룡과 사영의 존재는 알지 못했다. 전대 교주가 오직 엽무극을 위해 비밀리에 직접 키운 초극고수들로 각각의 무공 수준이 십대마존을 능가했다.

　마교주와 그 후계자만이 들 수 있는 천마전. 그러나 마룡과 사영은 이곳에서 엽무극과 함께 무공을 수련했다. 마교주 독문무예인 천마비공을 제외한 마교의 모든 무학을 섭렵했던지라 엽무극을 제외하면 아무도 그들의 상대가 될 수 없었다. 마룡은 엽무극이 떠나간 곳을 응시했다.

　"언젠가 말씀하시던 천외무림으로 떠나신 게 분명하다. 실로 야속하시군. 그런 재밌는 곳에 사영만 데려가시다니……."

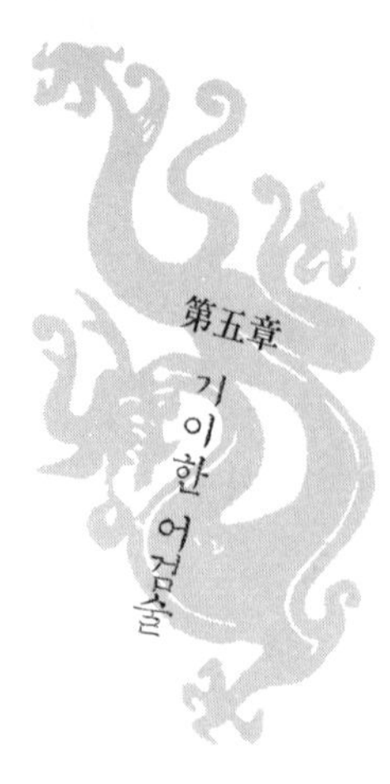

혼돈 속에서 전신으로 몸부림치던 진기가 질서있게 단전으로 복귀했다. 이유강은 가부좌를 튼 상태 그대로 눈을 떴다. 광마심법을 마쳤지만 아직 해가 뜨지 않은 새벽 시간이었다. 도를 들고 방을 나섰다.

팟!

도가 공간의 상하를 양단했다. 광마도법의 제일초식. 이유강은 계속해서 초식을 차례로 펼쳤다.

휘리리릿! 파팟!

일백 번째 초식이 넘어갔고 이백 번째 초식도 가볍게 넘어갔다. 이유강의 도는 멈추지 않았다.

"이백이십팔… 삼백오십구… 사백팔십이… 오백구십이… 칠백오십, 칠백오십일, 칠백오십이."

칠백오십이 번째 초식까지 마친 후 이유강은 도를 멈추고 숨을 조절했다. 칠백오십이 번째 변화를 깨달은 후 상당한 시간이 흘렀지만 아직 그 다음 변화는 떠오르지 않았다. 아무리 해도 안 되어 차라리 그 다음 초식을 깨달으려는 집착을 버리는 게 마음이 편했다.

"칠백오십이 번째 변화를 뛰어넘는 강한 무공을 견식할 수 있다면 새로운 깨달음이 올지도 모른다. 그런데 과연 그러한 무공이 존재할 수 있을까……."

조금 전처럼 내공이 깃들지 않은 단순한 초식은 제 위력의 천분지 일도 발휘할 수 없다. 칠백오십이 번째 초식의 진정한 위력을 발휘하려면 오백 년을 훨씬 상회하는 내공이 필요한 것이다. 정확히 말하자면 칠백 번째 초식을 펼치는 데 오백 년의 내공이 필요하므로 칠백오십이 번째 초식을 펼치려면 적어도 오백오륙십 년의 내공은 있어야 가능할 것이다. 물론 그 위력이 어느 정도일지는 이유강도 그저 엄청날 것이라고만 추측할 뿐이었다.

광마심법을 통해 내공이 매우 빠르게 쌓이고는 있지만 그렇다고 해도 육백 년 가까운 내공이 쌓이려면 앞으로도 한참의 시간이 필요했다. 따라서 현재로서는 초식상의 깨달음보다는 내공 수련에 주력하는 것이 타당할 것이다. 그러나 이유강은 아쉬움을 쉽게 떨치기가 어려웠다. 게다가 광마심법의 특성상 하루 한 시진 이상의 수련을 할 필요가 없었다. 이유강은 문득 마교주 엽무극을 생각했다.

"엽무극이라면 이 한계를 뛰어넘었을 수도 있다. 그의 무공을 견식할 수 있다면 뭔가 깨달음이 있을지도 모르겠군."

현실적으로 불가능한 생각이었다.

"쓸데없는 생각은 안 하는 게 좋겠지."

이유강은 피식 웃고는 도를 휘둘렀다. 순간 수백 개의 도가 파도처럼 사방을 휘저었다. 이유강은 공중으로 도약하여 다시 도를 휘둘렀다. 사방을 뒤덮는 도의 폭풍. 주위에 강한 바람이 일고 나뭇잎들이 우수수 떨어져 흩날렸다. 이유강은 내려서서 도를 허리에 찼다.

이백칠십팔 번째 초식이었다. 광마심법으로 인해 단전에는 어느새 팔십 년이 조금 안 되는 내공이 쌓여 있었다. 현재의 내공으로 백분 위력을 발휘할 수 있는 최고의 초식이 방금 전 전개한 이백칠십팔 번째 초식인 것이다. 조만간 비혼을 통하는 것보다 더 강한 초식을 펼치게 될 것이다.

"배가 고프구나. 뭘 좀 먹어야겠군."

이곳은 안휘성 합비(合肥)의 한 객잔 뒤뜰이었다. 값은 좀 비싸지만 객잔의 독립된 별채에 묵었기에 방금처럼 무공을 수련해도 지켜보는 사람이 없었다. 땀을 씻고 객잔 일층에 있는 식당으로 걸어갔다. 이른 아침임에도 벌써부터 손님들이 제법 있었다. 객잔에 묵고 있는 손님들이 일어나 식사를 하는 것 같았다. 점소이가 다가왔다. 십삼 세 정도 되어 보이는 어린 소년이었다.

"오리고기와 우육탕이 준비되어 있습니다. 가져다 드릴까요?"

"그다지 입맛이 없으니 그냥 따끈한 소면이나 한 그릇 가져오너라."

"예."

소면은 금방 나왔다. 이유강은 뜨거운 국물을 몇 모금 마신 후 하얀 면발을 젓가락으로 가득 집어 입 안에 넣었다. 자주 먹었지만 질리지 않는 것이 간단한 아침 식사로 제격이었다. 식사를 마치고 차가 나오길 기다리며 잠시 창밖을 쳐다봤다.

아침 햇살이 눈부셨다. 식사를 마친 아이들이 햇살 아래서 뛰어놀고 있었다. 이유강은 문득 미소 지었다. 아이들 중 하나가 가지고 노는 인형. 그것은 풍운장에서 만든 나무관절 인형이었다. 아이는 매우 신나

는 듯 인형의 관절을 이리저리 비틀고 나무로 만들어진 칼과 창을 번
갈아 인형의 손에 끼우고 있었고, 주변의 아이들은 부러운 듯 그것을
쳐다보고 있었다. 매우 싼값에 내놓았지만 그래도 사지 못한 아이들이
더 많은 것 같았다.

쪼르륵.

점소이가 찻잔에 차를 따르고 갔다. 이유강은 차를 마시며 계속 아
이들을 관찰했다. 아이들은 금세 다른 놀이를 하고 있었다. 모래를 가
지고 서로 뿌리며 이리저리 뛰어다니며 장난질을 했다.

"저것은……!"

이유강은 일순 허공에 뿌려진 모래를 보고 가슴에 뭔가 강한 충격을
받았다. 모래는 특별한 것이 없었다. 물론 아이들도 특별한 것이 없었
다. 그러나 그냥 하나의 영감을 받았다는 것에서 그것들은 특별했다.
이유강은 점소이를 불렀다. 급히 달려온 점소이 소년에게 빙긋 웃으며
은자 한 냥을 건넸다. 소년의 눈이 휘둥그레졌다.

"이것으로 저기 놀고 있는 아이들에게 나무관절 인형을 하나씩 사주
도록 해라. 남은 돈은 네가 가져도 좋다."

"감사합니다."

점소이 소년은 믿기지 않는다는 표정으로 감사를 연발하며 돌아갔
다. 이유강은 식당을 나서서 다시 별채로 돌아왔다. 원래는 그냥 떠날
생각이었는데 갑자기 받은 영감을 떨쳐 버릴 수가 없었다. 물론 광마
도법의 칠백오십삼 번째 초식에 대한 영감은 아니었다. 그것과는 다른
매우 황당한 생각이 떠올랐던 것이다. 도를 뽑아 정면을 겨눴다.

"가능할지 모르겠군. 그래도 한번 해보자."

이유강은 내공을 끌어올리고는 도를 일 장 앞의 지면을 향해 던졌다.

촤아악!

땅이 움푹 꺼지며 흙더미가 솟아올랐다. 그러나 그 양이 얼마 되지 않았다. 땅에 꽂힌 도를 뽑아 들었다. 좀 더 강하게 회전을 주어야 할 것 같았다. 내공을 좀 더 끌어올린 후 도를 다시 던졌다. 그러자 좀 전에 비해 수 배나 많은 흙더미가 공중으로 떠올랐다.

'지금이다!'

이유강은 공간을 격해 흙더미를 향해 팔십 년 내공의 힘을 가했다. 머릿속에 하나의 형상을 그린 후 내공의 힘을 그 형상에 맞춰 조절했다. 그러자 흙더미는 내공의 압력에 따라 마치 사람의 팔 비슷하게 변하여 압축되는 것 같았다. 그 순간 이유강의 눈에서 나온 검은 빛이 팔을 휘감았다.

휘리릭! 휘릭!

팔은 순간 살아 있는 사람의 팔처럼 땅에 떨어진 도를 뽑아 들더니 허공을 향해 칼을 몇 번 휘둘렀다. 그러나 이내 힘을 잃고 도를 떨어뜨리고는 가루가 되어 흩어져 버렸다. 이유강은 자신이 했지만 실로 믿을 수 없는 광경에 잠시 멍해졌다.

"성공이라니……."

꿈 같은 일이 벌어진 것이다. 내공과 암흑마기가 조화를 이룬 절학(?)을 드디어 찾아낸 것이다. 미리 환물을 만들 필요 없이 즉석에서 내공을 이용해 원하는 형상을 만들고 그것에 생기를 불어넣은 후 조종할 수가 있는 것이다. 물론 이것이 완성되어 빛을 보려면 원하는 형상을 만들 수 있는 내공의 경지에 이르러야 한다. 즉, 적어도 삼백 년 이상의 내공이 필요할 것이다.

그러나 굳이 그런 경지에 이르지 않아도 방금 전처럼 간단한 몇 번의 칼질은 상대방에게 상상할 수 없는 공포를 줄 것이 분명했다. 이것은 비혼을 조종하여 적을 공격하는 것과는 그 차원이 다른 경지였다. 원하는 위치에 도를 던져 순간적으로 그 도를 조종하는 경지. 검으로 치면 어검술(御劍術)의 경지와 다를 바가 없었다.

"이것을 이용하면 현재 내가 펼칠 수 있는 수준보다 적어도 백 초식 이상의 상위 초식을 펼칠 수 있다."

이유강은 흥분된 기분을 참지 못해 큰 소리로 웃지 않을 수 없었다. 앞으로 내공이 더욱 쌓이면 굳이 검이나 도가 필요없이 흙을 강하게 압축시켜 검이나 도로 변화시켜 적을 공격할 수 있을지도 몰랐다. 단순히 내공으로 검을 조종하는 것이 아니라 검 자체가 그 순간 살아 움직이며 지시에 따르는 것이다. 그렇다면 가히 최강의 어검술이 아니겠는가. 그러나 그것이 진정 실현 가능할지의 여부는 내공이 더욱 쌓여 봐야 알 수 있을 것이다.

"틈틈히 연구해 봐야겠군."

이유강은 도를 허리에 찼다. 풍혼을 타고 객잔을 나섰다. 비혼은 묵묵히 뒤를 따랐다. 점소이 소년이 허리를 연신 굽실거렸다. 아이들이 모두 나무관절 인형을 들고 서 있었다. 이유강은 아이들을 향해 미소를 지어주었다.

잠시 합비 시가지를 돌야보았다. 소주와 항주보다는 못했으나 그래도 제법 사람은 있었다. 별 모양의 장신구를 머리에 차고 다니는 여인들이 간혹 보였다. 화아의 장신구가 이곳 합비에서도 유행하는 것 같았다. 가까이 전장(錢場)이 보였다.

"무슨 일로 오셨소?"

전장 안에 들어서자 철로 만들어진 벽 안쪽에서 한 명의 중년인이 물었다. 벽에는 돈을 주고받을 수 있을 만큼의 조그만 구멍만 뚫려 있었다. 이유강은 품속에서 종이를 꺼내 구멍 안으로 밀어 넣었다. 중년인은 그것을 받아 펼쳐 보더니 일순 놀란 표정을 지으며 이유강을 노려봤다.

"잠시 기다리시오."

그는 뭔가를 가져와 대조하는 것 같았다. 풍운장에서 가져다 준 인감과 대조하는 것이 분명했다. 잠시 꼼꼼하게 살피던 중년인은 이유강을 쳐다보며 물었다.

"은자 천 냥을 어떻게 받기 원하시오?"

"백 냥짜리 전표 여덟 장과 열 냥짜리 전표 열여덟 장, 나머진 은전으로 주시오."

"알겠소."

마침 여비가 거의 떨어졌던지라 어제 미리 종이에 은 일천 냥이라 적고 풍운장주인의 인장을 찍어놓았던 것이다. 풍운장에서 합비 같은 대도시가 아닌 다른 작은 도시에 있는 전장에까지는 아직 거래를 트지 못했을 것이니 다른 곳에 가기 전에 미리 찾아놓을 필요가 있었다. 잠시 기다리자 구멍으로부터 전표 다발과 은전이 나왔다. 이유강은 전표와 은전을 확인하고는 품속에 잘 집어넣었다.

'당분간은 여비 걱정이 없겠군.'

전장을 나와 다시 풍혼에 올라탔다. 지나가는 사람들이 힐끔힐끔 쳐다보는 것 같았다. 백의서생이 철갑을 두른 커다란 말을 타고 있으니 신기하게 생각할 수도 있을 것이다. 이유강은 그들을 신경 쓰지 않고 천천히 풍혼을 몰다가 병기점 앞에 멈춰 섰다.

"쓸 만한 칼을 몇 자루 구할까 해서 왔소만."

“따라오시오.”

사십대 후반쯤 되어 보이는 사내는 고개를 끄덕이더니 매장의 한쪽으로 안내했다. 그곳에는 각양각색의 검과 도 수백여 자루가 진열되어 있었다. 이유강은 그것들을 훑어보았다. 평범한 환도(環刀)에서부터 도신에 멋진 문양이 새겨진 화려한 것들도 보였다. 사내가 물었다.

“특별히 찾고 있는 것이 있소?”

“쉽게 무뎌지지 않는 단단한 것이면 좋겠소.”

“흠, 현철로 만들어진 것도 있으나 값이 좀 비싸오.”

이유강은 반색했다.

“현철로 만들기 쉽지 않았을 텐데요.”

“한 번 보시겠소?”

사내는 매장 안쪽의 창고로 안내했다. 육중한 철문이 열리자 안쪽에는 대략 수십여 점의 무기가 진열되어 있었다. 이곳에는 검과 도만이 아닌 창이나 활도 보였다. 도는 다섯 자루뿐이었다. 다섯 자루 모두 크기가 같았으나 손잡이 부분의 색과 모양이 달랐다. 이유강이 물었다.

“이것들이 모두 현철로 만들어진 것이오?”

“그렇소.”

“좋소. 다섯 자루 모두 사겠소.”

그러자 사내는 놀라는 표정을 지었다.

“다섯 자루를 다 사겠단 말씀이시오? 이것들은 보통의 도에 비해 가격이 상당히 비싼데 상관없겠소?”

“원하시는 가격을 말씀해 보시오.”

사내는 잠시 뭔가를 계산하는 것 같더니 말했다.

"모두 사신다고 하니 자루당 스무 냥만 받겠소."

"알겠소. 여기 백 냥이 있으니 확인해 보시오."

사내는 전표를 받아 들고 확인하더니 안색이 환해졌다. 그는 말했다.

"큰 금액이라 조금은 깎을 줄 알았는데 실로 화통하시오."

"현철로 만들어진 것이 확실하다면 결코 비싸지 않다고 생각하기 때문이오."

"공자께서 값을 깎지 않으시니 제가 덤으로 이것을 드리겠소. 현철로 만들어진 소검이니 유용하게 쓰실 때가 있을 것이오."

사내는 손바닥만한 크기의 소검(小劍)을 집어 들었다. 이유강은 사양하지 않고 받았다.

"고맙소. 그리고 이 두 자루의 도는 모두 날이 나간 것이라 이젠 내게 필요없으니 이곳에 두고 가도 되겠소?"

"그렇게 하시오."

이유강은 한 자루를 제외한 네 자루의 도를 비혼의 등에 잘 묶었다. 다섯 자루의 도는 각각 청(靑), 홍(紅), 황(黃), 백(白), 흑(黑)색을 띠고 있었고 각각의 모양도 조금씩 달랐다. 이유강은 그중 황색을 골라 허리에 찼다.

시가지를 벗어나 회남(淮南)으로 가는 관도로 접어들었다. 풍혼을 몰고 묵묵히 길을 가던 이유강은 문득 뒤에서 따라오는 비혼을 쳐다봤다. 죽립을 쓴 비혼의 머리 뒤에 보이는 네 가지 색의 칼자루가 각각 햇빛을 받아 신비롭게 빛났다. 이유강은 미소 지었다.

"상당히 멋지군."

단단한 칼을 몇 자루 사려 했는데 기대 밖으로 너무 화려한 것들을 산 것 같았다. 다시 풍혼을 몰아 길을 가려는데 어디선가 병장기 부딪치는 소리가 들려왔다. 관도 옆 절벽 위쪽에서 들리는 소리였다.

"그리고 보니 이곳은 예전의 그곳이 아닌가."

공교롭게도 일전에 회남에서 합비로 내려가던 중 비혼을 올려보내 우문설과 곽무연 등을 구해주었던 바로 그 장소였다. 이유강은 풍혼을 절벽 위로 몰았다. 절벽은 매우 높았으나 풍혼은 절벽의 돌출된 부분을 몇 번 차고 도약하여 가볍게 올라섰다.

“……”

그때와 상황이 비슷했다. 십여 명의 무사가 백여 명의 무사에게 포위당한 채 분투하고 있었다. 그러나 그때와 다른 것이 있다면 공터에 수없이 쓰러져 널브러진 무사들이 대부분 가슴에 ‘마(魔)’라는 붉은 글씨가 그려진 옷을 입고 있다는 사실이었다. 즉, 그때와는 상황이 역전되어 있었다. 쓰러져 있는 무사들의 숫자는 수백. 그중 대부분이 마교의 무사들이었다. 이유강은 마교 무사들을 포위하고 공격하는 자들을 쳐다봤다.

“저들은 정파의 무사들인가?”

대부분 젊은 청년 무사들이었는데 눈에 정기가 가득했다.

“다행히 마교가 패배했군.”

예전처럼 도울 일이 있을까 생각하여 내심 긴장했었는데 굳이 나설 필요가 없을 것 같았다. 조금 있으면 나머지 십여 명의 마교 무사들도 모두 쓰러질 것 같았다. 그냥 절벽을 타고 내려가 회남으로 가도 좋겠지만 기왕 올라온 것 끝까지 지켜보기로 했다. 그들이 싸우는 곳은 이유강이 서 있는 곳보다 위치가 낮았고 제법 거리가 떨어져 있어 이쪽에 신경 쓰는 자는 아무도 없었다.

“아니, 저 친구는……?”

이유강은 마교의 무사들 중 낯익은 자를 발견했다. 전신 몇 곳에 자상을 입고 피를 흘리면서도 사납게 검을 휘두르는 청년. 다름 아닌 고연위였다. 총단으로 간 후 소식이 없던 그가 이곳에서 정파 무사들에 의해 죽게 될 위험에 처해 있는 것이다.

일순 고연위를 비롯한 마교의 무사들이 정파 무사들의 한쪽 포위를 뚫고 도주하기 시작했다. 그러나 이내 다시 포위되었고, 고연위 등은 이유강이 있는 곳으로 달려왔다. 그들은 필사적으로 뛰었으나 자신들의 앞에 절벽이 막아서자 절망적인 표정을 지었다. 그러다 고연위의 눈이 크게 떠졌다.

"아니, 자네는……?"

"연위, 오랜만이군."

이유강은 미소 지었다. 고연위의 눈이 일순 반가움에 흔들렸으나 금세 차갑게 변했다.

"유강, 부탁이니 나를 아는 척하지 말게."

전음성이었다. 고연위는 그렇게 말한 후 마교 무사들과 함께 자신들을 향해 다가오는 정파 무사들을 노려봤다. 이유강은 고연위의 내심을 짐작했다. 자신이 고연위와 친한 사이인 것을 알게 되면 정파 무사들이 자신을 공격할까 봐 일부러 모른 척하는 것이 분명했다. 고연위는 이미 죽음을 결심한 것 같았다. 그는 청색 옷을 입은 한 명의 청년과 결투를 시작했다. 청의청년은 상당히 안정되어 보이는 검법을 펼쳤는데 고연위가 연신 뒤로 밀렸다. 고연위가 소리쳤다.

"흐흐… 네놈, 제법 하는구나. 나는 이렇게 죽지만 네놈들 역시 조만간 죽게 될 것이다!"

그러자 청의청년이 싸늘하게 웃었다. 그의 검이 푸르스름하게 빛나더니 고연위의 전신을 쓸었다.

"크윽!"

고연위는 검을 들어 막았으나 뒤로 날아가 떨어졌다. 입에서 피가 많이 나오는 것이 속히 치료하지 않으면 생명이 위험할 만큼 막중한 내상을 입은 것 같았다. 고연위가 쓰러진 장소는 이유강이 타고 있는 풍혼의 발 옆이었다.

"뒈져랏!"

마교 무사 한 명이 청의청년을 향해 시커먼 장력을 뻗어냈다. 청의
청년은 장력을 피하며 검을 휘둘렀다. 청색의 섬광이 일어나며 마교
무사의 목이 몸통과 분리됐다.

'고수로군.'

청의청년은 애당초 고연위가 상대할 만한 수준이 아니었다. 절제되
고 안정된 검법. 보통 고수가 아니었다. 방금 목이 잘려 죽은 무사와
함께 나머지 마교 무사들도 모두 정파 무사들에 의해 죽음을 당했다.
이제 남은 것은 풍혼의 옆에서 비틀거리며 일어나고 있는 고연위뿐이
었다. 그러나 고연위는 오히려 웃고 있었다.

"흐흐, 나만 남았나?"

청의청년이 다가왔다.

"버러지 같은 놈, 네놈을 죽여 사제의 원한을 갚겠다. 이제야 무연이
지하에서나마 눈을 감겠군."

그러다 그는 문득 이유강을 쳐다봤다. 이유강은 그의 시선을 피하지
않았다. 정기가 서린 담담한 눈빛이었지만 그것이 마치 폐부를 찌를
듯 강하게 느껴졌다. 청의청년이 말했다.

"악도를 처리해야 하니 조금 비켜주겠나?"

나직한 음성. 그러나 힘이 실려 있었다. 이유강은 청의청년과 그 뒤
쪽의 무사들을 돌아봤다. 청의청년의 뒤쪽에서 두 명의 여인이 놀라워
하면서도 반가운 표정으로 자신을 쳐다보고 있었다. 두 여인 모두 매
우 아름다웠다. 서문소혜와 환가영 못잖은 미녀들이 세상에 또 존재한
다는 것은 실로 놀라운 일이었으나 생면부지의 여인들이 어찌 자신을

향해 따스한 미소를 보내고 있는지 알 수가 없었다. 그러나 그런 것을 생각할 때가 아니었다. 아무 말도 하지 않자 청의청년의 눈빛이 차갑게 변했다.

"다시 한 번 말하겠네. 악도를 처리해야 하니 자리를 비켜주게."

"모두 죽고 이 친구도 중한 부상을 입었소. 이제 그만 함이 어떻겠소?"

그러자 청의청년뿐만 아니라 주변 무사들의 표정이 험악해졌다. 청의청년이 말했다. 차가워진 표정과 달리 그의 말투는 여전히 담담했다.

"그자는 마교의 주구이니 그럴 수 없네. 마지막으로 말하지. 시간이 없으니 속히 비켜주게."

"크하핫! 네놈은 누구기에 나를 동정하는 것이냐? 꺼지지 않으면 죽여 버리겠다!'

갑자기 고연위가 이유강을 노려보며 소리를 질렀다. 이유강은 고연위를 쳐다봤다. 붉게 충혈된 고연위의 눈에는 눈물이 고여 있었다.

"자네……."

우욱!

고연위는 전음으로 무슨 말인가를 전하려다가 내상으로 진기가 이어지지 않자 피를 토하며 쓰러졌다. 모른 척하고 비키라는 말을 하려 했을 것이다. 고연위의 부상은 매우 심한 것 같았다. 이유강은 청의청년을 노려보며 말했다.

"다 이긴 싸움에서 굳이 부상당해 죽어가는 적의 목을 베어야 속이 시원하겠소? 당신들이 진정 정파의 후예로 마교를 상대하고자 한다면 이제 그만 돌아가서 수련이나 더 하시오."

"닥쳐라! 네놈이 무엇을 안다고 함부로 나불대는 것이냐? 감히 마교의 악도를 두둔하다니! 네놈 역시 마교와 관련이 있는 게 분명하다!"

허름한 옷에 봉을 들고 있던 청년이 소리치더니 곧바로 날아올라 이유강을 공격했다. 이유강은 머리를 향해 내려쳐지는 봉을 도를 들어 가볍게 퉁겨냈다. 그러자 청년의 얼굴이 일순 벌겋게 변했다.

"이놈!"

몰아닥치는 봉의 공세. 좀 전과 비교할 수 없이 강한 공격이었다. 이유강은 다시 도를 휘둘러 그의 공세를 차단한 후 도를 위에서 아래로 강하게 내리그었다. 청년은 머리 위에서 내려쳐지는 도를 미처 피하지 못하고 급히 봉을 들어 막았다.

까앙!

"우욱!"

봉이 아래로 휘어지며 청년은 뒤로 나가떨어졌다. 철로 만들어진 봉인 듯했으나 나무줄기처럼 휘어 있었다. 이유강은 슬쩍 도의 날을 훑어봤으나 별다른 흠집은 보이지 않았다. 과연 현철로 만들어진 것이 틀림없는 것 같았다.

"네놈이 감히!"

넘어졌던 청년이 벌떡 일어나며 달려들었다. 동료들 앞에서 창피를 당해 수치스러운지 안색이 벌겋게 변해 있었다. 그때 청의청년이 말했다.

"잠시 멈추게."

그러자 봉을 들고 달려들던 청년이 즉각 멈추며 청의청년을 쳐다봤다. 청의청년은 그를 향해 고개를 끄덕이고는 이유강을 쳐다봤다.

"다 죽어가는 적을 굳이 벨 필요가 있냐고 물었는가?"

"그렇소."

이유강은 대답했다.

"마교가 우리에게 얼마나 잔혹한 행동을 했는지 알고 있나? 마교의 악도에게는 그 어떤 동정도 필요없다고 생각하네. 그들은 개나 돼지보다 못한 놈들이지. 개나 돼지를 죽이는 데 무슨 동정이 필요하겠나."

이유강은 내심 고개를 끄덕였다. 저들의 입장에서 보면 지극히 당연한 일이었다. 자신이 청의청년의 입장이라 해도 고연위를 절대 살려두지 않을 것이 분명했다. 그러나 고연위를 살려야 했다.

"매우 유감스러운 얘기지만 나는 이 친구를 살려야겠소."

일순 비혼이 신속하게 움직여 쓰러져 있는 고연위를 들어 안고 절벽으로 뛰었다. 순간 청의청년의 검이 비혼의 등을 강타했다.

콰앙!

비혼은 일순 충격에 의해 몸이 멈칫했지만 곧바로 절벽 아래로 뛰어내렸다. 청의청년이 다시 검을 휘두르려 했을 때 이유강이 그를 향해 도를 던졌다. 도는 청의청년의 두 다리를 노리며 낮게 날아갔던지라 청의청년은 검으로 쳐내지 못하고 도약하여 피했다.

파악!

도가 회전하며 땅에 작렬하자 땅이 움푹 파이며 흙 뭉치가 먼지와 함께 솟아올랐다. 동시에 그 흙 뭉치가 팔의 형상으로 변하더니 도를 뽑아 들고 도약해서 허공에 있는 청의청년을 공격했다. 청의청년은 깜짝 놀라며 간신히 도의 공격을 막으며 내려섰으나 도는 멈추지 않고 연속으로 그를 공격했다.

차앙! 창!

본신이 있어야 반격이라도 할 것이다. 청의청년은 좌우로 그를 공격하는 도를 막으며 뒤로 물러났다. 일순 도가 부르르 떨리더니 그것을 움켜잡고 있던 팔이 먼지가 되어 사라졌다. 이유강은 이미 그곳에 있었다. 밑으로 떨어지는 도를 잡아채고는 절벽의 끝에 가서 섰다. 청의 청년 등은 상상도 못했던 기이한 무공에 놀라 멍하니 이유강을 쳐다봤다. 이유강은 풍혼의 고삐를 꽉 잡았다.

"저자는 개인적으로 나와 친분이 있어 목숨을 구할 수밖에 없었소. 물론 나는 마교와 아무 관계가 없으니 오해는 말았으면 좋겠소. 오늘의 일은 내가 신세진 것으로 생각하고 언젠가 이에 대한 신세를 갚겠소."

이유강은 말을 끝낸 후 그들이 미처 대답도 하기 전에 절벽 밑으로 풍혼을 몰았다. 한 번에 뛰어내렸다가는 필경 간이 남아나지 않을 것이라 평지를 내닫듯이 풍혼을 몰았다. 그러나 마치 땅으로 곤두박질치듯 밑으로 내리달리는 풍혼의 위에서 이유강은 왜 이런 미친 짓을 했는지 후회가 들 수밖에 없었다.

쿠웅!

풍혼이 아니라면 그 어떤 말[馬]도 이렇게 하지 못할 것이다. 이유강은 무사히 착지한 풍혼의 위에서 내심 안도의 한숨을 쉬었다. 까마득한 절벽 위를 쳐다보니 자신을 멍하니 쳐다보고 있는 몇 명의 인물이 보였다. 이유강은 그들을 향해 손을 흔들어 보이고는 비혼이 안고 있는 고연위를 풍혼 위에 태웠다. 고연위는 혼절했는지 의식이 없었다. 속히 치료해야 할 것 같았다.

"합비로 돌아가는 것보다 회남으로 가는 것이 더 빠를 것 같군."

이유강은 회남을 향해 풍혼을 몰았다.

멀리 사라지는 이유강을 절벽 위에서 한참 응시하던 청의청년이 말했다.

"실로 어이없군."

"무림에 저리 괴이한 무공을 사용하는 자가 있다니 뜻밖입니다."

백색 도복을 입은 청년이 다가왔다. 청의청년이 고개를 끄덕였다.

"악도를 놓치다니, 맹주님을 뵐 면목이 없군."

"단주님의 잘못이 아닙니다. 어쨌든 오늘 대승을 하지 않았습니까?"

그러자 청의청년은 조금 멋쩍은 표정을 지었다.

"그거야 오늘의 승리는 이미 예정된 일이 아니었나."

"그렇긴 하지요. 제갈 군사님의 계략이 빗나간 적이 없었으니……."

백의청년의 말에 뒤쪽에서 약간 인상을 찌푸리고 생각에 잠겨 있던 여인이 고개를 저었다.

"그런 말씀 마세요. 청룡단주님과 단원들의 덕분이지요. 주작단의 무사들이 유인했던 마교의 무사들이 돌아올 수도 있으니 이제 그만 장내를 정리하고 돌아가는 것이 좋을 것 같군요."

"명에 따르겠습니다."

청의청년은 고개를 끄덕이며 여인을 향해 포권했다. 청의청년이 소리쳤다.

"단원들의 시신들을 수습하여 철수한다."

그러자 백여 명의 무사들이 바삐 움직이기 시작했다. 군사라 불리는 여인은 절벽 아래를 물끄러미 쳐다봤다. 그런 그녀의 곁으로 한 여인이 다가왔다.

"그는 우리를 몰라보는군요."

"그럴 수밖에 없지요."

여인들은 무언가 아쉬운 표정을 지었다. 그때 청의청년이 다가왔다.

"군사님께 실망시켜 드려 죄송합니다. 다 잡은 악도를 놓쳤으니 그가 우리의 전력을 누설할까 우려가 됩니다."

"아니에요. 어차피 마교는 오늘의 결과만 가지고도 충분히 우리의 전력을 추측할 것이 분명해요. 굳이 그가 누설하지 않아도 결과는 동일해요. 그것보다 청룡단주께서는 그자에게 개인적인 원한을 갖고 계실 테니 상심이 크시겠군요."

청의청년은 미소를 지으며 고개를 저었다.

"어디 저만 그런 심정이겠습니까. 하루 속히 흩어져 있는 정파 무사들을 규합해야지 곳곳에 흩어져 마교의 무사들에게 속수무책으로 당하고 있으니 큰일입니다."

"저도 그것이 가슴 아파요. 그러나 우리의 처지상 드러내 놓고 그들을 불러올 수 없는 게 현실이죠. 그들이 마교를 피해 숨어 있으니 우리역시 그들을 쉽게 찾을 수 없지만 다행히 요즘은 생존해 계신 선배님들께서 은밀히 그들을 찾고 있으니 너무 걱정하지 마세요."

"알겠습니다. 그럼 이제 수습이 끝났으니 마교의 무사들이 오기 전에 속히 돌아가도록 하겠습니다."

수백의 시신이 널브러진 이곳에 마교의 무사들이 도착한 것은 청의청년 등이 사라진 후 대략 일각 정도가 지나서였다. 작은 눈이 날카롭게 빛나는 삼십대 후반의 흑의무사가 주위를 쓸어봤다. 시신들을 훑어보는 그의 눈빛은 분노에 차 있었다.

"일조와 이조는 이곳에 남아 시신을 수습하고 나머지 팔조는 주위를 샅샅이 수색해라!"

“예!”

천여 명이 넘는 무사들이 흩어졌다.

“크웃, 쥐새끼 같은 놈들, 감히 나를 따돌리다니.”

흑의무사의 안색이 무거워졌다.

“도무지 이해할 수가 없군. 비록 하급무사들이긴 하나 수백이 넘는 무사들이 모두 도살당했다. 정파에 아직 이 정도의 세력이 남아 있단 말인가. 문책이 심하겠으나 일단은 그대로 보고할 수밖에 없겠군.”

흑의무사는 종이에 뭐라 적은 후 전서구를 날렸다.

아수전(阿修殿).

마교 외당 오 개 전 중 하나로 휘하에 물경 이만이 넘는 무사를 두고 있었다. 따라서 비록 외당의 일 개 전에 불과하나 소림과 무당 같은 정파의 거대 문파들이 사라진 지금 무림에서 아수전에 필적할 만한 세력은 전무하다고 할 수 있었다. 현재 마교에서 아수전의 주요 임무는 정파 잔당의 색출 및 척살이었다.

아수전 휘하에는 도합 이십 개의 대가 존재했고, 그 대에는 또한 각각 열 개의 조가 존재했다. 일 개 대의 인원이 천 명이 넘으니 그 휘하에 있는 조의 인원도 일백이 넘었다. 아수전이 비록 이만이 넘는 방대한 무사들을 보유하고 있긴 해도 무림 전역에 있는 정파의 잔당들을 찾아다니는 일은 그다지 쉬운 일이 아니었고, 인원이 많이 필요한 일이라 보통 일 개 조 단위로 움직이는 것이 일반적이었다.

그런데 이번 토벌에는 도합 십사 개 조, 즉 천사백여 명의 무사가 동원된 대규모 전투였다. 회남 인근 산속에서 정파의 주요 인물들 중 다수가 포함되어 있는 비밀 산채가 발견되었다는 정보에 이례적으로 천

사백 명의 무사가 급파되었으나 정파 무사들을 척살하기는커녕 오히려 분산되어 사백 명이나 되는 무사들이 전멸한 것이다. 아수전주 귀면마효(鬼面魔梟) 혁소는 전서구가 가져온 서신을 보다 찢어버렸다.

"멍청한 놈들, 사백이나 죽었단 말이냐?"

"아무래도 정파의 주력이 뭉친 듯합니다."

문사풍의 사십대 중년인이 말했다. 혁소는 고개를 끄덕였다.

"그렇겠지. 어딘가 숨어 있을 거라고 생각은 했지만 이렇게 조직적으로 움직이다니……. 제길, 군사께 문책받을 생각을 하니 깜깜하군."

"아직은 굳이 보고하실 필요가 없을 듯합니다. 고작 사백이 죽었을 뿐입니다. 오늘의 일을 만회하여 정파의 주력을 척살한 후 보고하는 것이 어떨는지요."

"아무래도 그래야겠어. 이대로 보고하자니 울화통이 터질 것 같아 미치겠군. 내가 직접 나서서 그놈들을 척살할 테니 가능한 한 모든 무사들을 투입하여 그놈들의 소재지를 찾아내게."

"예. 한데 고연위는 어떻게 하실 것인지요. 그의 부친인 혈웅마검 고패는 전주님과 친한 것으로 알고 있습니다."

순간 혁소는 인상을 찌푸렸다.

"연위 그 녀석이 죽다니, 제길, 그 친구에게 뭐라 말한다 말인가. 일단 시신이라도 잘 수습하라 전하게."

"알겠습니다."

회남에 있는 한 의원. 고연위는 이틀이 지났으나 아직 의식이 없었다. 의원의 말에 의하면 다행히 한 고비는 넘겼고 며칠 지나면 의식이 회복될 것이라 했다. 아무래도 그의 의식이 회복된 것을 본 후 길을 떠나는 게 좋을 것 같아 잠시 회남에 머무르기로 했다.

"아니, 어쩐 일이십니까?"

"지나던 길에 들렀습니다. 며칠 쉬어갈 생각이지요."

일전에 육 개월 동안 지내며 시력을 회복하고 무공을 수련했던 황가 객잔은 고연위가 치료받고 있는 의원에서 그리 멀지 않는 곳에 있었다. 황 대인은 반갑게 이유강을 맞았다.

"잘 오셨습니다. 그때 떠나신 후 한 달쯤 뒤에 공자님을 부탁드렸던 두 분 소저께서 찾아와 공자께서 무사히 시력을 회복하고 떠나셨는지 물었지요. 무사히 시력을 회복하고 떠나셨다 하니 기뻐하시는 모습이 역력했습니다."

이유강은 반색하며 물었다.

"그 후로는 소저들이 오시지 않았습니까?"

"예."

"소저들의 소식을 알 수 있는 방법이 없을까요? 그녀들에게 진 신세가 많은지라 갚고 싶소만."

"죄송하지만 저 역시 소저들의 행방을 알 수 없습니다."

이유강은 잠시 황 대인의 표정을 유심히 쳐다보다가 고개를 끄덕였다. 황 대인은 이유강을 별채로 인도했다. 상당히 오랜만이지만 이전에 육 개월 동안 묵었던 곳이라 익숙했다.

"그럼 편히 쉬십시오."

황 대인이 돌아갔다. 이유강은 저녁을 먹은 후 편한 옷으로 갈아입었다. 고연위가 있는 의원에는 그가 깨어나면 이곳으로 기별을 넣도록 말을 해두었다. 그동안 무공 수련을 할 작정이었다. 일전에 깨달았던 무공을 좀 더 응용하여 광마도법의 초식에 연계시킬 작정이었다.

"차앗! 찻!"

간단하게 몸을 풀고 나니 더웠다. 웃통을 벗고 광마도법의 초식들을 연달아 펼쳤다. 칠백오십이 개의 초식을 펼치고 나니 온몸에서 땀이 비 오듯 쏟아져 내렸다. 주위는 어두웠지만 하늘에 떠 있는 달로 인해 그다지 캄캄하지는 않아 수련하는 데 지장은 없었다. 이유강은 잠시 밤바람을 맞으며 땀을 식혔다. 잠깐의 휴식이 끝난 후 비혼의 등에 있는 네 자루의 도를 모두 뽑아 가져왔다.

"이제 시작해 보자."

도합 다섯 자루의 현철 도. 이유강은 다섯 자루의 도를 집어 들었다.

암흑마기와 광마도법을 조화시킨 암흑광마어도술(暗黑狂魔御刀術). 이틀 전 처음으로 청의청년에게 시험해 보았는데 제법 위력이 있었다. 그러나 그때 시전했던 것은 암흑광마어도술의 극히 초보적인 위력일 뿐이었다. 이유강은 다섯 자루의 도를 연속으로 던졌다.

팍팍팍!

다섯 자루의 도가 땅에 작렬하며 흙 뭉치들을 허공에 떠올릴 때 이유강은 다섯 개의 팔을 상상하며 내력을 발출했다.

츠츠츳!

일순 흙덩이들이 모두 팔 모양으로 변했다. 그러나 곧바로 흩어져 날리는 것이었다.

'고도의 조절이 필요하다.'

이유강은 실망하지 않고 수십 차례에 걸쳐 계속 시도했다. 조금씩 나아지는 것 같았다. 수백여 차례의 시도 끝에 동시에 네 개의 팔을 완벽하게 압축시키는 데 성공했고, 다시 백여 차례 더 시도한 끝에 다섯 개의 흙 뭉치를 동시에 모두 팔 모양으로 압축시키는 데 성공했다. 온몸이 기진맥진하여 이유강은 털썩 주저앉았다.

"성공이군."

내력이 모두 고갈된 듯 온몸이 무거웠으나 이유강은 기분이 매우 좋았다. 사실 다섯 개의 도를 던져 환수(幻手)를 만드는 것은 쉽지 않은 일이었다. 물론 허공에 떠 있는 흙에 일순간 내력을 발출하여 팔의 모양으로 만드는 것은 외형적으로만 보면 그다지 어려운 일이 아닐 수도 있었다.

그러나 환수가 형성되기 위해서는 조환물여의경상의 이론에 입각한 기의 흐름이 일치되도록 내력이 발출되어야 했다. 즉, 암흑마기가 주입되어 환물로 변환되기 적합한 기(氣)의 경맥이 형성되어야 하는 것이다. 따라서 천천히 반죽하며 암흑마기를 세밀하게 주입하는 기존의 방법에 비해 매우 까다로운 일이었다. 또한 그 지속 시간도 짧았다. 급조된 것이라 기의 흐름이 지속되기 힘든 것이 분명했다.

어찌 보면 전혀 쓸데없는 헛짓으로 보일 수도 있으나 그 극히 짧은 시간, 즉 십여 번 숨을 쉬는 시간 정도의 짧은 시간이라 해도 광마도법과 연계되었을 때는 상상을 불허하는 위력을 발휘할 수 있었다.

"벌써 새벽인가?"

동편으로 서서히 여명의 기운이 보이고 있었다. 이유강은 그대로 광마심법을 수련했다. 심법 수련이 끝나자 피곤했던 몸이 풀리며 개운해졌으나 조금씩 졸음이 몰려왔다. 욕실에 가서 목욕을 하고 잠을 청했다.

잠이 깼을 때는 정오가 조금 지난 때였다.

"정신없이 잤구나."

식당으로 가서 간단하게 요기를 하고 돌아왔다. 잠시 차를 마시며 휴식을 취한 후 웃통을 벗고 다시 공터로 나갔다. 어제 밤새도록 수련한 흔적이 공터 곳곳에 보였다. 밤에는 몰랐으나 대낮에 보니 곳곳에 움푹 파인 구덩이들로 인해 공터는 엉망이 되어 있었다. 이유강은 다섯 자루의 도를 던졌다.

팍팍팍!

연속된 수련으로 인해 이제 도를 던지는 것도 노련했다. 다섯 자루의 도는 원형의 포진을 이루며 땅에 박혔고, 그것들이 회전하며 퍼 올린 흙 가루가 구름처럼 솟아올랐다.

츠으웃!

허공에 다섯 개의 팔이 생겨나며 땅에 박힌 다섯 자루의 도를 각각 움켜잡았다. 각각의 팔이 이유강의 의지에 의해 쾌속하게 도를 휘둘렀다.

'삼백이십일, 삼백이십이… 삼백이십오…….'

다섯 자루의 도가 허공에 난무하며 수백 개의 도영(刀影)을 만들었고, 그 숫자만큼의 파공음이 들렸다. 다섯 개의 초식을 연달아 펼친 팔들은 일순 부르르 떨리더니 부서져 흩날렸다. 이유강은 내심 만족했다.

'좋아. 이번에는…….'

이유강은 바닥에 떨어진 다섯 자루의 도를 집어 들고 다시 한곳의 땅을 향해 연달아 던졌다. 다시금 흙 뭉치로 만들어진 팔들이 생기를 띠며 다섯 개의 초식을 펼치고 사라질 때 이유강은 다시 내력을 발출했다. 그러자 흩어지던 흙먼지가 다시 뭉치며 팔의 형상으로 변해 힘없이 떨어지던 도를 움켜잡고는 초식을 펼쳤다.

'성공이다!'

이유강은 환호했다. 한 번 만들면 이유강의 내력이 떨어질 때까지 환수들은 부서졌다 다시 만들어지며 상대를 지속적으로 공격하게 될 것이다. 앞으로 내공이 증가하면 증가할수록 한 번 만들어진 환수의 공격 시간도 늘어나게 될 것이다.

파파파팟!

'…삼백구십일.'

삼백구십일 번째의 초식을 마치고 환수들은 다섯 자루의 도를 들고 이유강에게 돌아왔다.

푸스스스.

환수들이 먼지가 되어 부서질 때 이유강은 잽싸게 손을 움직여 다섯 자루의 도를 수습했다. 과연 현재의 순수한 본신 내력으로 펼칠 수 있는 것에 비해 암흑마기를 이용하여 백 초식 이상의 상위 초식을 펼칠 수 있게 된 것이다. 이것은 비단 암흑광마어도술에만 국한된 것이 아니라 연구함에 따라 앞으로 무궁무진하게 응용이 가능할 것이란 생각이 들었다.

"암흑마공과 내공의 조화라……. 암흑조화술(暗黑造化術)이라 이름 짓는 것이 좋겠군."

암흑광마어도술은 암흑조화술을 이용하여 만든 첫 번째 무공이었다. 머릿속에 온갖 기이한 생각들이 끊임없이 떠올랐다.

"그러나 암흑조화술의 치명적인 약점은 그렇게 만들어진 환물이 금방 부서지고 만다는 것인데……."

지속적으로 내력을 주입하여 다시 만들면 되지만 내력 소모가 너무 심했다. 즉, 쉬지 않고 수십여 차례 연속으로 펼친다면 운기조식을 취해야 할 만큼 내력 소모가 컸던 것이다. 앞으로 내력이 증가하여 수백 년에 이르게 된다 해도 지속 시간만 늘어날 뿐 결국 부서지는 것은 동일한 것이다. 이것은 당장 해결될 문제가 아니었다.

"그건 그렇고……."

어느덧 저녁 시간이 되었다. 배가 고팠지만 이유강은 도저히 머릿속에 떠오른 한 가지 생각을 떨쳐 버릴 수 없어 식사를 거르고 객잔을 나섰다. 병기점에서 평범한 활과 화살을 구입한 후 근처 야산으로 올라갔다. 오르면서 보이는 대로 화살을 날려 꿩은 십여 마리 잡았으나 찾고자 하는 매나 수리는 보이지 않았다.

대략 반 시진 후에 멀리서 매 한 마리가 나타났다. 워낙 높이 떠 있는지라 그것이 낮게 내려오기만을 기다려 화살을 날렸다.

꿰액!

매가 화살에 맞아 떨어진 지점으로 신형을 날리며 이유강은 내심 외쳤다.

'공연히 죽여서 미안하구나. 그러나 어쩔 수 없으니 이해해라.'

허리춤에 있는 십여 마리의 꿩과 이번에 죽은 매에게 하는 말이었다. 가보니 매는 화살에 맞아 절명해 있었다. 이유강은 현철 소검을 꺼내 작업을 시작했다.

"제길……."

목을 잘랐다. 피가 튀었다. 살을 발라내고 뼈만 남게 해야 했다. 그다지 내키지 않는 일이었으나 한두 마리 해보니 적응이 되었다. 발라낸 살이 한쪽에 수북이 쌓였다. 그것은 조금 있다 불을 피워 구워 먹으면 될 것이다. 처음 한 마리만 시간이 오래 걸렸을 뿐 한 번 요령을 익히니 그 뒤부터는 시간이 단축되어 대략 반 시진이 지났을 때에는 작업이 끝났다. 은은히 비추는 달빛 아래 허옇게 드러난 꿩들의 뼈와 매의 뼈를 한쪽으로 분리했다.

꽝꽝꽝! 뿌지직!

저쪽의 컴컴한 암흑 속에서 비혼이 주먹으로 뼈를 두들겨 가루로 만드는 동안 이유강은 불을 피워 고기를 구웠다.

지글지글.

배가 무척 고팠던지라 계속 구워 먹다 보니 발라놓은 살이 절반 정도 사라져 있었다. 옆을 보니 비혼은 작업을 모두 마치고 서 있었다. 일전에 섬에서는 새의 뼈를 구하지 못해 시험해 보지 못했으나 조환물 여의경에는 비조류의 뼈를 이용한 환물 제조에 대해서도 자세히 적혀 있었다. 특히 매나 수리의 뼈를 이용하여 환물을 만든다면 사람이 타는 것도 가능하다 했던 것이다. 일단 그것부터 시험해 보기로 했다.

주물주물.

동물 뼈를 이용해 환물을 만드는 것은 그다지 오래 걸리는 일이 아니었으나 비조류의 제조는 보통의 환물과 다르기에 서너 배의 시간이 더 필요했다. 이유강은 진흙과 매의 뼈를 배합해 커다랗게 새의 형상을 만들어 암흑마기를 주입했다.

츠츠츠.

새의 형상에 검은 기운이 감돌며 두 눈이 번쩍 떠졌다. 붉은색으로 사이하게 빛나는 환물 비조가 완성된 것이다.

[날아라!]

카아악!

환물 비조는 괴이한 소리를 내며 하늘로 날아올랐다. 보통의 매보다 거의 수 배나 큰 비조가 하늘을 날아다니는 모습은 언뜻 섬뜩하기까지 했다.

[내려와라!]

환물 비조는 밑으로 낙하하듯 빠르게 내려왔다. 이유강은 환물 비조의 위에 오르려다 그만두었다. 가능은 할 것이다. 그러나 별로 타고 싶은 마음이 없었다. 하늘에서 밑으로 떨어지는 환물 비조의 속도를 보니 풍혼을 타는 것은 일도 아닌 듯했다. 비혼을 올라타게 했다. 비혼은 환물 비조의 목을 꽉 잡았다.

휘리리릭!

환물 비조는 비혼을 태우고도 조금도 무리없이 빠른 속도로 천공을 날아다녔다.

"그동안 비혼이 풍혼의 속도를 못 따라와 고민이었는데 잘됐구나. 앞으로 이 비조가 비혼의 훌륭한 말이 되어주겠군."

맹호나 늑대 같은 동물의 뼈를 이용하여 환물을 만든다면 사람들의 눈에 띄겠지만 환물 비조는 하늘 높이 날아다니며 이동하니 사람들의 눈에 띌 염려가 없었다.

이유강은 꿩의 뼈를 만지작거렸다. 이것들로 열 마리의 환물 꿩(?)을 만들 수야 있겠으나 그다지 쓸모있을 것 같지가 않았다. 사실 매나 수리를 잡으러 올라오는 김에 꿩이 보이자 일단 닥치는 대로 잡고 봤는데 지금 생각해 보니 쓸데없는 살생을 한 것 같아 마음이 안 좋았다. 그러던 중 다시 기이한 생각이 떠올랐다.

주물주물.

일전에 섬에 있을 때도 잠깐 생각해 봤던 것이다. 비조류의 날 수 있는 특성을 이용한다면 뭔가 특이한 것을 만들 수 있을 것 같았다. 잠시 후 꿩 한 마리 분량의 뼈로 진흙을 배합해 도합 열 자루의 가볍고 작은 비도를 완성했다. 암흑마기를 주입하여 생기를 부여하니 거무튀튀한 열 자루의 비도가 꿈틀거렸다.

"제길, 새의 모습이 아니니 날지를 못하는군."

열 자루의 비도가 하늘을 날아다니며 원하는 표적을 공격하게 하고 싶었으나 뜻대로 되지 않았다. 혹시 몰라서 그중의 하나를 집어 들어 근처의 나무를 향해 던져 보았다.

팟!

비도는 쾌속하게 날아가 나무를 꿰뚫었다.

[돌아와라!]

그러자 나무를 통과하여 직진하던 비도가 돌아와 이유강의 손에 잡했다.

"내가 힘을 실어줘야 움직이는구나. 그다지 쓸모가 없군."

동물 뼈를 이용해 만들어진 환물은 명령은 할 수 있으나 조종할 수 없는 단점이 있었다. 즉, 비혼은 조종하여 광마도법을 펼칠 수도 있으나 이러한 비도들은 힘을 실어주면 스스로 공격할 뿐 광마도법 같은 초식을 펼칠 수는 없었다. 게다가 그 강도도 그리 강하지 않아서 무사들이 내공을 주입해 검으로 쳐내거나 하면 부서질 가능성도 높았다. 이유강은 꿈틀대고 있는 열 자루의 비도를 향해 명령했다.

[움직이지 마라!]

그러자 비도들은 죽은 듯 움직임이 정지했다. 다시 움직이라는 지시가 있기 전까지는 움직이지 않을 것이다. 일단 만든 것이니 버리기는 아까워 허리춤 안쪽에 잘 꽂아두었다. 작고 가벼운 비도들이라 행동하기에 그리 불편할 것 같지 않았다.

"이제 돌아가야겠군."

아직 많이 남아 있는 꿩의 뼛가루를 보자기에 흘리지 않도록 조심해서 잘 담은 후 비혼의 허리춤에 매달아 묶었다. 몇 가지 더 만들어보고 싶은 것이 있었으나 구체적인 방법이 떠오르지 않아 다음 기회에 만들기로 했다.

이틀날 잠에서 깼을 때 고연위가 깨어났다는 연락을 받았다. 이유강은 별채의 방 안 탁자에 은전을 조금 올려놓고 곧바로 의원으로 향했다. 무공 수련으로 인해 별채 앞의 공터를 훼손했으니 그에 대한 비용을 지불한 것이다. 도착해 보니 고연위는 일어나 죽을 먹고 있었다. 일단 고비를 넘기자 원래 건장했던 체력 덕분인지 회복이 빠른 것 같았으나 생사의 고비를 넘겨서 그런지 힘이 없어 보였다. 그가 말했다.

"구해줘서 고맙네. 대체 어찌 된 것인가?"

"운이 좋아 무사히 도망칠 수 있었네. 다른 생각 말고 당분간 푹 쉬도록 하게."

이유강은 고연위와 잠시 대화를 나눴다. 그저 운이 좋아 탈출했다고 했을 뿐 자세한 얘기는 하지 않았다. 이제 고연위가 깨어났으니 길을 떠나도 될 것이다.

"자네가 깨어난 것을 보니 안심하고 떠날 수 있겠군. 이곳에서 충분히 휴식을 취한 후 총단으로 돌아가게."

"떠나려는가?"

이유강이 고개를 끄덕이자 고연위가 간절한 눈빛으로 말했다.

"자네에게 매우 미안한 부탁이지만 나를 항주에 있는 집으로 좀 데려다 주면 안 되겠나?"

"지금 바로 말인가?"

"그렇네. 총단에서도 내가 죽었을 것이라 생각할 것이니 보고할 필요도 없을 거야. 이번에 죽을 고비를 넘기면서 나의 능력이 얼마나 보잘것없는지 절실히 깨달았지. 모든 것이 허망하다는 생각이 드네. 이제 항주로 돌아가 쉬고 싶군."

"알았네."

차라리 잘된 것 같았다. 고연위가 총단에서 출세를 하면 언젠가는 반드시 부딪치게 될 것이다. 고연위는 항상 솔직했다. 그 어떤 사심도 없고 순수하게 자신을 친구로 여겼다. 이유강은 고연위의 그러한 점이 마음에 들었다.

"돌아가면 계속 쉴 생각인가?"

"당분간 좀 쉬었다가 폐관하여 수련에 정진할 생각이네. 실로 부질없는 짓이었어. 총단에 가보았더니 같은 소속의 무사들끼리도 서로 출세하겠다고 암투를 벌이더군. 죽고 죽이고, 이제 지긋지긋하네. 그리고 솔직히 정파의 무사들을 죽이며 나도 그리 속이 편치는 않았지. 집착을 버리니 마음이 편해지는군. 앞으로는 그냥 홀로 강해지는 것에만 관심을 가질 생각이네."

"좋은 생각이군."

이유강은 미소를 지었다.

혈검문(血劍門)은 삼천여 명의 무사를 두고 있는 항주와 소주 지역 최고의 문파였다. 그로 인해 마교 항주 분타로 인정받아 마교천하인 지금 항주와 소주 지역에서는 설사 관이라 해도 혈검문의 비위를 건드릴 수 없었다.

보통 다른 지역에서는 지역의 패권을 장악하려 숱한 군소 문파끼리 싸움을 하나 최소한 항주와 소주 지역에서는 혈검문의 아성에 도전할 만한 세력이 없었다. 특히 혈검문주 혈응마검 고패의 직속 정예 부대인 혈응백검수(血鷹百劍手)의 실력은 소주와 항주 지역에서는 가히 무적으로 통했다.

지글지글.

혈검문이 내려다 보이는 뒤쪽 야산. 조그만 멧돼지 한 마리가 꼬치째 구워지고 있었다. 직접 사냥을 통해 잡은 산짐승 고기를 구워 먹는 것이 혈응마검 고패의 낙이라 했다. 고기가 어느 정도 익자 고패는 다리 한쪽을 쭉 뜯어 이유강에게 권했다.

"잘 익은 것 같으니 들게."

"감사합니다. 한잔 올리겠습니다."

이유강은 고기를 받아 내려놓은 후 술을 따랐다. 고패는 한잔 들이키고는 말했다.

"연위의 생명을 구해주었으니 뭔가 보답을 하고 싶군. 혹시 내게 부탁할 일이 있는가?"

"친구의 생명을 구한 것에 무슨 보답이 필요하겠습니까."

그러자 고패는 그럴 줄 알았다는 듯 고개를 끄덕였다. 잠시 후 식사를 마치고 그는 다시 말했다.

"그러나 나는 꼭 보답을 하고 싶군. 언제든 부탁할 것이 있으면 꼭 하게."

"알겠습니다."

이유강은 마지못해 고개를 끄덕였다. 그때 옆에 앉아 있던 사십대 후반의 무사가 일어나 포권했다.

"혈응일검수 석립이오. 소문주께 듣기로 무공이 매우 강하다 들었소. 한번 가르침을 청하오."

혈응일검수라면 혈응백검수의 수좌를 의미했다. 그렇다면 혈검문에서 혈검문주 버금가는 고수일 것이다. 고연위의 말에 의하면 혈응백검수 중 대부분이 자신보다 고수라고 했기 때문이다. 이런 좋은 기회를 마다할 수 없었다. 이유강은 일어섰다.

"좋습니다."

고패가 흥미로운 표정으로 고개를 끄덕였다. 이유강은 그에게 포권한 후 도를 빼어 들었다. 석립 역시 검을 빼어 들고 중단세를 취했다. 가장 평범한 자세였으나 빈틈이 보이지 않는 완벽함이 느껴졌다. 일순 석립의 신형이 흐릿해지며 한줄기 섬광이 일었다.

차앙!

무섭도록 빠른 쾌검. 이유강은 도를 들어 막았다. 석립의 표정에 약간 감탄이 이는 것 같았다.

차앙! 창! 차앙!

연속으로 쇄도하는 쾌검. 일체의 형식을 배제한 실전적인 검법이었다. 순간순간 긴장하지 않으면 안 될 만큼 정신이 없었지만 이유강은 어렵지 않게 모두 막았다.

'절제된 동작, 괜찮은 검법이로군.'

일전에 고연위가 펼친 것과 비슷했지만 위력 면에서는 현저한 차이가 있었다. 고연위는 한 번의 초식을 펼친 후 쉽게 허점을 드러냈으나 석립은 모든 자세에서 완벽한 방어 자세를 구축하고 있었다. 상대에게 빈틈을 허락하지 않고 연속으로 이어지는 연환 공격. 이유강은 묵묵히 사십팔 번의 공격을 모두 받아냈다. 순간 보이는 찰나의 빈틈. 이유강의 도가 번쩍하며 석립의 미간 한 치 앞에서 멈췄다.

"……."

석립은 믿을 수 없다는 듯 당혹한 표정을 지었다. 이유강은 도를 거두고 포권했다.

"양보해 주셔서 감사드립니다."

"대단한 실력이오. 좋은 경험을 했소이다."

석립은 약간 어두운 표정으로 포권하며 물러났다. 그러나 이유강은 그가 제 실력을 다 보이지 않았다는 것을 알고 있었다.

'아무래도 내 실력을 알아보려 했던 것 같군.'

이유강은 고패를 향해서도 포권했다.

"부족한 실력으로 눈을 어지럽히지 않았는지 모르겠습니다."

그러나 고패는 굳어진 안색으로 고개를 저었다.

"대단한 실력이로군. 나도 장담할 수 없는 실력이야."

"과찬이십니다."

고패는 내심 상당히 놀란 상태였다. 사실 이유강이 고연위를 구했다는 것에 감사하면서도 한편으로는 정파 무사들에게서 그를 구한 것에 약간의 의혹을 품고 있었다. 정파 무사들에게 포위당한 상황에서 홀로 부상당한 사람을 구해 도주한다는 것은 고패 역시 힘든 일이었던 것이다. 만일 이유강이 석립의 공격을 받아내지 못했다면 정파의 첩자로 간주할 생각이었으나 석립을 단번에 제압하는 것을 보고 그러한 생각이 사라졌다.

'놀라운 초식이었다. 나 역시 감당하기 힘들 만큼.'

그때 이유강이 말했다.

"그럼 저는 이만 물러가겠습니다."

"편히 쉬도록 하게."

고패는 고개를 끄덕였다.

다음날 이유강은 혈검문을 떠나기 전 고연위의 처소를 방문했다. 혈검문 내부에 좋은 약재가 많아서인지, 아니면 천성적으로 체력이 좋은 것인지는 모르겠으나 그는 상당히 많이 회복된 듯 조금씩 몸을 풀고 있었다. 고연위가 반색했다.

"왔나? 몸이 많이 회복되었으니 오늘 저녁에 술이나 한잔하자구."

"하하, 벌써 술을 마셔도 된단 말인가? 그러다 다시 도질 수도 있으니 당분간 자제 좀 하게나."

"내 서문 소저와 환 소저에게 기별을 벌써 넣었네. 오늘 저녁에 서호반점에서 만나기로 했으니 그리 알게."

"……."

이유강은 순간 당황했다. 그러자 고연위가 미소를 지었다.

"내 자네가 일이 바빠 오늘 떠나려는 것을 알고 있네. 생명을 구해 준 친우와 술 한잔 못하고 이렇게 헤어질 수야 없지. 그러니 오늘 하루만 더 쉬었다가 내일 떠나게. 다소 무리라는 것은 알지만 이렇게라도 하지 않으면 자네와 술자리를 같이할 수 없을 것 같은 생각이 들었네."

"…그녀들도 온단 말인가?"

"물론이네. 내가 떠나기 전날 서호 비홍각에서 코가 비뚤어지게 술을 마셨지 않았나. 자네가 그냥 간다면 소저들이 매우 섭섭해할 걸세. 정히 급하다면 일찍 술자리를 갖기로 하지. 낮술을 마시는 것도 상관없으니."

"아, 그럴 필요까지는……. 아무튼 알았네."

이유강이 마지못해 고개를 끄덕이자 고연위는 기쁜 표정을 지었다.

서호반점의 이층. 고연위는 먼저 나와 있었다. 이유강은 잠시 항주 시내에 볼일이 있다 하여 늦는다고 했다. 잠시 앉아 있으니 서문소혜와 환가영이 이층으로 올라왔다. 고연위는 반색하며 일어났다.

"이게 얼마 만이오? 두 분 모두 별일없으셨소?"

"오랜만이에요. 부상을 당했다 들었는데 이제 괜찮은가요?"

서문소혜와 환가영이 반가운 표정을 지으며 다가왔다.

"염려해 주신 덕분에 많이 나아졌소. 앉으시오. 유강은 좀 늦는다 했소이다."

"유강이라면 이 대인님을 말하시는 건가요?"

일순 서문소혜의 안색이 붉어졌다. 환가영의 표정도 변했다. 고연위는 순간 어리둥절했지만 고개를 끄덕였다.

"그렇소. 그는 좀 늦는다 했소."

"……."

고연위가 어색하게 웃었다.

"하하, 서 있지들 마시고 일단 앉으시오."

서문소혜 등이 자리에 앉았다. 그때 십대 중반의 한 소년이 이층으로 올라와 두리번거리더니 고연위를 향해 다가왔다. 그리고는 잠시 머뭉거리더니 조심스럽게 물었다.

"…저 혹시 고연위 공자가 맞으신가요?"

"내게 무슨 볼일이 있느냐?"

"예, 어떤 분께서 이것을 전해 드리라 하셨습니다. 그럼 저는 이만."

고연위는 소년에게 한 통의 서찰을 건네받았다. 서찰을 펼쳐 읽어보았다.

갑자기 급한 일이 생겨 그냥 가게 되었네.

다음에 만나서 꼭 같이 한잔하도록 하지.

두 분 소저께 내 안부도 전해주게.

고연위는 서찰을 접어 품속에 넣고는 실망한 기색으로 말했다.

"유강이 급한 일이 있다며 이곳에 오지 못하겠다는 연락을 해왔소. 아쉽지만 우리끼리 식사를 해야겠소이다."

"그가 왜 오지 않겠다 했나요?"

서문소혜의 표정이 약간 복잡해 보였다. 고연위가 고개를 저었다.

"그냥 급한 일이 있다고 했을 뿐 자세한 것은 모르겠소. 큰일은 아니라 했으니 걱정하지 마시오."

"흥, 아마도……."

서문소혜는 코웃음을 쳤다. 고연위가 물었다.

"대체 왜 그러시오? 무슨 일이 있었소?"

"그게 무슨 말인가요? 무슨 일이라뇨?"

갑자기 서문소혜가 고연위를 화난 듯 노려봤다.

"험, 아니, 그게 아니고……."

고연위는 어색한 표정으로 고개를 돌려 환가영을 쳐다봤다. 그러나 환가영 역시 표정이 매우 어두워 보였다. 그때 점소이가 식사를 가져다 날랐다. 고연위가 말했다.

"뭔가 기분 나쁜 일이 있다면 말을 하고 푸시오. 한잔씩 하시겠소?"

서문소혜 등은 안색을 부드럽게 바꾸며 잔을 받았다.

"죄송해요. 제가 요즘 몸이 안 좋아서 조금 예민해졌을 뿐이에요. 오늘 초청해 주셔서 감사해요."

"총단에서 무슨 일이 있었는지 듣고 싶군요."

고연위는 고개를 끄덕였다. 잠시 총단에서 있었던 일과 이유강이 자신을 구해준 일을 간략하게 들려줬다. 소저들은 고개를 끄덕였다.

"그런 일이 있었군요."

"그렇소. 그와 친구라는 사실이 나는 매우 기쁘오. 사실 그는 내게 과분한 친구라 할 수 있소."

서문소혜 등은 한동안 말이 없었다. 잠시 묵묵히 식사를 하다가 서문소혜가 말했다.

"한 가지 부탁이 있어요."

"말씀해 보시오."

"이번에 저희 세가에서 멀리 서방으로 해상 교역을 하려 해요. 이미 준비는 끝난 상황이죠."

"서방이라면 구체적으로 어디를 말하는 것이오?"

서문소혜는 손으로 머리를 쓸더니 말했다.

"서쪽 끝까지 갈 생각이에요."

"상당히 먼 길이라 쉽지 않을 텐데…… 한데 내게 부탁할 것이 있다 하지 않았소?"

“관에서 해상로를 차단하여 이국과의 무역을 규제하고 있으니 손을 좀 써주세요.”

고연위는 웃었다.

“하하하, 그것을 어찌 내게 부탁하시오? 굳이 혈검문을 통하지 않아도 서문세가의 말을 관이 어찌 감히 무시할 수 있겠소?”

“순리대로 하고 싶을 뿐이에요.”

“알겠소. 아버님께 말씀드려 관에서 협조할 수 있도록 손을 써주겠소.”

“고마워요.”

서문소혜는 미소 지었다. 환가영이 물었다.

“그런데 앞으로 어찌 지내실 생각인가요?”

“몸이 완전히 회복되는 대로 무공 수련에 몰두할 생각이오. 아니, 그전에 여행을 좀 다녀올까도 고민 중이오. 가만, 그리고 보니 서문 소저, 서방으로 간다 했으니 그 배에 나도 좀 타고 가면 안 되겠소? 내 돈을 지불하라면 지불할 테니 좀 태워주시오. 이참에 말로만 듣던 서방에 한 번 가보고 싶소.”

“어찌 돈을 받겠어요. 오히려 해적들에게 상선을 지켜줄 테니 저로선 고마울 따름이죠. 환매가 이번 교역에 직접 가는데 함께 가주신다면 심심하지 않아 좋을 것 같군요.”

고연위는 환가영을 쳐다봤다.

“아니, 환 소저께서 그 먼 길을 가신단 말이오?”

환가영은 고개를 끄덕였다.

“이번 교역은 서문세가와 환가장이 함께 추진하는 대규모 교역이에요. 원래 서문 언니와 함께 가려 했으나 서문 언니가 다른 일로 못 가게 되어 섭섭했는데 같이 가주신다니 실로 든든한 생각이 드네요."

"하하, 내 부친께 말씀드려 본 문의 무사 백 명과 함께 이번 교역에 동행하겠소. 혹시라도 해적이 나타난다면 모두 물리칠 테니 걱정하지 마시오."

오래전부터 사모해 오던 환가영과 함께 서방으로 배를 타고 갈 생각을 하니 고연위는 가슴이 뛰었다. 서문소혜가 말했다.

"이번 교역에 천여 명의 호위무사들이 동행하니 굳이 나서지 않아도 될 것이에요. 그래도 백 명의 무사와 함께해 주신다니 매우 기쁘군요."

"나 역시 기쁘오. 자, 모두 한잔씩 하시오."

어느덧 밖은 어둑해지고 있었다.

캄캄한 밤. 달도 뜨지 않았다. 이유강은 소주(蘇州)의 한 객점에서 식사를 마치고 투숙 중이었다. 비록 항주에 며칠 있었지만 풍운장에는 들르지 않았다. 특별한 일이 없는데 그곳에서 또다시 며칠을 지체할 필요가 없었다. 촛불을 끄고 눈을 감았는데 잠이 오지 않았다.

"연위가 매우 섭섭해했겠군. 그러나 내가 참석했다면 매우 어색한 자리가 되었을 것이니 어쩔 수 없었다."

자신을 향해 원독 어린 시선을 보내며 사라졌던 서문소혜와 눈물을 흘리며 슬프게 사라졌던 환가영의 표정이 생각났다. 그녀들과는 이제 만나서 편하게 술자리를 함께할 만큼 편한 관계가 아닌 것이다. 자칫 술을 마시고 감정이 격해지면 또 무슨 일이 벌어질지 몰랐다.

다시 잠을 청했다. 계속 정신이 말똥말똥했다.

"한동안 돌아다녔으나 중원은 마교에 거의 완벽하게 장악되어 있다.

풍운장의 상세(商勢)가 중원 전역에 확장된다 할지라도 그들에게는 조족지혈에 불과할 뿐이니……."

마음이 답답했다. 십대마존에 대항할 만큼 강한 고수들을 포섭하는 것은 현재로서는 불가능한 것 같았다. 철영과 같은 인재라면 비록 시일이 걸리겠지만 언젠가는 십대마존의 일 인을 상대할 만한 실력이 될 수도 있을 것이다. 그러나 그러한 인재들을 또 만나기란 결코 쉬운 일이 아니었다.

"으음……."

피곤함이 몰려와 다시 잠을 청했다.

"크크크크……."

암흑에 잠겨 있는 인물이었다. 그는 점점 다가왔다. 청년인 것 같았는데 눈에서 사이한 붉은 빛이 흘렀다. 양손에 각각 한 자루의 도를 들고 있었는데 한 자루는 붉은색, 다른 한 자루는 검은색이었다.

"으음……."

전신이 빙글빙글 돌았다. 정신이 혼미해지는 것을 억제하며 간신히 저항했으나 검은색 기운이 온몸을 휘감았고 더 이상 저항을 할 수 없었다. 우우우웅 하는 소리가 들리며 정신이 분산되듯 들끓었고 끝을 알 수 없는 무저갱에 빠져들 듯이 온몸이 내려앉았다.

"……!"

이유강은 잠에서 깼다. 식은땀이 흘렀다. 일어나 탁자 위에 있는 물을 마셨다.

"제길!"

가끔씩 꾸는 꿈이었다. 항상 똑같은 장면이 되풀이되었다. 그저 꿈일 뿐이니 신경 쓰고 싶지 않았으나 반복되어 같은 꿈을 꾸니 신경이 쓰이지 않을 수 없었다. 새벽이 밝아왔다.

"일찍 출발하는 게 좋겠군."

일어나 채비를 했다. 간단히 식사를 마치고 풍혼 위에 올랐다.

"제갈수연과 주소영, 그녀들을 만나야 한다."

그렇다면 자신을 구한 위치를 알아내어 그 동굴을 찾을 수 있을 것이다. 시력을 잃은 상태에서 정신을 차렸던 그 동굴. 혹시 그곳이라면 뭔가 알 수 있는 것이 있지 않을까 하는 생각이 들었다. 솔직히 무엇을 알고 싶은지는 확실하게 떠오르지 않았다. 그저 이 답답한 심정에서 벗어나고 싶었다.

"마교만 생각하면 도저히 이해할 수 없는 분노가 치솟아오른다."

무엇 때문인지 알 수 없었다. 엽무극을 향한 분노인지 마교 전체에 대한 분노인지 알 수 없었다. 그것은 무의식의 저 깊은 곳에 잠재되어 있었다.

"이랏!"

풍혼이 출발했다. 캄캄한 새벽이라 사람도 별로 없었다. 풍혼은 전각들을 뛰어 순식간에 관도로 접어들었다. 배를 타지 않고 그냥 육로로 갈 생각이었다. 처음에는 적응이 잘 되지 않았던 풍혼의 빠른 속도. 이유강은 이제 그것을 즐기고 있었다.

두두두두!

어차피 상관없었다. 거듭 다짐하지만 중요한 것은 매일 강해지고 있다는 사실이다. 언젠가 심연의 깊은 곳에 숨어 자신을 괴롭히는 모든 것들을 드러내 일도양단(一刀兩斷)해 버리면 될 것이다. 그것이 무엇이라도 결코 상관없었다.

"이 길이 벌써 몇 번째인가."

합비에서 회남을 향해 뻗어 있는 관도. 이유강은 합비에서 회남을 향해 출발했다. 다른 길도 많은데 굳이 회남을 경유하는 것은 혹시라도 제갈수연 등의 행방을 알 수 있을까 하는 마음에서였다. 풍혼을 타고 주위의 경관을 즐기며 한참을 관도를 달렸다. 그러던 중 어디선가 비명 소리가 들려왔다.

"……!"

벌써 세 번째였다. 항상 그 장소였다.

"대체 이곳과 내가 무슨 인연이 있는 것인가. 또다시 위에서 싸우는 소리가 들리는구나."

관도 옆 높이 뻗은 절벽 위에서 병장기 부딪치는 소리와 단말마의 비명 소리가 들렸다. 처음엔 곽무연과 우문설 등을 도와줬고 지난번에는 정파의 무사들로부터 고연위를 구해줬다. 그렇다면 이번에는 또 무엇이란 말인가?

"올라가 봐야 하는가. 남들의 싸움에 또 간섭하고 싶지 않지만……."

그때 절벽 위에서부터 한 명의 인물이 비명을 지르며 떨어져 내렸다. 이유강은 그가 땅에 떨어지기 직전에 잽싸게 날아 안았다. 가슴에 큰 상처를 입은 그는 소생할 가능성이 없어 보였다.

"으……."

그는 이유강을 보고 뭐라 말을 하려 했다. 그러고 보니 얼마 전 고연위를 구해줄 때 자신을 봉으로 공격했던 정파의 무사가 분명했다. 그는 눈을 한번 크게 뜨더니 그대로 절명했다. 이유강은 손으로 그의 눈을 감겨주었다.

올라가 보니 네 명의 무사가 수십 명의 무리에 둘러싸여 있었다. 그들은 오랜 고투에 지쳤는지 검을 휘두르는 초식에 힘이 없었다. 그들 중 낯익은 자를 발견했다. 지난번 고연위를 구할 때 완강히 공격하던 청의청년이었다. 그는 흑의무사 세 명의 합공에 연신 밀리고 있었다.

"네놈은 웬 놈이냐?"

한 명의 무사가 도약하며 공격해 왔다. 답을 들을 생각이 애초부터 없었는지 다짜고짜 살초를 펼쳐 왔다. 이유강은 공격을 피하며 도를 휘둘렀다.

"크악!"

무사의 몸이 양단되어 떨어졌다. 서너 명의 무사가 달려들었다. 다시 도를 휘둘러 모두 베어버리고는 청의청년을 공격하는 흑의무사 중 한 명을 향해 도를 던졌다.

"……!"

막 청의청년의 가슴을 가르려던 흑의무사는 깜짝 놀라며 도약하여 피했다.

"네놈!"

그는 분노한 듯 이유강을 향해 달려왔다. 순간,

파앗!

달려오던 흑의무사의 목이 몸통에서 분리되었다. 흑의무사는 비명도 지르지 못하고 쓰러졌다. 허공에 도를 움켜쥐고 떠 있는 시커먼 팔은 지체없이 청의청년의 곁에서 경악한 표정으로 쳐다보던 흑의무사들을 향해 쇄도했다.

차앙! 창!

그들은 황급히 검을 움직여 도의 공격을 막았다. 찰나 청의청년의 눈이 빛나더니 그의 검에서 푸른색 섬광이 일었다.

"크윽!"

"윽!"

흑의무사들이 쓰러지고 청의청년은 숨을 몰아쉬었다. 그의 안색은 창백했다. 허공에 떠 있던 팔이 흩어져 날리며 도가 아래로 떨어져 내리기 직전 이유강은 달려가 도를 잡아 들었다.

"견딜 만하시오?"

"…끄떡없소."

지난번에는 시종 반말로 경고하던 청년의 표정에 감탄의 빛이 어려 있었다. 그때 마교의 무사들 중 한 명이 외쳤다.

"모두 한꺼번에 공격해라!"

마교의 무사 수십 명이 일거에 달려들었다. 청의청년 등의 상세가 위중한 상태라 자칫 위험할 수도 있었다. 이유강은 환물 비조를 불렀다. 하늘에서 커다란 새가 떨어지듯 낙하했다. 달려오던 무사들이 일순 멈칫했다.

"뭐, 뭐냐? 크아악!"

"크윽!"

한 명의 무사가 그들의 가운데로 날아내리며 도를 휘둘렀다. 비혼이었다. 비혼은 오직 한 가지 초식만을 반복하여 펼쳤지만 아무도 그의 도를 피하지 못했다. 무사들은 당황하여 흩어졌고, 순식간에 대여섯 명의 무사가 비혼의 칼에 죽음을 당했다. 누군가 소리쳤다.

"겁내지 말고 합공해라!"

그의 말에 십여 명의 무사가 비혼을 향해 검을 휘둘렀다. 그중 다섯 개의 검이 비혼의 몸에 작렬했다.

까강! 까앙!

비혼은 일순 멈칫했으나 곧바로 다시 칼을 움직여 정면으로 달려들던 한 명의 무사를 베어버렸다.

"그, 금강… 크윽!"

경악의 침음성을 흘리며 물러나던 무사는 청의청년의 검에 목숨을 잃었다. 청의청년뿐 아니라 세 명의 정파 무사도 힘을 얻은 듯 마교의 무사들을 공격했다. 이미 승리는 확정되어 있었다. 그 언젠가 고대의 병법과 기진을 응용하여 창안했던 만상환혼진(萬象幻混陣), 십기백파진(十騎百破陣), 삼기파행진(三騎破行陣), 이기혼란진(二騎混亂陣) 중 이기혼란이 빛을 발하는 순간이었다.

단 두 마리의 환물을 이용해 상대의 기세를 꺾어버리고 혼란을 줄 수 있는 이기혼란의 임무를 비혼 혼자서도 충실히 해낸 것이다. 기세가 꺾인 상태에서 마교 무사들은 제 실력을 발휘하지 못했다. 마교 무사들이 모두 쓰러진 후 청의청년이 이유강을 향해 다가왔다.

"오늘의 은혜… 잊지 않겠소."

그는 정중히 포권했다. 이유강은 고개를 저었다.

"지난번 실례에 대해 오늘 그 빚을 갚은 것뿐이니 신경 쓰지 마시오."

그러자 청의청년은 잠시 침묵하더니 입을 열었다.

"…대협께서 구해간 자는 나의 사제를 죽인 원수였소. 그를 다시 만나면 반드시 죽일 것이나 대협께는 원한을 갖지 않겠소."

이유강은 고개를 끄덕였다.

"알았소. 상세가 위중해 보이니 일단 치료부터 하시오."

"그럴 상황이 아니라 이만……."

청의청년은 피를 토하며 주저앉았다. 세 명의 무사가 달려왔다.

"단주님!"

피를 많이 토한 청의청년의 안색이 더욱 창백해졌다.

"나는… 상관 말고 어서 가서 수연 소저, 아니, 군사… 님을 구하게."

"그럴 수는 없습니다. 단주님의 상세가……."

"명령… 이네. 그분을 구하지 못하면 정파의 미래는……."

청의청년은 말을 마치지 못하고 혼절했다. 세 명의 무사는 표정이 어두워지며 갈등의 기색을 보였다. 전신 곳곳에 부상을 입은 그들의 상세도 청의청년에 비해 그다지 나아 보이지 않았다. 그러나 이유강은 일순 귀를 의심했다.

'수연 소저라면……?'

이유강이 물었다.

"결례가 아니라면 군사의 성함을 물어도 되겠소?"

그러자 무사들은 난감한 표정을 지었다.

"…그것을 어찌 물으시오? 은인께 죄송하지만 외부인이라 말씀드리기 곤란하오."

"혹시 제갈수연이 아니오?"

"그것을 어찌……?"

무사가 놀라는 표정을 지었다. 이유강이 급한 심정으로 물었다.

"위치를 알려주시오. 그녀가 위기에 처해 있다니 내가 가보겠소. 당신들은 상세가 위중하니 근처 안전한 곳에서 일단 치료를 하는 게 좋겠소."

그러자 무사는 반색하는 표정을 지었다.

"이곳에서 북동쪽으로……."

"알았소."

이유강은 곧바로 북동쪽을 향해 풍혼을 전속력으로 몰았다.

'그렇다면… 혹시 그때 그 두 여인이……?'

자신을 향해 눈부신 미소를 보내던 두 미녀. 이유를 알 수 없었던 그 미소를 받은 후 일순 곤혹스러웠으나 별다른 생각은 하지 않았었다. 그리고 보니 그녀들은 자신을 알아봤던 것이다.

"제갈 소저, 주 소저, 그대들도 정파의 후예들이었소?"

그토록 찾고자 했던 은인들을 보고도 몰라봤으니 그녀들이 얼마나 서운해했을까.

"무슨 일이 있어도 그대들을 구해주겠소."

시력을 잃고 내상과 외상이 극심한 상태로 외딴 산속에서 정신조차 잃었었다. 그런 자신을 치료해 주고 여비까지 주었던 그녀들의 은혜를 어찌 잊을 수 있겠는가.

'저곳인가?'

멀리 많은 무사들이 싸우고 있는 공터가 보였다. 가까이 가보니 수백의 마교 무사들 사이로 검을 휘두르는 두 여인의 모습이 보였다. 일전의 그녀들이 분명했다.

서문소혜와 환가영처럼 화려하지는 않지만 미색(美色)에 있어서 그녀들에 비해 손색이 없는 두 여인. 그녀들은 누군가를 기다리고 있는 듯 초조한 표정이었다. 아마도 조금 전 단주라 불리던 청의청년과 그의 부하들을 기다리는 것 같았다.

이미 지칠 대로 지친 정파의 무사들은 검진을 펼치며 가까스로 버티고 있었지만 내력이 거의 소진되어 한계를 드러내고 있었다.

'상황이 매우 안 좋군.'

반면에 마교의 무사들은 조금도 지친 기색이 없었다. 정파의 무사들을 직접 포위하여 공격하는 무사들은 일백 정도였다. 나머지 삼백여 명의 무사는 곳곳에 포위망을 구축하고 있어 섣불리 뚫고 들어갈 틈이 없었다. 또한 그들 중 가공할 기운을 풍기는 한 명의 무사가 보였다. 그는 사십대 후반으로 보이는 무사였는데 팔짱을 끼고 여유롭게 전장을 주시하고 있었다.

'저자는 누구인가?'

풍기는 기세로 보아 그는 무림에 나와 본 중 최고의 고수였다.

'마교 수뇌부의 고수가 출현하다니.'

이유강은 내심 긴장했다.

"아악!"

정파의 무사 두 명이 검에 맞아 쓰러졌다. 그들이 쓰러지자 정파 무사들이 펼치는 진형이 더욱 흐트러졌다.

'더 이상 지체할 시간이 없다.'

모두를 구할 수는 없었다. 조금 전과 같이 비혼으로 혼란을 준 후 풍혼을 이용해 두 소저만 구해야 할 것 같았다. 어지간한 충격에는 타격을 받지 않는 비혼이지만 이곳 마교 무사들의 우두머리로 보이는 사십대 후반의 저 무사는 비혼으로도 장담하기 힘든 고수임이 분명했다.

"비혼……."

이유강은 하늘을 쳐다봤다. 상공 높이 떠 있는 환물 비조. 그 위에 타고 있는 비혼의 모습이 보였다. 생명의 은인들을 구할 수 있다면 비혼이야 얼마든지 희생시킬 수 있었다.

이유강은 급히 환물 비조를 불렀다. 동시에 근처의 지형 지물과 나뭇가지, 돌멩이들을 이용해 미환진을 펼쳤다. 비혼이 적들을 혼란시킬 때 잽싸게 풍혼을 타고 두 소저를 이곳으로 은신시키면 될 것이다. 미환진은 상당한 진법의 대가가 아니라면 쉽게 파훼할 수 없는 난해한 진법이니 믿을 수 있었다.

일단 이유강은 미환진 안으로 은신했다. 비혼이 제 실력을 발휘하려면 잠시 동안 비혼을 직접 조종할 필요가 있었다. 비혼의 몸에서 봇짐과 세 자루의 도를 벗겨내고 다시 환물 비조에 태웠다. 비혼은 검게 빛나는 묵도(墨刀) 한 자루만 손에 움켜쥐고 있었다.

파라락! 파락!

환물 비조를 타고 있는 비혼의 눈으로 아래를 보니 전장은 물론 곳곳에 포진한 모든 무사들의 상황이 한눈에 들어왔다. 그때 특이한 것이 보였다.

'저들은……?'

서쪽에서 달려오는 수백여 명의 무사들. 모두 남색의 동일한 옷을 입고 있었는데 경공 실력을 보니 상당한 수련을 거친 자들이었다.

"네놈들은 누구냐?"

서쪽 외곽에 포진한 마교 무사들이 그들을 보고 몰려들었다. 남색의 무사들은 주저없이 그들을 향해 돌격했다. 커다란 도끼와 대도(大刀)를 들고 있는 체격 좋은 무사들. 그들 앞에 마교의 무사들은 맥없이 쓰러졌다.

"모두 저쪽을 막아라!"

누군가 크게 소리치는 소리가 들렸고, 정파 무사들을 공격하던 무사들을 제외한 모든 마교 무사들이 서쪽으로 뛰어갔다. 이유강은 순간 환물 비조를 낙하시켜 비혼을 정파 무사들이 있는 곳으로 뛰어내리게 했다.

"크아악!"

"카악!"

갑자기 하늘에서 떨어진 비혼의 도에 무사들이 쓰러지기 시작하자 정파 무사들을 압박하던 마교 무사들의 진형이 일순 흔들렸다. 이유강은 사정을 두지 않고 연신 비혼을 조종해 광마도법을 펼쳤다.

"크악!"

"아아악!"

정파 무사들은 하늘에서 떨어져 마교 무사들을 도살하는 비혼의 모습에 일순 멍한 듯했으나 곧 이어 진형을 회복하여 마교 무사들에 대항하기 시작했다. 그때 비혼을 향해 강한 검기(劍氣)가 쇄도했다. 맞으면 비혼이라 해도 성치 못할 것 같아 가까스로 옆으로 회전하며 검기를 피했다.

"네놈은 누구냐?"

팔짱을 끼고 상황을 주시하던 사십대 후반의 사내. 그가 검기를 날린 것이 분명했다. 그가 그의 뒤에 서 있는 무사를 향해 말했다.

"나는 저쪽으로 가보겠다. 네가 이놈을 죽여라!"

"예!"

흑색 피풍의를 걸친 삼십대 중반의 검을 든 무사였다. 그는 사내에게 포권한 후 비혼을 쳐다봤다.

파앗!

삼 장 밖에 있던 무사의 신형이 순식간에 비혼에게 접근하여 검을 휘둘렀다.

콰앙!

이유강은 비혼을 움직였으나 미처 피하지 못해 가슴에 검을 맞고 뒤로 나가떨어졌다. 다행히 비혼의 가슴에는 약간의 흠집만 생겼을 뿐 별 이상이 없었다. 비혼이 도를 들고 일어서자 무사는 일순 믿을 수 없다는 표정을 지었다.

"가슴에 검을 맞고도 멀쩡하다니, 호신보의라도 입었단 말이냐?"

그는 말과 함께 다시 검을 휘둘렀다. 이유강은 비혼을 움직여 무사의 검을 피한 후 그의 가슴을 베어버렸다.

"으윽!"

무사는 신음성을 흘리며 뒤로 물러났다. 가슴을 베었으나 사내의 움직임이 워낙 빨라 가슴에 반 치 정도의 가벼운 상처만 입힌 것이다. 사내의 표정이 차가워졌다.

"제법이군."

순간 사내의 신형이 두 개로 분리되는 듯한 환각이 일었다. 좌측으로 검을 베어오는 사내와 우측으로 검을 찌르는 사내. 비혼을 움직여 좌측의 검을 막고 우측의 검을 피했다.

파악!

그러나 사내의 검은 무척 빨라 비혼의 우측 어깨에 박혔다. 이유강은 즉시 비혼의 어깨를 돌렸다. 그러자 사내는 검을 뺏기지 않으려고 힘을 쓰며 검을 뽑으려 했다.

까앙!

검은 어깨에 박힌 채 부러졌고, 사내는 부러진 검을 들고 물러났다. 그는 질린 표정이었다.

"독한 놈, 네놈이 진정 사람이… 커억!"

부러진 검으로 비혼이 휘두른 도를 막기는 역부족이었다. 사내는 말을 마치지 못하고 쓰러졌다. 이유강은 비혼을 움직여 계속해서 마교의 무사들을 공격했다. 서쪽은 어찌 되었는지 모르겠으나 일단 이쪽은 안정되어 가고 있었다. 그때였다.

"크윽! 이렇게 도주하다니! 오늘은 이대로 간다만 네놈들 모두 끝까지 찾아내 찢어 죽이고 말 것이다!"

한기 서린 사내의 목소리와 함께 수십 명의 무사가 이쪽으로 날아왔다. 서쪽에 새로 등장한 무사들에게 패하여 도주하는 것 같았다. 사십 대 후반의 무사는 도주하며 정파 무사들을 일순 쳐다보더니 검을 날렸다.

"크큭, 여우 같은 계집! 네년은 죽어줘야겠다."

쇄애액!

한 명의 여인을 향해 쇄도하는 검에는 가공할 붉은 기운이 서려 있었다. 사내가 도망치며 혼신의 힘을 다해 날린 것이 분명했다. 이유강은 깜짝 놀라며 비혼을 최고 속도로 움직였다.

'비혼, 몸으로 막아라!'

콰앙!

검이 여인에게 작렬할 찰나 비혼이 가슴으로 검을 받았다. 검이 비혼의 가슴 깊숙이 박히자, 비혼의 전신이 심하게 진동했다. 이유강은 비혼의 고개를 돌려 뒤의 여인을 쳐다봤다. 그녀는 무슨 말인가를 하려는 듯 입술을 달싹였다.

푸스스.

비혼의 전신이 진동하더니 가루가 되어 바람에 흩어졌다. 땅에는 흑색 도 한 자루와 철검 한 자루가 떨어져 있었다.

"크으웃, 명이 길구나."

사내가 이를 갈며 분한 듯 소리쳤다. 그를 향해 남색의 무사들이 접근했고, 사내는 수십여 명의 무사와 함께 멀리 도주했다. 여인은 말이 없었다. 주위의 무사들이 몰려들며 걱정스러운 듯 물었다.

"군사님, 괜찮으십니까?"

"…괜찮으니 염려 마세요."

그녀는 소매로 눈물을 닦고는 자신을 향해 다가오는 한 명의 청년을 응시했다. 남색의 옷을 입은 이십대 중반의 청년이 포권했다.

"서룡이라 하오. 제갈수연 소저가 맞으시오?"

"그렇습니다만……."

"늦지 않아 다행이오. 팽우님의 명으로 정파의 후예들을 모시러 왔소."

그는 한 통의 서찰을 내밀었다. 제갈수연의 안색이 변했다.

"설마… 하북팽가주이신 팽 숙부님의?"

"그렇소. 중원무림은 철저하게 마교에 장악되어 이곳에서는 더 이상 희망이 없소. 팽우님께서는 이미 서방무림에 힘을 구축하기 시작했소. 그곳에서 팽우님과 함께 힘을 모아 마교에 대항할 세력을 만들어야 하오."

"서방무림이라 하면……?"

"이곳 못잖은 방대한 무림이 존재하고 있소. 무엇보다 그곳은 마교의 힘이 미치지 못하는 곳이오. 시간이 없으니 속히 결단을 내리시오."

제갈수연은 서찰을 펼쳐 읽었다. 제갈세가와 하북팽가는 서로 왕래가 많았고 그녀는 팽 가주를 숙부라 부르며 친하게 지냈던 것이다. 서찰을 읽어보니 그녀가 아는 팽우의 필체가 틀림없었다.

"그분께서 생존해 계신 줄은 알았지만 이런 계획을 세우고 계셨을 줄이야……."

제갈수연은 격동의 표정을 지으며 고개를 돌려 정파 무사들을 쳐다 봤다. 그들은 기대 어린 표정으로 그녀를 향해 고개를 끄덕였다. 제갈 수연은 서룡을 향해 말했다.

"일단… 근처에 흩어진 동료들을 구해야겠어요."

"알았소. 우리가 도와줄 테니 서두르시오."

"예."

제갈수연은 고개를 끄덕였다. 모두가 바쁘게 움직이는 동안 제갈수 연은 문득 발밑에 떨어져 있는 흑색 도를 쳐다봤다. 그녀는 떨리는 손 으로 흑도를 주워 들었다.

"대체 누구기에 나를……?"

그녀는 고개를 들어 사방을 둘러보았다.

'그래, 분명 그때 그와 함께 있던 자였어.'

경황 중에 몰랐으나 몸을 날려 자신을 구한 그자는 분명 고연위를 들쳐 메고 절벽으로 뛰어내렸던 그 무사가 분명했다. 그때 누군가가 외쳤다.

"군사님, 서두르셔야 합니다!"

"예."

그녀는 다시 한 번 주위를 돌아본 후 무리를 따라 사라졌다.

이유강은 그녀들이 떠나간 곳을 멍하니 바라보았다.

'다행히 그녀들을 구했구나.'

비혼이 몸으로 검을 막지 않았다면 제갈수연은 죽음을 면치 못했을 것이다. 비혼이 부서진 것은 가슴 아프지만 실로 다행한 일이었다.

"비혼, 미안하다. 다시는 그따위 검기 따위에 부서지지 않도록 다음에는 더욱 강하게 부활시켜 주겠다."

눈물을 흘리며 비혼을 쳐다보던 제갈수연의 얼굴이 떠올랐다. 비혼이 검에 맞아 부서지기 직전 고개를 돌려 바라본 그녀의 얼굴이었다.

'언젠가 다시 만날 수 있기를 바라겠소. 부디 그때까지 무사하시길……'

그녀들을 구한 후 그때의 일에 대한 감사를 표하고 무슨 일이든 들어주고 싶었으나 아직은 때가 아니었나 보다. 그녀들은 서방무림으로 간다 했다.

'서방무림이라……. 그러한 곳이 존재하고 있었다니.'

얼마 전 혈검문에서 고연위가 했던 말이 생각났다.

"내가 총단에 가서 느낀 것이 있네. 본 교 세력 중 내성도 아닌 외성의 일개 전 하나가 현재 정파 무림 전체를 상대하고 있지. 그것은 본 교 전체의 능력에 비하면 그야말로 빙산의 일각일 뿐일세. 마도천하는 결코 변할 수 없네. 이전과 같이 정파의 구파일방과 오대세가가 건재하다 해도 본 교의 힘에 대적할 수 없을 텐데 하물며 지금과 같은 상황에서야 말할 필요가 없지. 흐르는 강물을 거슬러 올라갈 수는 없네. 정파의 잔당들은 마치 지나간 왕조를 다시 복원하려는 듯 헛된 몸부림만 치고 있을 뿐이야."

고연위가 왜 이러한 말을 했는지는 알 수 없었다. 다만 그는 이제 마교에서 출세하고 싶은 마음을 버렸다고 했다. 그저 홀로 강해지는 것으로 만족하겠다고 했던 것이다. 그로선 잘된 일이다. 이유강은 잠시 바람을 맞으며 서 있었다.

'대체 이 허탈한 마음은 무엇인가…….'

무언지 모를 허망함이 가슴을 스쳤다. 공들여 만든 비혼이 부서진 것 때문일까. 그러나 그로 인해 생명의 은인을 구했으니 아까울 것은 없었다. 그런 것과는 다른 허망함이었다. 비혼이 부서져서 아까운 것이 아니라 중요한 것은 직접 조종했을 때 현재 자신의 능력을 능가하는 무위를 발휘할 수 있는 비혼이 검에 맞아 부서진 것이다.

그것은 이유강 자신이 죽은 것이나 마찬가지였다. 비혼이 그것을 대신했을 뿐이다. 그는 마교주 엽무극도 아니었고 십대마존도 아니었다. 그저 마교의 수뇌부에 불과했다.

'아아, 나는 고작 이따위 실력으로 무림을 활보하고 있었던가.'

여기저기서 크고 작은 분쟁에 끼어들어 무용을 펼쳤으나 참으로 운이 좋았을 뿐이다. 아까 비혼을 부순 그러한 고수와 제대로 부딪쳤다면 살아남기 힘들었을 것이다. 게다가 일전에 서문소혜와 환가영이 보여주었던 무위, 특히 서문소혜의 음공(音功)은 실로 가공하지 않았던가.

그녀들이 어린 나이에 어찌 그리 가공할 무공을 가지고 있는지는 알수 없었다. 그러나 얼마 전 깨달은 암흑조화술을 이용해 환수들을 만들어 암흑광마어도술을 펼친다 해도 아직 그녀들이나 비혼을 부순 사내를 이길 수 없을 것이다.

'제기랄!'

광마도법에 환물까지 동원해 별 짓을 다 해도 그들에겐 그저 재롱을 피우는 수준인 것이다. 형편없는 무공이라고 조소하던 서문소혜의 표정이 떠올랐다. 생각하고 싶지 않은 기억이었다.

'시간이 필요하다. 지금 실력으로는 어줍잖은 하수들에게나 통할 뿐이다. 그리고 설령 내가 더욱 강해진다 해도 이제 이곳 중원에서 마교를 어찌하기는 어려운 일이다.'

자칫 그들을 잘못 건드린다면 풍운장마저 초토화될 것이 분명했다. 풍운장과 관계없는 것처럼 아무리 은밀하게 행동한다 해도 서문소혜 등은 자신이 풍운장의 이 대인인 것을 알고 있지 않은가. 감추려 해도 한계가 있었다.

'과연 나는 무엇을 하고 있는가……'

정파의 후예들이 지나간 왕조를 다시 세우려는 헛짓을 하고 있다고 말했던가. 맞는 말이었다. 마교가 무슨 나쁜 짓을 했다 해도 그 세력이 천하를 뒤덮고 있는 지금 그들에게 대항하는 것은 실로 무모한 일인 것이다.

"**교**역이라 하셨습니까?"

"그렇소. 멀리 서방에까지 교역을 할 생각이오."

이유강의 말에 여송 등은 모두 놀라는 표정이었다. 회의실에는 여송과 손후, 구자삼, 음서가 앉아 있었다. 구자삼이 말했다.

"관에서 그것을 규제하는지라 쉽지가 않습니다. 굳이 그것을 행하려면 밀무역 이외에는 방법이 없을 것 같습니다."

"밀무역이라……."

"그것이 아니라면 관이나 혹은 마교의 허락을 받아야겠지요. 서문세가 같은 경우는 밀무역의 형식이나 실은 관의 협조까지 받고 있습니다. 이미 수십 척의 배가 서방을 향해 떠난다는 정보를 입수했습니다."

서문세가가 마교를 지원하는 십대상가 중의 하나이니 그들이 관의 지원을 받는 것은 당연한 일이다. 이유강은 고개를 끄덕였다.

"관이 우리를 막지 않게 조치하겠소. 교역에 합당한 품목에 대해 알 아보시오."

"고대로부터 서방으로의 교역은 비단이 최고입니다. 생사를 이용한 견직물이 그것입니다. 그 밖에 자기나 각종 세공품도 괜찮은 품목입니 다."

"견직물을 확보하자면 서문세가와 부딪칠 수도 있겠군."

"솔직히 말씀드리면… 풍운장의 존망마저 위태로울 수 있습니다."

견직은 서문세가의 영역이니 넘볼 생각 하지 말라던 서문소혜의 경고가 생각났다. 이유강은 고개를 저었다.

"아직 그들과 부딪칠 때가 아니니 뭔가 다른 특별한 것을 찾아봐야 겠소."

그러자 옆에서 묵묵히 듣던 여송이 말했다.

"사실 선박을 이용한 원거리 교역은 성공하면 많은 이익을 남기는 최고의 장사지만 폭풍이나 해적 같은 위험이 도사리고 있어 쉽지 않 습니다. 또한 험난한 항로를 뚫고 서방에 도착한다 해도 매우 오랜 시간이 소요됩니다. 현재 풍운장은 환물을 이용해 많은 돈을 벌고 있 는데 굳이 밀무역을 감수하며 대량 교역을 하는 것은 무리라고 봅니 다."

이유강은 고개를 끄덕였다.

"맞는 말이오. 그러나 그동안 무림을 돌아보면서 많은 생각을 했는 데 궤도 수정이 불가피하다는 것을 깨달았소. 나는 조만간 서방으로 갈 생각이오. 서방에 이곳 못잖은 방대한 무림이 존재하고 있다고 들 었소. 마교의 힘이 미치지 않는 곳이니 그곳에서 뭔가 길을 찾을 생각 이오. 그러기 위해서는 풍운장의 힘을 서방 곳곳까지 확장시킬 필요가 있소.”

“…….”

이유강의 말에 여송 등은 침묵하며 생각에 잠겼다. 이유강은 말을 이었다.

“정파의 잔여 세력도 그곳에서 뭔가를 도모하고 있으니 나 역시 서방무림에서 마교를 상대할 만한 힘을 얻을 작정이오. 또한 가능하다면 정파의 세력들과 손을 잡는 것도 괜찮을 것 같소. 그러기 위해서는 풍운장의 힘이 서방 곳곳까지 확장되어야 하오. 그 어느 곳에서도 막대한 자금이 필요하기 때문이오. 대량 교역을 하며 서방의 주요 항구 도시들에 풍운장의 지부를 세웠으면 하오.”

이유강은 말을 마친 후 잠시 침묵했다. 여송 등도 뭔가 생각에 잠긴 듯 말이 없었다. 잠시 후 여송이 고개를 끄덕였다.

“대인의 뜻에 따르겠습니다.”

“고맙소.”

그러자 음서가 말했다.

“저 역시 대인의 뜻에 따르겠습니다만… 최악의 상황을 고려하지 않을 수 없습니다. 교역을 위해서는 관은 물론 결국에는 서문세가와 같은 거대 상가와 부딪칠 것을 각오해야 할 것입니다. 언제까지 피할 수는 없기 때문입니다. 풍운장이 위험해질 수 있습니다.”

“무슨 복안이 있소?”

“어차피 풍운장의 세력을 이곳 중원뿐이 아닌 서방 곳곳까지 확장하실 생각이라면 장원을 이곳이 아닌 안전한 곳으로 이전하는 것이 어떻겠습니까?”

“이곳을 폐쇄시키자는 뜻은 아닌 것 같소만…….”

"물론입니다. 이곳은 풍운장의 항주 분타로, 또한 대외적으로는 풍운장의 본 가로 계속 중요한 역할을 해야 합니다. 그러나 향후 마교나 서문세가의 공세를 피하려면 이곳과 서방의 모든 분타들을 총괄할 수 있는 거점이 필요하다고 말씀드리는 것입니다."

그러자 여송이 말했다.

"좋은 생각인 듯합니다. 대인의 뜻대로 중원뿐이 아닌 세계 각지로 풍운장의 세력을 확장하기 위해서는 차라리 괜찮은 섬을 물색하여 거점으로 삼는 것이 어떨는지요."

"훌륭한 생각이오. 섬이라면 무인도를 말하는 것이오?"

"그렇습니다. 바다로 나가 보면 사람이 살지 않는 섬이 실로 무수하게 많습니다. 물론 배가 정박할 수 있는 부두도 만들어야 하고 나중에는 본 장의 많은 사람이 거할 수 있어야 하니 그에 적합한 섬을 찾기가 쉽지는 않을 것입니다."

이유강은 문득 흑의인에게 끌려가 이 년 동안 지냈던 섬이 생각났다. 위치는 알 수 없었지만 그 섬이라면 아주 적합할 것이다. 더구나 엄청난 천연 금광석도 쌓여 있지 않은가. 그러나 위치를 알 수 없으니 방법이 없었다. 이유강이 말했다.

"나는 보다 빨리 서방무림으로 갈 생각이니 좋은 섬을 물색해 자금을 아끼지 말고 거점을 만들어보시오. 문제는 교역인데……."

그러자 구자삼이 말했다.

"일전에 표류한 서방 선박의 선원이 본 장의 삯군으로 일하고 있습니다. 그가 말하기를 육두구와 같은 향료를 구할 수 있다면 서방에서 무척 비싼 값에 팔 수 있다고 들었습니다. 실제로 그것을 구하기 위해 죽음을 무릅쓰고 망망대해의 섬 곳곳을 찾아 헤매는 배들이 있다 합니다.”

“흠…….”

“그 선원이 그곳을 알고 있을 수도 있으니 자세한 것을 한번 알아보겠습니다.”

이유강이 고개를 끄덕였다.

“알았소. 나는 한 달 정도 수련을 하며 지낼 작정이오. 앞으로 많은 사람이 필요할 것이니 가급적 많은 인재들을 확보하고 특히 광마일백 연무관을 통과한 광마전사들이 많이 배출될 수 있도록 각별히 신경 써 주시오.”

“맡겨주십시오.”

혈검문 문주의 집무실. 이유강이 안으로 들어서자 고패가 자리에 앉아 있다 반가운 표정을 지었다.

“나를 보자 했는가?”

“한 가지 부탁이 있어 왔습니다.”

고패가 고개를 끄덕였다.

“말해 보게.”

“멀리 서방과 교역을 하려 합니다. 쉽지 않은 부탁이지만 관의 규제를 풀어주셨으면 합니다.”

그러자 고패가 슬쩍 인상을 찌푸렸다.

“관의 규제쯤이야 문제될 것은 없지만…….”

“무슨 문제가 있습니까?”

이유강이 묻자 고패가 고개를 흔들었다.

“이 일은 장담할 수 없군.”

"제가 너무 무리한 부탁을 드린 것 같습니다."

"그렇진 않아. 내 일전에 자네의 부탁을 하나 들어준다고 약속했지. 최대한 노력해 보겠네. 내가 기별을 줄 테니 일단은 가서 기다리게."

"감사합니다."

이유강은 포권한 후 집무실을 나왔다. 한 달여간 무공을 수련하며 지내다가 오늘은 고연위도 만나러 혈검문에 왔으나 고연위는 어디론가 먼 여행을 떠났다고 한다. 그래서 고연위의 부친 고패를 만나 관의 규제를 풀어달라고 부탁을 한 것이다.

사실 이렇게 부탁하는 것이 그리 내키지는 않았지만 고패의 말 한마디면 해결될 일이니 굳이 힘들게 돌아갈 필요가 없을 것 같았다. 그러나 고패가 이에 난감한 기색을 표하자 내심 의아한 생각이 들었다. 생각 외로 순조롭게 일이 풀리지 않을 수도 있었다. 풍운장으로 돌아가 기다리는 것이 좋을 것 같았다.

"일단은 잠시 기다려 보고 그에 대응해야겠군."

이유강이 나가자 고패는 총관을 불렀다. 총관은 사십대 초반으로 보이는 문사풍의 중년인이었다. 그는 심각한 표정을 지으며 말했다.

"서문 소저가 소문주님께 부탁을 했으나 기실 서문세가를 지원하라는 명령이 총단에서 하달되었습니다. 서문세가나 환가장뿐만 아니라 자칫 총단에서도 탐탁지 않게 생각할 수도 있습니다."

"그럴 수도 있겠지. 하나 나는 그 녀석과 약속을 했으니 어떻게든 들어주고 싶군. 하나뿐인 자식놈을 살려준 은인에게 한 약속을 어기고 싶지 않네."

"서문세가에 양해를 구해야 할 듯합니다. 그들이 꺼려 한다면 어쩔 수 없습니다. 조만간 제가 서문세가에 다녀오겠습니다."

"그게 좋겠군."

고패는 고개를 끄덕였다.

며칠 후 풍운장으로 한 통의 서신이 도착했다. 이유강은 서신을 펼쳤다.

쉽지 않은 일이었으나 다행히 자네의 부탁을 들어줄 수 있게 되었군.

단, 교역에 가능한 선박은 한 척에 제한되고 교역 품목은 서문세가의 동의를 얻어야 한다는 조건이네.

사실 이런 조건 없이 자네가 원하는 대로 교역을 하게 하고 싶었으나 그렇게 하지 못해 실로 유감이네. 다행히 배의 크기는 상관을 안 한다 하니 될 수 있으면 커다란 배를 구해 교역을 떠나도록 하게.

마지막으로 혹 자네가 서문 소저를 만나게 되면 이번 일에 대해 감사의 뜻을 표하게. 그녀가 아니었으면 이번 일이 성사되기 힘들었을 것이네.

끝으로 다시 한 번 연위를 구해준 것에 감사를 표하네.

이유강은 서신을 읽고는 여송 등에게도 보여주었다. 여송이 말했다.

"마교에서 황실을 움직여 서문세가 등에게 해상 교역의 일부 독점권을 부여한 모양입니다. 서문세가가 마교를 지원한 십대상가의 하나가 된 것도 기실 이것을 노린 것이 분명합니다. 광주나 복건 지역에 위치한 운가장이나 화령세가 역시 마교십대상가에 속하여 그곳의 독점권을 부여받았을 것입니다."

"실로 엄청난 이권입니다."

구자삼이 안색을 굳히고 말했다. 이유강은 고개를 끄덕였다.

"겉으로 평온하다 하나 속으로는 마교의 세력들이 모든 이권을 장악하고 있군. 하긴 황실로서도 속수무책이겠지."

"통탄할 노릇입니다."

여송 등은 분개하는 표정을 지었다. 음서가 말했다.

"지난번에 얘기한 대로 풍운장의 거점을 마교의 손이 닿지 않는 곳으로 옮기는 것이 시급합니다."

"물론이오."

이유강은 고개를 끄덕이고는 다시 말했다.

"기왕 해상의 섬에 거점을 만들 작정이라면… 장기적으로 해역을 장악하는 것이 어떨까 하는 생각이 드오."

"……?"

모두들 의아한 표정으로 쳐다봤다. 이유강이 말했다.

"모두 알다시피 해상에는 셀 수 없이 많은 해적들이 존재하오. 그들을 복속시켜 세력을 확장한다면 빠르게 해역을 장악할 수 있을 것이오. 물론 이곳 중원 근해의 해역뿐만 아닌 서방의 모든 해역까지 장악할 생각이오."

여송이 물었다.

"혹시 대인께서는 마교십대상가의 교역을 방해하려는 생각을 하신 것이 아닌지요."

"그렇소. 서방으로의 교역을 풍운장을 통하지 않고는 불가하게 만들 작정이오."

그러자 구자삼이 상기된 표정으로 물었다.

"실로 상상할 수 없는 엄청난 이익이 발생할 것입니다. 그러나 해역

을 장악하신다 함은 풍운장의 뜻에 따르지 않을 경우 해적질을 불사해
야 할 수도 있습니다."

이유강은 고개를 끄덕였다.

"못할 것도 없소. 십대상가는 물론 마교가 서방무림과 연결 고리를
갖지 못하도록 차단해야 하오. 무슨 일이 있어도 우리는 해상의 패권
을 장악해야 하오."

모두들 묵묵히 듣고 있었다. 이유강은 말을 이었다.

"사실 이것은 어디까지나 예측이지만 조만간 무림의 패권은 서방
무림과 밀접한 관계를 가질 것이오. 마교 역시 서방무림을 제패할 생
각을 할 것이고 이전에 말했듯이 정파의 후예들은 이미 서방무림으
로 건너간 상태요. 앞으로의 무림은 중원무림이라는 좁은 그늘에서
벗어나 천외천이라 불리던 서방무림까지 통합되어 일컬어질 것이
오."

여송이 고개를 끄덕였다.

"육로로는 서로 이동하기가 거의 불가능할 만큼 먼 곳이기에 해상을
장악하여 양 세력을 모두 견제할 작정이신 듯합니다."

"그렇소."

여송은 말했다.

"해상은 실로 방대하여 어느 하나의 세력이 장악할 수 없는 곳입니
다. 실로 엄청난 인원과 시간이 소요될 것입니다."

"물론 그렇소. 하지만 어느 주요 해역이든 해적이 없는 곳은 없소.
나는 그들을 모두 격파하여 대해의 주요 해역을 모두 장악할 생각이오.
내게 그것은 그리 어려운 일이 아니오."

지난 한 달의 시간 동안 홀로 수련하며 많은 생각을 했다. 많은 고민

끝에 얻은 결론이었다. 환물들의 능력은 지상보다 해상에서의 전투에서 매우 유용할 것이다. 모든 주요 해역을 장악하겠다는 자신감은 그것에서 비롯된 것이었다. 여송 등은 모두 침묵했다. 이유강 역시 더 이상 말을 하지 않았다. 잠시 후에 여송이 말했다.

"대인의 뜻은 어디에 있습니까?"

"무슨 말이오?"

이유강은 여송을 쳐다봤다. 여송은 이유강의 시선을 피하지 않았다.

"대인의 뜻이 이뤄진다면 해상에 거대한 제국이 존재하게 됩니다. 명은 물론 천하의 그 어떤 나라라 할지라도 그에 대항할 수 없을 것입니다."

"그 정도는 되어야 마교와 능히 자웅을 겨룰 수 있소. 나를 믿지 못하겠소?"

이유강은 부드럽게 미소 지으며 물었다. 여송의 굳어졌던 표정이 감탄으로 바뀌었다.

"대인이 아니라면 그 누구도 불가능한 일입니다. 대인을 믿겠습니다."

"대인의 뜻에 따르겠습니다."

이유강은 고개를 끄덕였다.

"고맙소. 일단 한 척의 좋은 선박을 구해 서방으로 떠날 수 있도록 준비하시오. 이번 항해는 교역을 통한 이익보다는 서방의 여러 항구와 도시를 방문하여 교역에 필요한 정보를 얻는 것이오."

그러자 구자삼이 말했다.

"그것은 제가 이번 항해에 동행하여 파악할 생각입니다. 제게 맡겨주십시오."

"그렇게 하시오."

이유강이 고개를 끄덕이자 여송이 말했다.

"새로운 거점은 제가 손후와 함께 만들 것이니 대인께서는 심려치 마십시오."

"맡기겠소. 모두들 수고해 주시오. 나는 혈검문에 서신을 보내야 하니 이만 일어나겠소."

이유강이 일어나자 모두들 일어나 포권했다. 이유강이 회의실을 나선 후에도 여송 등은 한동안 일어선 채 움직이지 않았다. 음서가 말했다.

"조금은 두렵습니다."

"무슨 말인가?"

여송이 물었다. 음서가 말했다.

"대인이 두렵다는 뜻입니다. 해적질이라도 능히 하시겠다는 말씀을 하셨을 때 새삼 대인이 두렵게 느껴졌습니다. 대인께서는 실로… 세상을 더욱 혼란에 빠뜨릴 수도 있는 미증유의 잠룡과 같은 분입니다."

그러자 손후가 음서의 어깨를 잡으며 말했다.

"나는 두렵지 않네. 대인의 그러한 호기와 결단을 매우 존경하네."

"나 역시 마찬가지야. 그것이야말로 우리에게 없는 대인의 칼이 아닌가."

구자삼의 말이었다. 여송은 그 말에 빙긋 미소 지을 뿐 아무 말도 하지 않았다.

여송은 홀로 회의실에 남아 있었다. 몇 점의 하얀 구름이 높게 떠 있는 맑은 하늘의 모습이 창밖으로 보였다. 장원의 동쪽 호수 주변에서 학문을 토로하는 서생들의 모습도 보였다.

"평화롭구나!"

여송은 이유강이 앉았던 자리를 응시했다. 여송의 눈빛이 흔들렸다.

'가끔은 나 역시 두렵다. 문득 내비치는 대인의 눈빛 속에서 소름 끼치는 살기가 느껴질 때가 있으니…….'

이유강을 처음 만날 때가 생각났다. 만일 자신이 그의 뜻에 따르기를 거부했다면 그의 칼에 죽었을 것이다.

'난세를 평정할 패왕의 기질이다. 본인은 자각하지 못하지만 갈수록 그것이 드러날 것이다.'

여송은 한숨을 쉬었다.

'그래, 어쩌면 이것이 하늘의 뜻일지도…….'

이유강이 아침을 먹은 후 방을 나섰을 때 철무생이 다가와 부복했다.

"무생, 무슨 일이냐?"

"이번 항해에 저를 데려가 주십시오. 그동안 광마일백연무관에서 꾸준히 수련했습니다. 결코 짐이 되지 않겠습니다."

"광마도법 일백 초식을 모두 익혔느냐?"

"물론입니다."

철무생은 자신있게 대답했다. 이유강이 고개를 끄덕였다.

"좋다. 조만간 떠날 것이니 준비하도록."

"감사합니다."

철무생은 희색이 만면하여 포권했다. 이유강은 철무생의 어깨를 한 번 치고는 장원 동쪽의 호수를 향해 걸음을 옮겼다. 호수에 도착해 보니 주변에 드문드문 서생인 듯한 사람들이 보였고, 중앙 전각에는 수십여 명의 인물이 담소를 주고받는 모습이 보였다. 여송의 말에 의하면 현재 장원에 수백여 명의 식객이 있다고 했는데 그들인 모양이었다.

"……."

이유강은 잠시 호수를 거닐었다. 간혹 식객들로 보이는 자들이 슬쩍 고개를 끄덕이며 지나갔다. 그들은 이유강을 식객 중 한 명으로 보는 것 같았다. 그들은 장원의 주인이 이 대인이라는 것만 알 뿐 이유강을 본 자는 거의 없었기에 알아보지 못한 것이다. 이유강은 오히려 그것이 편했다.

다시 걸으니 한 명의 아이가 호수 주변에서 놀고 있었다. 예닐곱 살 가량의 여아(女兒)였다. 이유강은 그 아이가 무척이나 깜찍하고 귀여워 잠시 앉아 쳐다보았다. 아이는 바닥에 뭔가를 그리고 있었다.

사각, 사악, 삭삭.

조그마한 아이가 너무도 진지하게 그림을 그리는지라 이유강도 무엇을 그리는지 궁금하여 쳐다보았다.

'……!'

달빛 아래 한 명의 사내가 검을 들고 있었다. 놀랍게도 나뭇가지로 땅 위에 그린 그림이 생생할 정도로 선명했다. 겨우 일곱 살 정도의 여아가 이런 솜씨를 보이다니……. 이유강은 놀람을 금치 못했으나 아이의 표정이 진지하여 조용히 그림이 완성되기를 지켜보았다. 잠시 후 한쪽에 한 명의 여자 아이가 사내를 지켜보는 모습을 끝으로 그림은 끝이 났다. 이유강이 물었다.

"이분은 누구시냐?"

그러자 여자 아이는 고개를 들어 이유강을 쳐다봤다. 초롱초롱 빛나는 눈망울이 무척 예뻤으나 왠지 병색이 있어 보이는 것이 흠이었다. 그러나 아이는 활짝 웃고는 자랑하는 듯한 표정을 지으며 말했다.

"아빠예요."

"멋진 분이시구나."

"물론이에요."

이유강은 아이의 표정이 너무 귀여워 머리를 쓰다듬었다.

"이름이 무엇이냐?"

"홍아예요."

"홍아였구나. 무척 예쁜 이름이구나."

"모두 나보고 그렇게 말해요."

홍아는 예쁘다고 하자 무척 기쁜 듯 활짝 웃었다. 그때 이유강은 근처 커다란 나뭇가지 위에서 구레나룻에 수염이 텁수룩한 사내가 자고 있는 모습을 발견했다. 나이는 대략 삼십대 초반쯤 되어 보였다. 사내가 누워 있는 나뭇가지는 제법 굵었지만 아이라면 모를까, 어른이 앉기에는 다소 가냘픈 감이 있었다. 그런데도 사내는 그곳에 누워 깊은 잠에 빠져 있는 듯 미동도 없었다. 홍아가 말했다.

"아빠예요."

"그렇구나.".

이유강은 사내에 대해 문득 호기심이 들었다.

'분명 나뭇가지가 부러져야 정상일 텐데 잠을 자면서도 몸을 가볍게 하다니 상당한 수준의 고수가 분명하군.'

이유강이 사내를 빤히 바라보자 홍아가 소리쳤다.

"아빠! 아빠!"

"으음?"

이유강은 홍아가 소리치자 말리고 싶었으나 이미 사내는 눈을 비비고 일어나 있었다. 사내는 홍아를 보며 빙긋 웃었다.

"홍아가 심심한가 보구나."

"으응, 아빠. 이 아저씨께서 나보고 예쁘다고 하셨어."

"그래?"

사내는 그제야 이유강을 쳐다봤다. 이유강은 포권했다.

"나로 인해 잠을 깼다면 용서해 주시오. 호수를 거닐다 홍아가 그린 그림이 특이하여 잠시 얘기를 했소이다."

그러자 사내는 나뭇가지 위에서 휙 뛰어내리더니 포권했다.

"잠은 충분히 잤으니 상관없소. 혹시 풍운장의 장주이신 이 대인님이 아니시오?"

"그렇소만……."

다른 식객들은 자신을 알아보지 못하는데 이 사내는 잠에서 깨어 슬쩍 한 번 쳐다봤을 뿐인데도 자신을 알아보자 이유강은 의아한 생각이 들었다. 사내가 말했다.

"유풍룡이오. 이곳에 식객으로 들어온 지 한 달쯤 되었소이다."

"반갑소. 한데 어찌 대번에 나를 알아보셨소?"

그러자 유풍룡이 호탕하게 웃었다.

"이곳의 식객은 이미 다 파악하고 있소. 범상치 않은 기도를 보이기에 혹시나 하고 물었던 것이니 이상하게 생각하지 마시오."

"유 대협이야말로 범상치 않은 분이 분명하오. 지내시기 불편한 점은 없소?"

"떠돌이 생활을 하다가 이처럼 편한 생활은 처음이오. 이 대인님을 만나고자 했으나 여의치 않아 밥만 축내고 있자니 미안해서 그렇지 않아도 내일쯤 떠날까 했소. 오늘 만날 수 있어 다행이오.”

“얼마든지 머물러 계셔도 좋으니 그런 말씀 마시오. 한데 나를 만나고자 했다니 그 이유가 궁금하오.”

이유강이 묻자 유풍룡이 진지한 표정으로 말했다.

“부탁이 있소이다.”

“말씀해 보시오.”

홍아는 얘기가 재미없는지 저쪽 호숫가로 가서 물고기를 보며 장난을 치고 있었다. 유풍룡은 그런 홍아를 빤히 쳐다보다 다시 이유강을 응시했다.

“쉽지 않은 부탁이오. 이것을 위해 천하를 주유했으나 모두 나의 부탁을 거절했소.”

유풍룡의 눈빛이 강렬해졌다. 이유강은 그의 부탁이 무엇인지 궁금해졌다.

“내가 들어줄 수 있는 것이라면 들어드리겠소. 부담 갖지 말고 말해 보시오.”

“내게 은 만 냥만 빌려주시오. 은혜는 잊지 않겠소.”

“……”

은 닷 냥이면 다섯 식구가 한 달을 넉넉히 지낼 수 있는 돈으로 아끼면 두 달도 충분히 지낼 만한 돈이었다. 은 만 냥은 다섯 식구가 평생을 떵떵거리며 호의호식하며 지내도 반은 남아도는 엄청난 금액이었다. 이유강이 말했다.

“그것이 왜 필요한지 말해 줄 수 있겠소?”

“……”

유풍룡은 잠시 주저하는 듯했으나 뭔가 작정한 듯 눈을 강하게 빛냈다.

“홍아의 목숨을 살려야 하기 때문이오.”

“그게 무슨 말이오?”

이유강이 묻자 유풍룡은 잠시 말을 하지 않았다. 유풍룡의 눈빛은 슬퍼 보였다. 그는 잠시 후 입을 열었다.

“홍아는 희귀 질환을 앓고 있소. 내일을 기약할 수 없는 몸이오. 만년설삼이라는 희귀 영약만이 고칠 수 있다는 폐혈천음절맥이오.”

“……!”

폐혈천음절맥(廢血天陰絶脈)이라니? 이유강은 어느 책에선가 그러한 병명을 읽은 기억이 있었다. 태어나 일 년을 넘기지 못하고 온몸의 혈관이 절단되어 죽게 된다는 천형(天刑)이라 불리는 병이었다. 유풍룡이 말을 이었다.

“가산이 탕진되도록 온갖 영약을 구해 홍아의 수명을 연장시키며 험산 곳곳을 뒤지고 만년설삼을 찾아다녔으나 찾을 수 없었소. 그러던 중 우연히 소주의 환가장에서 그 만년설삼을 보유하고 있다는 소문을 들었소. 단숨에 환 대인을 찾아가 사정을 얘기하였으나 그는 만년설삼은 무림의 기보이니 적어도 은 만 냥을 준비해 오라 말했소.”

“음…….”

만년설삼이 맞다면 은자 만 냥이 결코 비싼 값은 아닐 것이다. 그 정도면 실로 사정을 봐준 것이라 볼 수도 있었다. 유풍룡은 눈물을 주루룩 흘리며 애처로운 표정으로 말을 이었다.

“하나 이미 내게는 은자 몇백 냥이 가진 돈의 전부였소. 할 수 없이 몰래 환가장에 숨어들어 만년설삼을 훔치고자 하였으나 환가장은 단순한 상가가 아니었소. 몇 번을 시도했으나 거듭 실패했고 오히려 환 대인의 분노만 사게 되었소. 결국 그들은 친척 집에 잠시 맡겨두었던 나의 아들 설아를 찾아내 붙잡아갔소. 한 번만 더 만년설삼을 노리면 설아를 가만두지 않을 뿐 아니라 은자 만 냥을 가져올 때까지 설아를 놓아주지 않겠다고 말했소."

"무슨 말인지 알겠소."

이유강은 고개를 끄덕였다. 이유강은 품속에서 한 장의 종이를 꺼내 유풍룡에게 주었다. 종이에는 아무런 글씨가 적혀 있지 않았고 왼쪽 아래에 풍운장 주인이라는 붉은 직인만이 찍혀 있었다. 유풍룡이 어리둥절한 표정을 지었다. 이유강은 말했다.

"그 종이에 일만 냥의 금액을 적어 항주의 아무 전장이든 가면 일만 냥짜리 전표를 줄 것이오. 빨리 가서 아들을 찾고 만년설삼을 받아 홍아의 병을 치료하시오."

"……!"

유풍룡의 눈이 흔들렸다. 그는 털썩 무릎을 꿇었다.

"당신은 상인이 아니시오? 진정 내게 아무런 조건도 없이 이런 큰돈을 빌려주는 것이오?"

"지금은 그런 것을 따질 때가 아니오. 속히 가서 일을 처리하시오."

그러자 유풍룡은 눈물을 흘리며 고개를 끄덕였다.

"이 은혜는… 절대 잊지 않겠소."

유풍룡은 종이를 품속에 소중히 갈무리하고는 홍아를 품에 안고 사라졌다. 이유강은 잠시 그가 사라진 방향을 주시하다가 고개를 돌렸다. 음서가 서 있었다. 이유강이 물었다.

"모두 지켜보았소?"

“예.”

“어찌 생각하시오?”

그러자 음서가 조심스럽게 말했다.

“대인께서 하신 일이니 저는 그에 따를 뿐입니다. 다만 유풍룡이라는 자가 무림의 유명한 사기꾼인 철면호리(鐵面狐狸)가 아닌가 우려됩니다.”

“…….”

“그는 녹림 출신으로 무공이 상당히 고강하나 그것보다 더욱 무서운 것이 놀라운 사기술입니다. 온갖 변장의 달인이며 사기를 치는 수법도 다양하여 중원 곳곳에서 그에게 사기당한 부호들이 셀 수 없다 합니다.”

그러고 보니 처음 나뭇가지 위에서 세상모르고 자고 있던 그의 모습이 생각났다. 진정 급박한 상황이었다면 그렇게 잠을 자고 있지는 않았을 것이다. 이유강이 말했다.

“그러니까… 내가 방금 사기를 당한 것이로군.”

“…….”

음서는 말이 없었다.

유풍룡은 돌아오지 않았다. 며칠 전 항주의 한 전장에서 누군가 일만 냥을 찾아갔다는 보고만 올라왔을 뿐이다. 이유강은 어이가 없었다. 자신의 딸까지 이용해서 사기를 치는 작자가 있을 줄이야. 정말 작당한 것이라면 홍아의 연기 솜씨도 보통이 아닌 것이 분명했다. 방 밖에서 누군가가 문을 두드렸다.

“들어오시오.”

"모든 준비가 완료되었습니다."

구자삼은 포권했다.

"서문세가와 합의한 품목들을 모두 선적했습니다."

"수고했소."

"내일 아침 출항할 예정이니 오늘은 일찍 주무시는 것이 좋을 듯합니다."

"그렇게 하겠소."

구자삼이 방을 나섰다. 잠시 후 음서가 방으로 들어왔다.

"대인, 말씀하신 대로 환가장에 알아보았습니다. 유풍룡이라는 자가 말한 사실은 모두 거짓이었습니다."

"음."

"호위무사들을 시켜 그자를 잡아들이는 게 어떻겠습니까?"

"그럴 필요 없소."

이유강이 고개를 저었다. 음서가 의아한 듯 쳐다봤다. 이유강은 미소를 지었다.

"기왕에 사기를 당한 것이라면 좀 더 기다려 보겠소. 이 일은 내가 처리할 테니 더 이상 신경 쓰지 마시오."

"…알겠습니다."

음서가 물러갔다. 이유강은 생각했다.

'무슨 사정이 있을 거라는 생각은 들지만 진정 내게 사기를 친 것이라면…….'

급할 것은 없다. 당장이 아니라도 언젠가는 그를 잡을 기회가 생길 것이다. 그러나 사실 잡을 생각도 없었다.

'나의 사람 보는 안목이 무디어진 것인가…….'

유풍룡의 눈빛은 범상치 않았다. 그것은 산전수전 다 겪은 노익장에게서나 볼 수 있는 노련함이었다. 그것은 여송이나 손후 등에게는 없는 것이었다. 즉, 여송과 손후 등이 전선의 후방에서 각종 지원을 하는 책사의 역할을 함에 비해 유풍룡과 같은 자는 자신과 함께 전선의 최전방에서 큰 힘이 되어줄 야전에 길들여진 백전노장인 것이다.

'그러한 자를 얻을 수 있다면 은 일만 냥이야 아깝지 않지.'

분명 이유가 있을 것이란 생각이 들었다.

'그가 분명 내가 생각하는 인물이 맞다면 겨우 돈 일만 냥을 얻으려고 나를 기만하지는 않았을 것이다. 만일 그것이 아니라면……'

사람을 잘못 본 실책이니 더 이상 미련 두고 싶지 않았다.

"잠시 산책이나 해야겠군."

어두워졌으나 마음이 답답하여 이대로는 잠이 오지 않을 것 같았다. 장원 밖으로 나가 광마일백연무관이 있는 곳을 향해 걸었다. 하늘엔 초승달이 떠 있었는데 구름이 그것의 태반을 가린 상태라 야산의 주위는 매우 어두웠다. 산벌레 소리와 바람 부는 소리를 제외하면 사방은 매우 조용했다. 그러나 이유강은 누군가의 기척을 감지했다.

"나오시오!"

도를 뽑으며 크게 소리치자 검은색 복면을 쓴 한 명의 인물이 전방에 나타났다. 이유강은 냉소했다.

"복면을 하고 나타난 것을 보니 내게 좋은 뜻을 품은 것 같지는 않군."

"……"

복면인은 아무 말도 없이 검을 들어 공격했다. 순간 싸늘한 서너 개의 검기가 이유강의 요혈로 쇄도했다.

'……!'

말없이 다짜고짜 살초를 펼치다니? 이유강은 검기를 피한 후 사정을 두지 않고 복면인의 허리를 노려 도를 빠르게 휘둘렀다.

"허억!"

복면인의 다급한 음성이 들리며 그는 허공으로 도약했다. 이유강은 지체없이 공중으로 신형을 날리며 광마도법 삼백일 번째 초식을 펼쳤다.

차앙! 차앙!

연속되는 도의 공격을 복면인은 기를 쓰고 막으려 했으나 막지 못했다. 이유강은 복면인이 누군지 궁금해서 목을 베지 않고 그의 오른팔을 자르려 도를 움직였다.

따앙!

"크윽!"

그런데 강한 쇳소리가 나며 도가 통겨지는 것이었다.

"현철로 된 도를 통기다니… 절세의 호신의라도 입고 있는 모양이군. 그러나 네놈이 누군지 밝히지 않는다면 이번에는 목을 잘라 버리겠다."

"자, 잠깐 기다리시오!"

복면인이 복면을 벗으며 다급하게 말했다. 유풍룡이었다.

"아니, 당신은?"

"핫하, 미안하게 됐소." ·

유풍룡은 웃으며 포권했다. 이유강은 냉소했다.

"무슨 수작인지 모르나 네놈이 내게 했던 모든 말이 거짓으로 드러났다. 그것은 나를 기만한 것이니 용서하지 않겠다. 또한 야밤에 복면을 하고 나를 기습까지 했으니 살겠다는 생각을 버리는 게 좋을 것이다."

"아, 대인, 잠깐… 허억!"

이유강의 칼이 유풍룡의 허리를 갈랐다.

따앙!

유풍룡의 허리에 칼이 작렬했으나 옷자락만 떨어져 나갔을 뿐 호신갑에 부딪쳐 칼이 퉁겨졌다. 그러나 이유강이 내력을 힘껏 끌어올려 휘둘렀기에 유풍룡은 허리에 큰 충격을 입고 옆으로 삼 장가량 날아가 떨어졌다.

"크흑! 대인, 잠깐만 기다… 리시오!"

"닥쳐라! 사기꾼의 말 따윈 듣고 싶지 않다! 이번에는 정말 목을 잘라주지!"

이유강은 도를 들어 내려쳤다. 유풍룡의 안색이 하얗게 질렸다.

"저, 정말로… 나를 죽일 작정이시오?"

도는 목에서 종이 한 장 차이를 두고 멈춰졌다. 날카로운 도의 예기에 피부가 베어져 피가 조금 흘러나왔다. 이유강이 말했다.

"만일 또다시 나를 기만한다면 세상 끝까지라도 쫓아가 죽일 것이다."

"알았소. 이 칼 좀 치워주시오."

유풍룡은 한숨을 쉬었다. 이유강은 그의 목에서 도를 거둬 도집에 넣었다. 유풍룡이 말했다.

"모든 것을 사실대로 말하겠소."

"말해 보시오."

"내 그동안 강호를 수없이 떠돌았지만 대인처럼 배포가 큰 사람은 보지 못했소. 내 그것을 예상하고 은 일만 냥을 말했지만 대인께서 조금도 망설이지 않고 서슴없이 내게 돈을 주실 줄은 진정 몰랐소."

"사기를 친 이유가 무엇이오?"

이유강이 냉랭히 물었다. 유풍룡의 표정이 어색하게 변했다.

"사기를 친 것은 맞소. 그것은 실로 죄송하게 생각하오."

"나를 납득시키지 못하면 살아 돌아갈 생각을 하지 마시오."

그러자 유풍룡이 정색을 하고 말했다.

"나는 녹림 출신이오. 부자들의 돈을 털어 가난한 자들에게 나눠 주는 것을 녹림에서는 죄라 여기지 않소. 강호를 떠돌며 돈깨나 있는 자들에게 숱한 사기를 쳤지만 그래도 그들에게 큰 피해를 주지 않는 범위 내에서였고 내 그 돈을 개인적으로 써본 적은 한 번도 없소이다."

"그렇다면 그 돈을 가난한 자들에게 나눠 주었단 말이오?"

"물론이오. 지금 이 순간도 못 먹어 굶어 죽는 자들이 수도 없이 많소. 대인께서는 그들의 심정을 결코 이해하지 못하실 것이오."

이유강은 냉랭한 표정을 지우지 않았다.

"그 의기는 인정해 주겠소. 그러나 당신은 이미 내게 한 번 사기를 쳤소. 지금 이 순간도 살기 위해 내게 거짓을 말하지 않는다는 보장이 있소?"

"내가 대인을 피하고자 했다면 결코 나를 찾을 수 없었을 것이오. 내 스스로 모습을 드러낸 것은 이유가 있소이다."

유풍룡의 표정은 진지했다. 이유강은 유풍룡의 눈을 강렬히 응시했다. 눈이 조금 충혈되어 있었으나 맑은 기운이 느껴졌다. 이것은 며칠 전 처음 그를 봤을 때도 느꼈던 것이다. 이유강은 안색을 펴고 말했다.

"유 대협을 처음 봤을 때 범상한 인물이 아닌 것을 알았소. 분명히 이유가 있을 것이라는 생각을 했지만 그러한 이유인 줄은 예상치 못했소. 하나 진정 그런 좋은 일을 할 생각이었다면 내게 사기를 칠 것이 아니라 차라리 사실대로 말해야 했소. 내가 홍아의 괴질을 치료하라며 조건없이 일만 냥을 주었는데 유 대협이 진정 가난한 자들을 돕고자 내게 부탁했다면 어찌 내가 그것을 거절했겠소?"

"……."

"최소한 유 대협에게 선한 의도를 가진 사람을 기만하는 행동은 하지 말았어야 했소."

"……."

유풍룡은 안색을 붉힌 채 아무 말도 하지 않았다. 이유강이 물었다.

"한데 복면을 하고 나를 공격한 이유가 무엇이오?"

"…단지 대인을 시험해 보고자 했을 뿐 해칠 의도는 없었소."

유풍룡이 말을 이었다.

"녹림은 썩었소. 마교천하가 도래한 후 그저 마교에게 잘 보이려 할 뿐 녹림의 호걸다운 기상은 사라졌소. 비록 지탄을 받기도 하지만 예전의 녹림은 가난한 자들의 편에 서 있었소. 하나 지금은 오직 자기 뱃속만 불릴 뿐이오."

"……."

"그래서 녹림에서 뛰쳐나왔소. 홀로 세상을 떠돌며 소신대로 살고자 했으나 갈수록 지쳐 가는 마음을 추스르기 힘들었소. 그러던 중 대인을 보았소."

유풍룡의 눈빛이 강렬해졌다.

"불현듯 대인이라면 나의 이상을 실현시킬 수도 있는 분이란 생각이 들었소."

이유강은 유풍룡의 눈빛을 보며 말했다.

"나도 부족한 사람일 뿐이오. 하나 그 말이 진실이라면 진면목을 보여주시오."

"지금 이 모습이 진면목이오. 대인께 처음부터 내 본 모습을 숨길 생각은 없었소."

삼십대 초반의 체격 좋은 호한. 전신에서 남자다운 강인함이 풍기는 호걸이었다. 이유강은 끄덕였다.

"그렇다면 좀 전에 말한 유 대협의 이상이 무엇이오?"

"우습지만 사실 나도 그것이 무엇인지 잘 모르겠소."

그는 잠시 말이 없었다. 얼마나 지났을까. 유풍룡이 일순 무릎을 꿇었다. 그의 표정에는 결연한 의지가 서려 있었다.

"대인을 따르고 싶습니다."

"유 대협, 이러지 마시오."

"왜 이런 생각이 드는지 모르겠지만 대인 옆에 있다 보면 진정 제가 해야 할 것이 무엇인지 알 수 있을 것 같습니다. 사실 처음부터 그런 생각을 했으나 감히 대인을 시험한 저를 용서해 주십시오."

"유 대협……."

"따르고 싶습니다. 부디 받아주십시오."

이유강은 유풍룡의 눈을 직시했다. 눈가에 물기가 어려 있었다. 진심이 어려 있는 눈빛이었다. 이유강은 미소 지었다.

"처음 보았을 때부터 그대가 어떠한 사람인지 짐작할 수 있었소. 내 기대가 틀리지 않아 실로 다행이오."

"대인……."

유풍룡의 눈에서 눈물이 흘러내렸다. 이유강은 유풍룡을 일으켜 세웠다.

"내일 아침 배가 출항할 예정이오. 늦기 전에 돌아가 쉬고 배에 탑승하시오."

새벽에 일어나 광마심법을 운기하고 간단히 몸을 풀었다. 땀을 씻고 옷을 갈아입으니 몸이 개운했다. 광마도법의 새로운 초식에 대한 깨달음은 없었으나 나날이 증가하는 내공이 어느덧 백 년을 상회하고 있어 뿌듯한 마음이 들었다.

그런데 한 가지 이상한 점이 있었다. 내공이야 광마심법으로 인해 급증한다 하지만 이해할 수 없게도 상단전에 존재하는 암흑마기의 수위도 상당량 증가해 있었다. 암흑마기는 암흑마기가 있는 곳에서만 수련이 가능한지라 기억을 잃고 깨어난 후부터 암흑마기의 수련은 한 번도 하지 않았다.

"대체 그 기간 동안 내게 무슨 일이 있었던 것인가?"

이백 년의 암흑마기만 해도 이전에는 상상치도 못했던 가공할 수위였다. 환물 인형들을 통제하기 위해 아홉 명의 사람에게 각각 일 년씩,

도합 구 년 수위의 암흑마기를 주입했으니 백구십 년 정도의 암흑마기가 상단전에 존재해야 정상일 것이나 현재 상단전에는 대략 이백이십 년을 상회하는 수위의 암흑마기가 존재했다. 즉, 삼십 년의 암흑마기가 증가한 것이다.

광마심법에 의해 내력이 증가하는 속도에 비할 수는 없지만 아무런 수련도 하지 않는데 이전에 이름 모를 섬에서 암흑마공을 운용하며 암흑마기를 흡수했을 때와는 비교가 되지 않을 만큼 빠른 속도로 나날이 증가하고 있었다.

"어찌 된 연유인지는 알 수 없으나 조만간 이전에는 상상으로만 만족했던 환물들을 만들 수 있을지도 모른다."

사실 강해지는 것이니 비록 이해할 수 없다 해도 그리 기분 나쁘지만은 않았다. 아침이 밝아왔다.

"식사를 마치고 포구로 가야 하니 서둘러야겠군."

간단히 짐을 챙겼다. 옷가지 등이야 어차피 알아서 준비할 테니 별달리 챙길 짐은 없었다. 그저 두 개의 작은 주머니를 품속에 잘 넣고 황색 현철 도를 왼쪽 허리춤에 찼다. 예전에 장난 삼아 만들었던 열 자루의 작은 환물 비도도 챙겼다.

두 개의 작은 주머니 중 하나에는 풍운장 주인의 직인이 들어 있었고, 다른 하나에는 금강석이나 홍강옥 등의 작은 보석들이 들어 있었다. 상당한 액수의 전표도 품속에 있었지만 그것은 중원을 벗어나면 쓸 수 없기에 어디서든 귀하게 쓰이는 보석들을 미리 준비한 것이다.

배는 수백여 명의 인물이 탑승해도 될 만큼 큰 편이었다. 탑승자는 대략 이백여 명 정도로 그중 칠십여 명이 선원이었다. 그 밖에 요리사가 열다섯 명, 일곱 명의 의원, 교역과 이국어에 능통한 인물 십여 명, 나머지 백여 명은 손후와 음서가 선발한 무사들이었다. 무사들 중에는 광마일백연무관을 통과한 광마전사들도 십여 명 포함되어 있었다. 구자삼이 다가와 말했다.

"선원들은 모두 경험있는 자들이고 특히 갑판장과 항해사는 이 바다에서 꽤 알려진 자들이니 안심하셔도 될 것 같습니다. 참, 말씀하신 대로 창고의 작은 칸 하나에 진흙을 채워놓았습니다."

"수고했소."

이유강은 만족한 표정을 지으며 말했다. 항해는 오랜 시간이 소요될 것이므로 이유강은 그 시간 동안 대부분 무공을 수련하고 남는 시간에는 환물을 만들 생각이었다. 교역은 구자삼이 알아서 할 것이니 이유강이 신경 쓸 필요는 없었다.

"무사들은 희망자들 중에 믿을 만한 자들로 선발했습니다. 그들에게 출발하기 전 미리 충분한 보수를 지급했습니다."

"알았소. 앞으로 교역에 대해서는 일일이 내게 보고하지 않아도 되니 알아서 하시오."

"알겠습니다. 이제 배를 출발시켜도 되겠습니까?"

"잠깐 기다리시오."

이유강은 문득 포구에 낯익은 여인이 서 있는 것을 발견했다. 서너 명의 호위무사와 함께 있는 홍의여인이었다. 서문소혜가 분명했다. 이유강은 갑판 위에서 훌쩍 신형을 날려 포구로 내려선 후 그녀를 향해 걸어갔다. 일전의 사건으로 인해 다소 어색했지만 내색하지 않고 포권했다.

"소저, 오랜만이오."

서문소혜가 가볍게 미소 지었다.

"오랜만이에요."

그녀는 의외로 별다른 표정의 변화가 없었다. 이유강은 내심 안도하며 말했다.

"소저께서 이번에 신경을 써주셨다고 들었소. 미리 찾아가 감사의 뜻을 전해야 했는데 미처 그러지 못해 미안하오."

"별일 아니니 신경 쓰지 마세요."

서문소혜는 그렇게 말한 후 그녀를 향해 다가오는 한 명의 청년을 쳐다봤다. 청년이 포권했다.

"소저, 모든 준비가 끝났습니다."

어디선가 본 듯한 인상이었다. 허리까지 내려오는 흑발에 흑의를 입고 있는 청년. 그리고 보니 일전에 풍운장에 와서 행패를 부렸던 유운장의 그 청년이었다. 청년은 서문소혜에게 포권을 하다 일순 이유강을 쳐다보더니 차갑게 웃었다. 서문소혜는 그를 향해 고개를 끄덕이고는 이유강을 향해 말했다.

"해상에 해적이 출몰했다고 하니 조심하는 게 좋을 거예요. 서문세가의 선단이 광주를 향해 지금 출발하니 뒤를 따라오면 광주까지는 무사할 것이에요. 알아서 판단하세요."

"배려해 주셔서 감사하오."

서문소혜는 슬쩍 흘겨보더니 무사들과 함께 포구를 걸어 한 척의 배에 올랐다. 그 배는 포구에 있는 수십여 척의 배 중 가장 크고 화려해 이유강의 배는 그에 비하면 초라할 정도였다. 그녀가 탑승한 배 주위로 늘어서 있는 십수 척의 배에는 서문세가라고 적혀 있는 커다란 깃발이 펄럭이고 있었다. 광주로 출발한다는 선단인 모양이었다.

"과연 서문세가의 위세는 대단하군. 한데 그자가 서문세가의 인물이었단 말인가."

이유강은 배에 올랐다. 구자삼이 다가와 말했다.

"대인, 서문세가의 선단이 출항하고 있으니 잠시 기다렸다 출항하겠습니다."

"해적이 출몰한다 하니 광주까지 서문세가의 선단을 뒤따르시오. 아직은 해적들과 부딪칠 때가 아니오."

"알겠습니다."

구자삼이 물러갔다. 유풍룡이 다가왔다. 이유강은 홍아가 보이지 않자 물었다.

"홍아는 어찌 두고 왔소?"

"돌보아줄 만한 사람이 있어 맡기고 왔습니다."

유풍룡은 안색이 밝아 보였다. 이유강은 고개를 끄덕였다. 갑판 위를 선원들이 바쁘게 뛰어다녔다.

"빨리빨리 움직여라! 거기 뭐 하냐? 황삼!"

"아, 지금 움직이니 뭐라 하지 좀 마십쇼."

"뭣이! 너, 이리 좀 와봐!"

"아이고!"

사십대 후반으로 보이는 갑판장은 칠 척 거구의 호한이었다. 입 언저리에 까칠한 수염이 텁수룩해 언뜻 보면 산적 두목처럼 보일 만큼 인상도 험악해 보였다. 그런 갑판장에게 한 대 후려 맞은 황삼이라는 선원은 기가 죽어 더 이상 대꾸하지 않고 열심히 움직였다. 이유강은 피식 웃음이 나왔다.

'갑판장의 성격이 불같군.'

갑판장이 다가와 포권했다.

“대인, 이제 배를 출발시키겠습니다!”

가까이서 듣자 귀가 멍멍할 정도로 우렁찬 목소리였다. 이유강은 고개를 끄덕였다.

“애썼소. 그렇게 하시오.”

갑판장은 공손히 포권하고는 갑판을 향해 크게 소리쳤다.

“닻을 올려라! 이제 출발이다! 빨리빨리 움직여라!”

선원들은 갑판장의 지시에 모두 일사불란하게 움직였다. 잠시 후 서서히 배가 움직이기 시작했다.

항해는 순조로웠다. 바람이 불었지만 순풍이었기에 제법 속도도 붙어 있었다. 서문세가 선박들의 속도는 상당히 빨랐지만 이유강의 배 역시 그들을 어렵지 않게 따라가고 있었다.

배는 활기가 있었다. 출항한 지 한 나절이 조금 지난 지금 배의 요리사들이 돼지고기와 야채로 만든 첫 요리를 멋지게 선보였고, 모두들 그 요리에 만족하여 기분이 고조되어 있었다. 그때 파수를 보던 선원이 크게 소리쳤다.

"해적이 나타났습니다!"

"뭣이?"

갑판장을 비롯한 선원들은 긴장하는 표정이었다. 이유강은 선수로 달려가 확인해 보았다. 서문세가의 선단 전방에 십여 척의 괴선박이 나타나 있었다. 흑색 해골 문양의 깃발이 나부끼는 것으로 보아 해적이 분명했다. 구자삼이 다가와 말했다.

"생각보다 해적선의 숫자가 많은 듯합니다."

"서문세가의 선단이 해적에 대비했다 하니 일단 지켜보도록 하시오."

"알겠습니다."

서문소혜는 이마를 살짝 찌푸렸다.

"흑골맹이군요."

"걱정 마십시오. 세가의 깃발을 봤을 것이니 감히 도발하지 못할 것입니다."

흑의청년의 말에 서문소혜는 고개를 끄덕였다. 흑골맹은 관에서도 어찌하지 못하는 악명 높은 해적 집단이었다. 동해상에 수시로 출몰하여 크고 작은 선박들을 가리지 않았고, 가끔은 해안까지 들어와 촌락을 약탈하며 어민들을 죽이거나 잡아가는 실로 인면수심의 무리들이었다. 서문소혜가 말했다.

"일전에 한 번 크게 혼난 적이 있으니 다시 덤벼들진 않겠지요."

"덤벼들면 한 놈도 남기지 않고 수장시켜 버리겠습니다."

흑골맹의 배가 점점 가까워지고 있었다. 흑의청년은 안색을 굳히며 갑판을 향해 소리쳤다.

"전투 대형을 갖추라!"

"예."

한 명의 무사가 청년의 말에 짧게 대답하고는 급히 뛰어갔다. 곧바로 서문소혜가 타고 있는 선박에서 커다란 북 소리와 함께 붉은색의 커다란 깃발이 올라갔다. 그러자 서문세가의 모든 배들에 붉은 깃발이 펄럭였다. 동시에 배들은 선회하며 진형을 갖추기 시작했다. 포문이 열리며 갑판으로 무장한 무사들이 포진했다. 흑의청년이 내공을 끌어올려 크게 외쳤다.

"네놈들이 감히 본 가의 깃발을 보고도 도발하느냐?"

아무런 응답이 없었다. 흑골맹의 배들은 계속 다가오더니 일 자 형의 진형을 갖췄다. 아직 포의 사정거리 밖이나 이것은 분명 도발이었다. 흑의청년이 말했다.

"소저, 아무래도 저놈들과 일전을 불사해야 할 것 같습니다. 잠시 안으로 피하십시오."

"괜찮으니 나는 신경 쓰지 말고 해적들을 물리치세요."

서문소혜는 조금도 두려워하는 표정이 아니었다. 흑의청년은 고개를 끄덕이고는 갑판으로 달려갔다. 갑판에는 수백 명의 무사가 도열해 있었다. 흑의청년이 소리쳤다.

"다시는 해적들이 세가의 선단에 얼씬도 못하도록 철저히 박살 내라!"

"존명!"

무사들이 모두 포권했다. 그때 한 명의 무사가 달려왔다.

"단주님, 누군가 다가오고 있습니다!"

흑의청년은 무사가 가리키는 방향을 바라봤다. 흑골맹의 배는 더 이상 다가오지 않았고, 한 명의 무사가 물을 차고 도약하며 다가오고 있었다. 무사들이 검을 빼어 들고 막으려 하자 흑의청년이 소리쳤다.

"막지 말고 놈을 배에 오르게 해라!"

무사들은 긴장한 표정으로 막 물을 차고 갑판으로 올라서는 무사를 노려봤다. 대략 삼십대 후반의 사내였다. 두 눈은 작지만 쭉 찢어져 날카로웠고 안면 곳곳에 자상의 흔적이 보였다. 흑의청년은 그를 향해 다가갔다.

"네놈은 누구냐?"

그러자 사내는 보일 듯 말 듯 미소를 지었다.

"안녕하시오?"

"수작 부리지 말고 온 목적을 말해라."

흑의청년은 검을 빼 사내의 목에 갖다 댔다. 그러자 사내가 움찔했다.

"검을… 치우시오. 싸우러 온 게 아니오."

흑의청년이 검을 거두며 말했다.

"헛수작 부렸다간 그 즉시 네놈은 죽을 것이다!"

"…알았소."

흑의청년은 사내를 매섭게 노려봤다.

"싸우러 온 것이 아니라면 어찌 감히 세가의 선단이 가는 길을 가로막느냐?"

"서문세가와 싸울 생각은 없소."

"모두 수장되고 싶지 않으면 빨리 배를 치워라!"

그러자 사내의 한쪽 입술 꼬리가 올라갔다.

"한 가지 알려줄 게 있소. 지금 저기 있는 배들은 흑골연합 최정예 중 하나인 수귀함대요. 큭, 나의 눈짓 하나면 수백의 수귀들이 세가의 모든 배들을 종이 찢듯 찢어버릴 것이오."

흑의청년은 일순 무섭도록 차갑게 사내를 노려봤다. 사내는 그 눈빛에 일순 몸을 떨었으나 애써 한쪽 입술 꼬리를 실룩였다. 흑의청년이 묘하게 웃었다.

"크큭, 고작 동해의 해적 새끼들이 감히 세가를 협박하는 것이냐? 그래, 원하는 것이 무엇이냐?"

"은 백만 냥과 향후 이곳 해역을 지날 때 우리에게 일정액을 상납하시오."

흑의청년은 가소롭다는 듯 웃었다.

"그것뿐이냐?"

"한 가지가 더 있소. 기실 이것은 매우 쉬운 일이오. 그리고 이것이 이루어진다면 어쩌면 좀 전에 제시한 조건은 없어질 수도 있소. 모든 것은 서문 소저가 마음먹기에 달려 있소."

"네놈이 감히 소저를 들먹이다니 죽고 싶어 환장했구나!"

흑의청년의 눈에서 살기가 일었다. 사내는 흠칫 한 걸음 뒤로 물러서며 말했다.

"끝까지 들어보시오. 다름 아닌 본 연합의 소맹주께서 서문 소저께 매우 큰 관심을 갖고 계시오. 결코 무례를 범치 말고 조용히 모셔오라 하셨으니 어쩌면 서문세가와 본 흑골연합 사이에 매우 좋은 일이……."

"닥쳐라!"

흑의청년은 더 이상 참지 못하고 검을 휘두르려 했다. 그러나 갑자기 정면에 있던 사내가 코와 귀에서 피를 흘리며 허공으로 떠오르는 것이었다.

"크으으윽!"

사내는 고통스런 신음을 흘렸고, 눈이 빨갛게 충혈되더니 급기야 눈에서도 피가 흘러내렸다. 동시에 냉기가 풀풀 풍기는 음성이 들렸다.

"네놈의 소맹주도 저 앞의 배에 타고 있느냐?"

"크으윽!"

서문소혜였다. 서문소혜의 신형이 날아와 허공에 떠 있는 사내의 맥문을 움켜쥐었다. 그녀는 화가 머리끝까지 난 상태였다.

"소맹주가 저 앞의 배에 타고 있느냐?"

"크윽, 없소. 부디 소맹주의 제안을… 크아악!"

펑 소리가 나며 사내는 십여 장을 날아가 바다에 처박혔다. 허공에서 서서히 갑판으로 내려서는 서문소혜의 신형이 조금씩 떨렸다. 흑의청년은 서문소혜의 그 모습을 보고 일순 가슴이 철렁했다. 한 번 꼭지가 돌면 서문세가의 가주도 막지 못하는 그녀가 아니었던가. 흑의청년은 고개를 저었다.

'미친놈들, 세상에 건드릴 사람이 따로 있지.'

그때 누군가가 외쳤다.

"수, 수귀들이 몰려오고 있습니다!"

흑의청년은 급히 고개를 돌려 바다를 쳐다봤다. 바다를 헤엄치며 시커멓게 몰려오는 것들은 인간이라 불릴 수 없을 만큼 흉측한 얼굴을 하고 있었다. 보통 사람의 두 배에 달하는 체구에 물고기나 있을 법한 비늘이 징그럽게 돋아 있었다.

"모두 활을 쏴라! 포격수는 포를 날려라! 한 놈도 살려두지 마라!"

흑의청년은 크게 외치며 힐끗 서문소혜를 쳐다봤다. 예상외로 서문소혜는 담담한 신색을 회복한 채 바다를 바라보고 있었다. 분명 평소의 성질대로라면 물 위로 뛰어가 미친 듯 날뛰며 수귀들을 때려죽여야 했다.

'알다가도 모를 일이군.'

꾹 쥐어진 주먹이 부들부들 떨리는 것을 보면 대단히 화가 난 것이 분명하건만 마치 내숭이라도 떨 듯 애써 담담한 기색을 하고 있는 것이다. 그러나 더 이상 그러한 생각을 할 때가 아니었다. 화살이 빗발치듯 바다로 작렬했지만 수귀들은 그에 전혀 저항을 받지 않고 점점 다가오고 있었다. 간혹 포탄에 직접 얻어맞은 수귀들은 박살이 났지만 그것도 포탄이 날아오면 물속 깊이 잠수하는 수귀들을 조준하기는 쉽지가 않았다.

"젠장!"

수귀들이 배에 가까이 오면 큰일이었다. 듣기로 수귀들의 일차 목적은 오직 배를 파괴시켜 침몰시키는 것이라 했다. 일단 배가 침몰해 모두 물속에서 허우적거릴 때 그때 비로소 학살이 시작되는 것이다. 물속에서 물고기와 같이 자유로울 뿐만 아니라 화살이 통하지 않을 만큼 강한 비늘을 가지고 있는 수귀들을 대적하기란 매우 힘들 것이다. 수귀들이 배를 포위하듯 둥글게 포진하며 다가왔다. 흑의청년은 창을 들어 힘껏 던졌다.

"크아악!"

선두로 다가오던 수귀가 창에 꿰뚫려 가라앉았다. 흑의청년은 전 선단에 들리도록 크게 외쳤다.

"수창(水槍)을 발사하라!"

그러자 세가 모든 선박의 포문 아래에 조그만 구멍들이 열리더니 물속을 향해 창들이 수없이 날아갔다. 특수하게 제작된 수창 발사기로 발사된 창은 어지간한 내가의 고수가 던진 것 못잖은 힘이 실려 있어 화살에도 꿈쩍 안 하던 수귀들의 비늘을 꿰뚫었다.

"카아악!"

"크악!"

많은 수귀들이 창에 뚫려 죽었으나 한곳에 뭉쳐 있지 않고 세가의 전 선단을 포위하며 다가오는 수귀들을 막기에는 역부족이었다.

"이, 이쪽으로도 놈들이 다가옵니다!"

파수를 보던 선원이 목소리가 터져라 소리를 질렀다. 서문세가의 선단을 포위하며 압박하던 수귀들 중 일부가 이유강의 배를 발견하고 다가오고 있었다. 숫자는 대략 수십이 넘어 보였다. 또한 한 척의 해적선이 교묘히 선회하여 이쪽으로 다가오는 것 같았다. 유풍룡이 말했다.

"수귀들입니다. 육지에서는 별거 없지만 물속에서는 대적하기 쉽지 않습니다."

"수귀……!"

"금지된 대법을 이용해 어렸을 때부터 특수한 약물을 복용시켜 훈련시킨 마물들입니다. 두뇌는 영민하나 오직 시술자의 명만 들으며 흉포하기 이를 데 없지요. 사람을 갈가리 찢어 죽인다 들었습니다."

"감히 사람을 이용해 사악한 대법을 펼치다니, 용서할 수 없는 자들이로군."

이유강의 말에 유풍룡이 고개를 끄덕였다.

"흑골연합이라고 동해와 남해 인근을 통합한 무서운 해적들입니다. 일전에 장강수로연맹과 저들이 싸울 때 보았는데 실로 가공할 능력을 발휘했습니다."

"결과는 어찌 되었소?"

"장강수로연맹이 가까스로 승리는 했으나 불과 십여 척의 해적선을 상대로 수십여 척이 넘는 장강수로연맹의 배가 부서졌고, 그 후로 전력이 많이 약화된 상태입니다. 그 뒤로 장강수로연맹은 바다는커녕 장강하류에서도 거의 철수한 상태입니다."

"역시 마교의 힘이 바다에는 미치지 못하는군."

"육지에서는 몰라도 바다에서는 마교도 저들을 쉽게 어쩌지 못합니다. 그것을 알고 있는지라 저놈들은 자신들이 마치 바다의 절대자인 양 행동하고 있습니다."

이유강은 고개를 끄덕였다. 수귀들은 점점 가까이 다가왔고, 구자삼의 명에 의해 갑판의 모든 무사들이 활을 발사하기 시작했다. 갑자기 유풍룡이 웃통을 벗었다. 이유강이 물었다.

"뭘 하려는 것이오?"

"제게 맡겨주십시오."

유풍룡은 씨익 웃었다.

"미처 말씀 안 드렸으나 물속에서 저는 육지보다 빨리 움직일 수 있습니다. 좌측으로 다가오는 이십 마리의 수귀는 제가 모두 해치울 테니 대인께서는 우측으로 다가오는 수귀들만 신경 쓰셔도 됩니다. 물론 가급적 제가 빨리 해치우고 우측으로 가겠습니다."

"부디 조심하시오."

자신감 넘치는 유풍룡의 말에 이유강은 고개를 끄덕였다. 유풍룡은 창 한 자루와 작은 소검 하나를 들고 물속으로 뛰어들려다 말고 말했다.

"절대로 저놈들을 배에 접근시켜서는 안 됩니다. 배의 구조를 잘 알고 있는 놈들이라 단 한 놈이 붙어도 순식간에 배를 침몰시킬 만큼 배의 주요 부위를 파괴해 버리는 것을 보았습니다. 그렇게 되면 실로 속수무책입니다. 화살로는 저들을 죽일 수 없고 검이나 창으로 목을 찔러 죽이는 것이 가장 쉬운 방법입니다."

그 말과 함께 유풍룡은 갑판 위에서 바다를 향해 뛰어들었다. 놀랍게도 물속으로 뛰어드는 속도보다 물속에서 헤엄쳐 나가는 속도가 훨씬 빨랐다. 배를 향해 다가오는 수귀들의 속도도 빨랐지만 유풍룡의 속도는 그것들의 두 배가 넘는 속도였다.

더욱이 놀라운 것은 물속에서 헤엄치고 있는 유풍룡의 전신에서 황금색 빛이 풍겨 나왔는데 그 빛을 목격한 수귀들은 마치 천적이라도 만난 듯 멈칫하며 도망치기 시작했다. 그러나 유풍룡은 그런 수귀들을 쫓아가 창과 소검으로 손쉽게 해치우고 있었다. 순간 갑판에서 누군가의 목소리가 떨리듯 새어 나왔다.

"황, 황금어린공(黃金魚鱗功)……!"

호위무사들 중 한 명의 목소리였다. 사십대 중반쯤 되어 보이는 날렵한 몸매의 무사였다.

"지금 황금어린공이라 하셨소?"

이유강이 묻자 무사는 황급히 포권하며 말했다.

"확실히는 모릅니다만 물에서 물고기보다 빠르게 움직인다는 신비의 경공술입니다. 육지에서는 별 소용이 없으나 물에서 그렇게 자유자재로 움직일 수 있는 자를 누가 상대할 수 있겠습니까. 황금어린공이 육성 이상의 경지에 이르면 몸에 황금색 비늘이 솟은 듯 황금 빛이 난다고 들은 적이 있습니다."

"음……."

이유강은 고개를 끄덕였다. 범상치 않은 인물이라 생각했는데 만일 그것이 사실이라면 장차 해적들을 소탕하는 데 매우 힘이 될 인물임이 틀림없었다.

'보물을 얻은 기분이군.'

내심 마음이 흡족해져 있을 때 철무생이 외치는 소리가 들렸다.

“창을 던져라! 괴물들이 배에 가까이 오면 안 된다!”

오른쪽의 수귀들이 배에 가까이 접근하고 있었다. 철무생은 무사들과 함께 화살을 날리기도 하고 창을 던지기도 했으나 쉽지 않아 고전하는 듯했다. 이유강은 허리춤에서 환물 비도를 꺼내 들며 소리쳤다.

“무생, 더 이상 애쓸 필요 없다!”

“대인, 괴물들이……!”

철무생은 말을 하다 말고 눈을 크게 떴다.

“끄아악!”

“크악!”

이유강의 손에서 하나씩 날아가는 검은색 비도들이 배에 근접하고 있는 수귀들의 목을 꿰뚫고 있었다. 열 자루의 비도는 마치 살아 있는 듯 물위를 날아다니며 순식간에 배의 오른쪽에 있던 수귀들을 모두 해치우고는 부드럽게 이유강의 손으로 날아 돌아왔다.

“……!”

문득 주위의 시선을 느껴 돌아보니 갑판의 모든 무사들과 선원들이 자신을 동경의 눈빛으로 쳐다보고 있었다. 이유강은 그들을 향해 미소를 지어 보이고는 배의 왼쪽에서 수귀들을 거의 몰살시키고 있는 유풍룡의 모습을 지켜보았다. 호위무사들의 소곤거리는 소리가 들렸다.

“이기어비도술이 틀림없어. 대인의 무공이 뛰어날 것이라 짐작은 했지만 정말 대단하구먼.”

“오오, 정말인가!”

생각보다 환물 비도의 효용이 뛰어난 것 같았다.

‘대수롭지 않게 만들었는데 제법 쓸모가 있군.’

수귀들이 모두 죽자 다가오던 해적선이 주춤하는 것 같았다. 잠시 후 유풍룡이 갑판 위로 올라왔다. 선원들이 가져다준 수건으로 물기를 대충 닦고는 이유강에게 다가왔다. 이유강은 끄덕였다.

"수고했소."

"해야 할 일을 했을 뿐입니다. 그것보다 단번에 수귀들을 해치우신 대인의 무공이 실로 놀랍습니다."

선원들에게 이야기를 들었는지 유풍룡은 경이의 시선으로 쳐다봤다. 이유강은 미소를 지으며 말했다.

"별것 아니오. 아무래도 세가에서 고전을 하는 듯하니 도와주어야겠소."

"수귀들이야 얼마든지 해치울 수 있으나 문제는 해적선에서 포격을 해올 가능성이 있습니다. 이 배는 교역선이라 포격을 맞으면 대항하지도 못하고 침몰할 것입니다."

"음……."

그러고 보니 주춤했던 해적선이 이 배가 무장이 되어 있지 않은 것을 파악하고는 이내 다시 다가오고 있었다. 이대로 있다가 포의 사정거리에 들게 되면 위험해질 것이 분명했다. 이유강은 안색을 굳히고 말했다.

"안 되겠군. 저 배를 포격으로 박살 낼 수는 없으니 다소 무리를 해서라도 갑판을 장악해야겠소. 저놈들이 포격하기 전에 속히 일을 끝내야 하오."

유풍룡이 고개를 끄덕였다.

"알겠습니다."

"조심하시오."

유풍룡은 수건을 던지고 검과 창을 등에 묶고는 다시 바다로 뛰어들었다. 그리고는 눈부신 속도로 해적선을 향해 헤엄치기 시작했다. 의아한 표정을 짓고 있는 구자삼을 향해 이유강은 말했다.

"포격당하지 않도록 거리를 유지하시오."

"예. 한데……?"

구자삼이 뭔가 물으려 했으나 이유강은 슬쩍 고개를 끄덕이고는 바다를 향해 신형을 날렸다. 그리고 환물 비도 두 자루를 허공에 날렸다. 동시에 경공을 펼치듯 내공으로 몸을 가볍게 하며 훌쩍 비도 위에 올랐다. 각각의 발이 비도를 딛고 있었으나 비도는 흔들리지 않았다. 이유강의 신형은 마치 평지에서 서 있듯 꼿꼿한 자세로 해적선을 향해 쾌속하게 날아갔다.

"저, 저럴 수가! 사람이 어찌 날아온단 말이냐?"

"활을 쏴라!"

순식간에 먼저 출발한 유풍룡을 제치고 해적선에 근접하자 갑판에서 난리가 나며 해적들이 활을 쏘아댔다. 이유강은 도를 뽑아 화살을 쳐내며 갑판으로 내려섰다.

"저놈을 죽여라!"

내려서자마자 해적들이 우르르 몰려들며 공격을 해왔다. 이유강은 가장 먼저 달려든 네 명의 해적에게 사정을 두지 않고 광마도법을 펼쳐 각각 그들의 오른팔을 잘라 버렸다.

"크으……!"

"으……!"

순간 다가오던 해적들이 주춤했다. 이유강은 소리쳤다.

"두목이 누구냐?"

그러자 다시 몇 명의 해적이 달려들었다. 이유강은 서슴없이 그들의 팔을 잘라 버렸다. 팔이 잘린 해적들은 새파랗게 질린 표정으로 뒷걸음질쳤다.

"또다시 덤비는 놈은 목을 잘라 버리겠다! 과연 목이 잘리나 안 잘리나 궁금하면 시험해 봐도 좋다!"

사실 예전에 섬에 있을 때 흑의인이 즐겨하던 협박이었는데 과연 효과가 있었다. 산전수전 다 겪었을 해적들이 아무도 나서지 못하고 두려움에 몸을 떨었다. 다소 잔인하지만 처음에 기를 꺾지 않으면 더 많은 살상을 불러올 것이다. 이유강은 누구라도 나서면 단번에 목을 칠 생각을 하고 있었다.

"건방진, 제법 칼질 좀 한다고 보이는 것이 없구나!"

차가운 음성과 함께 무리 사이에서 대여섯 명의 무사가 걸어나왔다.

'왜(倭)의 말이 아닌가?'

이유강은 어려서 중국어를 비롯 주변국의 언어도 대부분 습득했기에 왜국어를 모를 리가 없었다. 그리고 보니 지금 나온 해적들은 왜국의 사무라이와 비슷한 복장을 하고 있었다. 이유강은 냉소했다.

"분명 나서면 목을 친다고 경고했다!"

"모두 저놈을 쳐라!"

그러자 다섯 명의 무사가 공격을 시작했다. 이유강은 사정을 두지 않고 칼을 휘둘러 모두의 목을 잘라 버렸다.

"크윽!"

"으윽!"

머리를 잃은 다섯 명의 무사는 바둥거리다 쓰러졌다. 끔찍한 광경에 해적들도 눈을 돌렸다. 왜국 무사의 우두머리로 보이는 자가 얇고 긴

도를 빼어 들고 걸어나왔다.

"…제법이군."

그는 부하들이 죽었으나 그다지 슬퍼하는 표정이 아니었다. 이유강은 그가 도를 빼어 들자 순간 긴장했다. 기세를 갈무리하는 고요한 눈빛. 만만히 상대할 자가 아니었다.

스윽!

마치 구름이 흐르듯 부드럽게 움직였고, 도는 일체의 떨림도 없었다.

'고도의 수련을 거친 자로군.'

이유강은 성급하게 공격하지 않고 담담히 기다렸다. 일순 공기의 미미한 파동이 느껴지며 마치 환상처럼 도가 움직였다. 하늘에서 뇌전이 작렬하듯 정수리를 향해 강력하게 쇄도하는 일도(一刀)였다.

차앙!

이유강은 현철 도를 들어 막았다. 무사의 신형이 어느새 이 장 뒤로 물러나 있었다. 이 장의 거리를 순식간에 단축하여 공격하고는 다시 그만큼 물러난 것이다.

차앙! 차앙!

무사의 신형은 마치 그림자와 같이 종횡무진 움직이며 연신 공격과 진퇴를 반복했다. 무섭도록 빠른 움직임. 신형은 보이지 않고 불쑥불쑥 도가 쇄도하고 있었다. 그러나 막기가 어렵지는 않았다.

"……."

이유강은 침착하게 방어를 하다 일순 무사를 향해 돌진했다. 이유강의 도는 이미 무사의 모든 방위를 차단하고 있었다. 무사는 믿을 수 없다는 표정을 지으며 방어했다.

차앙! 차앙!

두 번의 금속음이 울린 후 이유강의 도가 무사의 가슴을 깊게 베고 나왔다.

"우욱!"

무사는 믿을 수 없다는 표정으로 이유강을 노려보다 고개를 꺾었다. 베어진 가슴에서 피가 분수처럼 솟더니 그의 신형은 이내 갑판을 향해 널브러졌다. 그 순간 갑자기 '펑' 하고 뭔가 터지는 소리가 나며 검은색 연기가 갑판을 뒤덮었다. 이유강은 순간 긴장했으나 특별히 공격해 오는 것은 없었다.

잠시 후 검은 연기가 바람에 흩어졌을 때 갑판에 있던 상당수의 무사와 조금 전 바닥에 쓰러졌던 무사의 시체가 보이지 않았다. 조금 전까지 이백에 가까운 무리가 있었는데 지금은 삼십여 명만 남아 있었다. 그러나 백칠십여 명의 해적이 어디로 사라졌는지 알아내는 것은 그리 어렵지 않았다. 모두 바다로 뛰어들어 흑골맹의 배들을 향해 열심히 헤엄치고 있었던 것이다. 한 가지 특이한 것은 세가의 선단을 압박하던 수귀들과 해적선들이 공격을 멈추고 선회하는 것이었다.

"철수하는 건가?"

아무래도 현재 이 배의 상공에 가득히 흩어진 검은색 연기가 신호인 모양이었다.

"조금 전의 그 무사가 함단의 우두머리였나 보군."

수귀들과 해적들이 철수하자 서문세가 쪽에서도 의아한 듯 잠시 주춤하는 것 같았으나 이내 철수하는 해적들을 향해 포격을 해댔다. 그 포격에 수귀들과 헤엄치던 해적들이 일부 맞아 죽긴 했으나 대부분의 수귀들과 해적들은 무사히 자신들의 배에 탑승했고, 곧바로 흑골맹의 배들은 도주하기 시작했다.

"크악!"

"아아악!"

문득 갑판의 저쪽에서 단말마의 소리가 들렸다. 고개를 돌려보니 유풍룡이 몇 명의 무사를 죽인 것 같았다. 이유강이 다가가서 말했다.

"더 이상 살상은 무의미하니 하지 마시오."

"배를 파괴하려던 놈들만 처단했을 뿐입니다."

유풍룡의 대답에 이유강은 고개를 끄덕였다.

"배에 남아 있는 자들을 모두 불러 모아주시오."

"예."

잠시 후 갑판에는 오십여 명의 인물이 도열해 있었다. 이유강은 그들을 노려보며 소리쳤다.

"지금부터 이 배는 내가 접수한다! 나를 따르기 싫은 자는 지금 즉시 배를 떠나라!"

"제발 살려만 주십시오."

짐짓 무섭게 호통 치자 무리들은 모두 무릎을 꿇고 머리를 조아렸다. 그러고 보니 해적처럼 보이던 무사들은 대부분 도망쳤고 배에 남아 있는 자들은 요리사나 싸움에 능하지 못한 선원들, 나이 든 몇 명의 무사들뿐이었다. 이유강이 한숨을 쉬자 유풍룡이 웃으며 다가왔다.

"대인, 이 배에는 제가 남아 이들을 통솔하겠습니다."

"그렇게 해주시오."

이유강은 고개를 끄덕였다. 유풍룡이 말했다.

"아무튼 대단한 놈들입니다. 승산이 없자 순식간에 철수하는 것을 보니 상당한 훈련을 받았음이 분명합니다."

"해적들이라 만만히 보았는데 실로 보통이 아니었소. 어쨌든 배를 한 척 포획했으니 흑골맹의 깃발을 떼어내고 무리없이 배를 움직이도록 통솔해 주시오. 호위무사 십여 명을 보내주겠소."

"맡겨주십시오."

유풍룡은 걱정 말라는 듯 자신있게 대답했다. 이유강은 풍운장의 배로 돌아왔다. 갑판장이 다가와 말했다.

"대인, 하늘이 심상치 않습니다. 조만간 폭우가 내릴 것이 분명합니다. 이에 대비하도록 하겠습니다."

"그렇게 하시오."

이유강은 고개를 끄덕였다. 하늘을 보니 구름이 제법 모여 있었고, 세차게 부는 바람에 물결도 조금씩 거칠어지고 있었다.

第十四章
폭풍

急작스럽게 불어닥친 폭우와 폭풍으로 인해 배는 사방으로 흔들리고 있었으나 항해 경험이 많은 갑판장과 선원들로 인해 배에는 별다른 피해가 없었다. 다만 장기간 배에 타보지 못했던 대부분의 무사들이 뱃멀미에 상당히 괴로워하고 있었다. 이유강 역시 속이 심하게 울렁거렸다.

"대인, 식사를 가져왔습니다."

"별 생각이 없소."

요리사 한 명이 가져온 음식을 보고 이유강은 고개를 저었다. 요리사가 음식을 가지고 나가자 이유강 역시 안에만 있기 답답하여 갑판으로 나갔다. 바람과 비가 아까보다 상당히 약해져 배의 흔들림도 조금씩 정상을 찾아가고 있었다. 갑판장은 음식을 집어 먹고 있다 이유강이 나가자 수염을 씰룩이며 웃었다.

“식사를 물리시다니요.”

“속이 답답한 것이 별 생각이 없소. 갑판장은 아무렇지도 않소?”

“허헛, 저는 오히려 시원한 기분입니다. 이 정도는 폭풍이라 할 것도 없지요. 바람 좀 쐬면 곧 괜찮아지실 겁니다.”

안색이 하얗게 변해 괴로워하고 있는 무사들과는 달리 선원들은 허기진 듯 게걸스럽게 식사를 하고 있었다. 구자삼이 핏기없는 얼굴로 다가왔다.

“대인, 괜찮으십니까?”

“바람을 쐬니 좀 나아졌소. 식사는 좀 했소?”

“속이 울렁거려 거를 생각입니다.”

구자삼은 이미 몇 번 토한 상태라 속이 말이 아니었다. 이유강은 그 모습을 보고 장난스럽게 웃었다.

“사실 나도 음식 생각이 없소. 죽을 맛이오.”

“크훗, 저도 그렇습니다. 실로… 죽을 맛입니다.”

구자삼은 고개를 끄덕이며 따라 웃었다. 구자삼이 핏기없는 얼굴에 미소를 지으니 그 모습이 다소 우스꽝스러웠다. 그때 갑자기 누군가가 거친 물살을 헤치고 다가오더니 갑판으로 뛰어올라 왔다. 유풍룡이었다. 비록 폭풍이 거의 그쳤다 하나 아직 물살이 상당히 사나웠는데 그런 물살을 뚫고 오는 것은 쉬운 일이 아니었다. 그러나 유풍룡은 조금도 힘든 기색도 없이 그의 한 손에는 어른 팔만한 굵직한 물고기 한 마리가 파닥이고 있었다. 유풍룡은 물고기를 갑판에 내려놓고는 포권했다.

“폭풍이 거의 그친 것 같아 피해가 없는지 궁금하여 건너왔습니다.”

"다행히 별다른 피해는 없었소. 그쪽 배는 어떻소?"

"선원들이 제법 경험이 있는 자들이라 피해는 없었습니다."

"다행이오. 한데 그 물고기는 무엇이오?"

물고기는 아직 죽지 않고 갑판 위에서 파닥이고 있었다. 유풍룡은 씨익 웃었다.

"오다가 잡았습니다. 좋은 안줏감이지요. 배도 한 척 얻었으니 한잔 하셔야 하지 않겠습니까."

"지금 술이라 했소?"

이유강과 구자삼은 어이없는 표정으로 유풍룡을 쳐다봤다. 비록 아까보다 조금 나아졌다 하나 아직도 속이 울렁거리는 것을 겨우 참고 있었다. 이 상태에 술을 집어넣으면 속이 아예 뒤집힐 것이 분명했다. 이유강은 고개를 저으며 말했다.

"나는 별 생각이 없으니 혼자 실컷 마시시오."

"혹시 속이 안 좋으신 것입니까?"

유풍룡이 조심스럽게 물었다. 이유강이 말했다.

"그대는 아무렇지도 않소?"

"저는 괜찮습니다. 아무래도 뱃멀미로 고생하시는 것이 분명하군요. 제가 한 가지 구결을 알려 드려도 될는지요."

"구결이라면……?"

"수어심결(水魚心訣)이라는 심법입니다. 축기하여 내력을 쌓는 심법이 아닌 물속에서 숨을 쉬기 위한 심결이지요. 실제 숨을 쉬려면 물속에서 상당 기간 수련을 해야 하나 내력이 있다면 어지간한 뱃멀미의 어지럼증 정도는 그저 구결대로 몇 번 운기만 해도 쉽게 사라집니다."

듣던 중 반가운 소리였다. 이유강은 반색을 하며 유풍룡이 말하는 구결을 기억했다. 구결은 그리 난해한 것이 아니어서 이유강은 대번에 그 오의를 깨닫고는 심결에 따라 진기를 움직여 보았다. 두어 차례 운기를 하자 과연 뱃멀미의 어지럼증이 사라지고 속도 편해지는 것이었다. 이유강이 감탄의 표정을 지으며 말했다.

"좋은 심결이오. 무사들이 뱃멀미에 고생을 하고 있으니 괜찮다면 무사들에게도 이 심결을 전해주면 어떻겠소?"

"그렇게 하겠습니다."

유풍룡은 포권을 하고는 갑판에 힘없이 주저앉아 바람을 쐬고 있는 무사들을 향해 걸어갔다. 이유강은 내심 큰 짐을 덜었다는 생각에 안도하며 바다를 쳐다봤다. 폭풍우로 컴컴했던 주위가 구름이 물러가며 밝아지고 있었다. 시야가 트이자 앞쪽에 있는 서문세가의 선단도 보였다. 그들 역시 별다른 피해가 없었는지 열한 척의 선박이 모두 건재했다.

"다행히 세가의 선단도 모두 무사한 듯합니다."

구자삼이 조금 살 것 같다는 표정을 지으며 말했다. 이유강이 물었다.

"특별히 익혀온 무공이 있소? 내력이 없다면 심결을 알아도 그다지 소용이 없을 텐데……."

그러자 구자삼은 부끄럽다는 표정을 지었다.

"무공이라 할 것은 없습니다. 어려서부터 건강을 위해 가전으로 내려오는 토납법을 매일 해왔을 뿐입니다."

"잠시 손을 내밀어보겠소?"

이유강은 구자삼의 맥문을 짚고 내력을 주입해 보았다. 느껴지는 반탄력으로 가늠해 보건대 대략 십수 년 정도 되는 내력이었다. 이유강은 환한 표정을 지었다.

"교역 중 어떤 일이 벌어질지 모르니 시간이 날 때마다 광마도법을 수련해 보시오. 비록 호위무사들이 있으나 유사시 자신의 목숨 정도는 지킬 수 있어야 할 것이오. 이 정도의 내력이라면 능히 백 초식까지는 어렵지 않게 펼칠 수 있을 것이오."

그 말에 구자삼은 미소 지었다.

"그렇지 않아도 틈틈이 수련하고 있습니다. 한데… 쉽지가 않습니다. 머릿속으로는 상상이 되는데 몸이 움직여 주질 않아 문제입니다. 아무래도 자질이 부족한 듯싶습니다."

"자질이라기보다는 기초 때문일 것이오. 기실 광마도법의 가장 간단해 보이는 제일초식일지라도 기초가 튼튼하지 않으면 완벽하게 펼칠 수가 없기 때문이오. 한번 보시겠소?"

이유강은 도를 빼 들었다. 구자삼은 진지한 표정으로 쳐다봤다. 이유강의 도가 공간을 쾌속하게 갈랐다. 정면의 직선적인 공격을 피하며 적을 단번에 양단하는 간단한 초식. 광마도법의 제일초식이었다. 이유강은 구자삼을 쳐다봤다.

"어떻소?"

그러자 구자삼은 뭔가 깨달음을 얻은 듯 고무된 표정이었다.

"…그 초식이 그렇게 깔끔할 수도 있다니, 과연 대인께서는 대단하십니다."

"누구나 할 수 있소. 그러나 적어도 수년간의 기초 단련이 없다면 쉽지 않소. 그대의 경우 기초가 부족하니 완벽한 초식을 머릿속에 기억한 후 각 초식당 적어도 만 번씩 반복하시오. 단 하나의 초식이라도 완벽하지 않으면 실전에서 전혀 소용이 없으니 진도에 전혀 신경 쓸 필요 없소."

"대인의 가르침, 명심하겠습니다."

"언제든 궁금한 것이 있으면 물어보시오."

그때 유풍룡이 다가왔다. 술 한 병과 안주 한 접시. 어느새 물고기를 잡아 뜬 모양이었다. 갑판장이 헛기침을 하며 다가왔다.

"헛험, 대인, 폭풍우로 예상보다 지체되어 앞으로 하루 반은 더 가야 광주에 도착할 것 같습니다."

누가 물어보았는가. 보고를 하면서도 갑판장의 시선은 술과 접시를 향해 있었다. 이유강이 고개를 끄덕였다.

"알았으니 이리 앉으시오."

"헛, 감사합니다."

갑판장은 입이 찢어질 듯 벌어지며 사양하지 않고 앉았다. 구자삼은 술 생각이 없는 듯 뭔가 생각에 잠겨 바다를 멍하니 쳐다보고 있었다.

"핫핫, 대인, 한잔 받으십시오."

"고맙소. 두 분도 한잔씩 받으시오."

"감사합니다."

"크허허헛, 감사합니다."

부드러우면서도 쫄깃한 회 맛이 일품이었다.

유풍룡은 포획한 배로 돌아갔고, 이유강은 선실에 들어와 쉬고 있었다. 취하지는 않았으나 약간 얼큰한 것이 기분이 좋았다. 하루가 지났다. 갑판장의 말대로라면 대략 반나절 후면 광주에 도착할 것이다.

"선원들이 고생이 많았으니 하루쯤 쉬게 해야겠군."

어제 유풍룡 등과 술을 마실 때 멀찌기서 침을 삼키는 선원들과 무사들의 모습을 보았던지라 그들에게도 오늘밤에는 실컷 술을 마시게 할 생각이었다. 그때 돌연 밖이 시끄러웠다.

"무슨 일인가?"

이유강은 선실 밖으로 나가며 물었다. 구자삼이 긴장한 표정으로 다가와 말했다.

"대인, 심상치가 않습니다."

"……."

이유강은 구자삼이 가리키는 방향을 쳐다봤다. 서문세가의 선단을 가로막은 수십 척의 선박들. 깃발을 보니 흑골맹의 배들이었다. 이유강은 안색을 굳혔다.

"저놈들이 또……."

"잔뜩 몰려온 것을 보니 작정을 한 것 같습니다."

구자삼의 음성이 약간 떨렸다.

서문소혜는 아미를 잔뜩 찌푸렸다.

"쉽지 않겠군요."

"저기 한 놈이 다가옵니다. 경공을 보니 상당한 고수가 분명합니다."

흑의청년도 긴장한 기색이었다. 바다를 마치 평지를 거닐 듯 툭툭 차며 빠르게 다가오는 한 명의 인물. 그는 삼백여 장을 그렇게 다가와 서문소혜가 타고 있는 배로 올라왔다. 무사들이 그를 막으려 하자 흑의청년이 소리쳤다.

"모두 물러나라!"

무사들이 물러나자 연청색의 무의를 입은 삼십대의 사내가 차가운 표정으로 걸어왔다. 흑의청년이 인상을 쓰며 말했다.

"네놈들이 기어코 세가와 전쟁을 하겠다는 것이냐?"

"싸우러 온 것이 아니다. 한 가지만 들어준다면 당신들의 선단은 무사히 통과시켜 주겠다."

한어였으나 발음과 표현이 어색했다. 그러나 순간 서문소혜의 안색이 붉게 변했다.

"그 부탁이 무엇인지 모르겠지만 만일 또다시 말도 안 되는 소리를 한다면 가만두지 않겠다."

무사는 고개를 저었다.

"내 친동생이 죽었다. 나는 그 복수를 하러 왔다. 저기 보이는 두 척의 배에만 관심이 있을 뿐이니 세가가 관여하지 않겠다면 우리도 더 이상 세가를 핍박하지 않을 것이다."

"……!"

서문소혜는 굳어진 안색으로 이유강이 타고 있는 배를 쳐다봤다. 무사가 물었다.

"어떻게 하겠는가?"

그러자 흑의청년이 재빨리 소리쳤다.

"저놈들은 우리와 아무 관계 없으니 마음대로 해라!"

그러나 무사는 흑의청년을 무시한 채 서문소혜를 쳐다보고 있었다. 흑의청년은 간절한 표정으로 서문소혜를 쳐다봤다.

"소저, 이들의 뜻대로 하는 것이 좋을 것 같습니다."

"……."

서문소혜는 잠시 갈등의 표정을 짓다가 한숨을 쉬며 고개를 끄덕였다.

"관여하지 않겠어요."

그러자 무사는 희미한 미소를 지었다.

"현명한 생각이오. 길을 터줄 테니 통과하시오."

흑의청년이 문득 소리쳤다.

"설마 우리가 통과할 때 포위해서 공격할 생각은 아니냐?"

"그럴 일은 없다. 원한다면 선단이 무사히 통과할 때까지 내가 이곳에 있겠다."

무사는 그렇게 말하며 품속에서 뭔가를 꺼내더니 허공에 던졌다. 그것은 펑 소리가 나며 터지더니 곧 누런 연기가 피어났다. 그러자 흑골맹의 배들이 좌우로 물러나며 길을 열기 시작했다. 흑의청년은 서문소혜를 쳐다봤다. 서문소혜가 고개를 끄덕였다. 흑의청년이 갑판을 향해 크게 소리쳤다.

"전속 항진! 속히 빠져나가라!"

서문세가의 선단은 최고 속도를 내며 빠르게 전진하기 시작했다. 서문소혜는 말없이 이유강의 배를 쳐다보았다. 배는 점점 멀어지고 있었다.

"……."

"대인, 서문세가의 배들이 속력을 내고 있습니다. 저들이 길을 터주다니 이상한 일입니다. 느낌이 좋지 않습니다."

구자삼의 말에 이유강은 고개를 끄덕였다. 갑판장이 뛰어왔다.

"대인, 우리도 속력을 내서 세가의 배들을 쫓아가야겠습니다."

"그러기엔 이미 늦은 것 같소."

서문세가의 선단이 빠져나가자 흑골맹의 배들이 다시 길을 막았다. 수십 척이 넘는 해적선이 서서히 다가오고 있었다.

"대인, 도주해야 합니다!"

갑판장이 다급하게 외쳤다. 이유강은 잠시 인상을 찌푸리고는 흑골맹의 해적선들을 노려봤다.

"대인, 일단 도주해야 할 듯싶습니다."

유풍룡의 전음성이 들렸다. 이유강은 어쩔 수 없는 듯 외쳤다.

"배를 돌리시오!"

그러자 갑판장이 기다렸다는 듯 소리쳤다.

"선회한다! 최대한 속력을 내서 도주하라! 빨리빨리 움직여!"

선원들은 이미 준비하고 있던 터라 신속하게 움직였다. 배는 방향을 틀었다. 별다른 지시도 하지 않았으나 유풍룡의 배도 선회하여 도주하기 시작했다. 갑판장이 말했다.

"대인, 이제부터 해로를 무시하고 도주에 전력을 다하겠습니다."

"저들을 따돌릴 수 있겠소?"

"흐훗, 걱정 마십시오. 저쪽에 싸움이라면 모를까 뱃길에 저보다 능한 놈이 있으리라고는 생각지 않습니다. 일단 도주하기로 작정한 이상 절대 저놈들에게 따라잡히지 않을 자신이 있습니다."

갑판장은 그 말과 함께 갑판을 이리저리 뛰어다녔다. 다행히 배가 선회하는 동안 가까워졌던 해적선들과의 거리가 더 이상 좁혀지지 않고 일정 거리를 유지하기 시작했다.

"지금이라도 늦지 않았다! 네놈들의 동료가 왔으니 가고 싶은 사람은 보내주겠다!"

유풍룡이 소리치자 선원들 중 한 명이 고개를 흔들었다.

"그런 말씀 마시오. 결코 우리를 살려줄 놈들이 아니외다. 어차피 죽을 거면 차라리 도망이라도 가다가 죽는 게 낫겠소."

"그렇소이다. 제발 우리를 버리지 마시오."

선원들의 표정은 진지했다. 유풍룡은 일순 호쾌하게 웃었다.

"하핫, 좋다. 나의 말을 따른다면 결코 죽지 않을 것이니 모두 정신을 바짝 차려라."

"알겠습니다."

철무생은 유풍룡이 선원들을 다독이며 지휘하는 것을 보고 내심 감탄하고 있었다. 유풍룡은 그런 철무생을 보고 말했다.

"철 제, 수귀들이 습격할 수도 있으니 지금 즉시 무사들과 함께 무기 창고에서 창과 화살을 모조리 꺼내와라. 선미에 포대가 있으니 몇 명은 그쪽에 붙어 포탄을 장착하도록."

"예, 형님."

이유강의 지시에 의해 호위무사 십여 명과 이쪽 배로 건너온 철무생은 유풍룡과 의기가 통해 형님, 동생 하는 사이가 되었다. 비록 만난 지 얼마 안 되었지만 어려서부터 암흑가에서 잔뼈가 굵은 철무생과 녹림 출신인 유풍룡은 대번에 서로 통하는 것이 있었던 것이다.

"낼 수 있는 최대 속력을 내라! 뒤처지면 안 된다!"

유풍룡의 고함 소리가 갑판을 쩌렁쩌렁 울렸고, 배는 속력이 붙기 시작했다.

"잘 따라오는군."

뒤처지지 않고 곧잘 따라오는 유풍룡의 배를 보고 이유강은 미소를 지었다. 이미 두 척의 선박은 바람을 타고 상당히 속력이 붙어 있었다. 그러나 수십 척의 해적선들과의 거리는 그다지 멀어지지 않았다.

"제길, 저놈들 아주 작정을 했군."

"쉽게 포기할 놈들이 아닙니다."

구자삼이 말했다. 이유강은 고개를 끄덕였다.

"몇 척 정도라면 어찌해 보겠지만 수십 척은 어찌해 볼 방법이 없소."

"현재로선 최대한 도주하여 저들의 추격을 따돌리는 것이 최선입니다."

"……."

이유강은 내심 화가 치밀었다. 해적들을 복속하여 제해권을 장악하려 했던 야심찬 포부와는 달리 시작도 하기 전에 해적들에게 쫓기는 신세가 된 것이다.

하루가 지났다. 해적들은 여전히 쫓아오고 있었다. 거리는 멀어지지 않고 어제와 거의 비슷했다. 선원들은 교대로 움직이기에 그런대로 괜찮았으나 무사들은 긴장하며 밤을 지새웠기에 무척 피곤해 보였다. 갑판장 역시 안색이 붉게 변한 채 다소 피곤한 기색을 감추지 못했다. 이유강이 구자삼을 향해 말했다.

"무사들을 선원들과 같이 삼 개 조로 나눠 눈을 붙일 수 있도록 하시오."

"알겠습니다."

구자삼이 무사들을 향해 가자 이유강은 갑판장을 불러 말했다.

"부갑판장과 교대로 눈을 좀 붙이시오. 해적들이 쉽게 추격을 포기할 것 같지 않소."

그러자 갑판장은 혀를 내두르며 말했다.

"지독한 놈들입니다. 어지간한 놈들이라면 벌써 포기했을 텐데요."

"선원들의 체력이 떨어지지 않도록 적절히 교대해 주시오. 갑판장
역시 마찬가지요."

"알겠습니다."

갑판장은 포권을 하고는 부갑판장과 몇 마디 말을 나눈 후 선실로
들어갔다. 구자삼이 다가와 말했다.

"대인, 눈을 좀 붙이십시오. 제가 갑판에 남아 있겠습니다."

"난 괜찮으니 먼저 쉬시오."

"그럴 수는 없습니다. 제가 어찌……."

한사코 그럴 수 없다고 고집을 피우는 구자삼을 강권하여 선실로 들
여보냈다. 사위는 다시 어둑해지고 있었다. 해적들은 포기할 생각이
전혀 없는 듯 여전히 쫓아오고 있었다. 이유강은 그들을 차갑게 쳐다
봤다.

"네놈들은 지금의 일을 평생 후회하게 될 것이다. 그리고 서문소
혜……."

그녀에 대해서는 특별히 원망하고 싶지 않았다. 비록 서문세가의 선
박들이 잘 무장되어 있다고 하나 수십 척에 이르는 해적들에게는 역부
족이었을 것이다. 차라리 그렇게 적절히 사라져 주니 오히려 마음이
편했다. 선단을 이끄는 그녀의 결정은 서문세가의 입장에 있어서 가장
현명한 판단이었을 것이다.

"……."

그러나 무언지 모를 화가 치밀었다. 광주까지 보호해 준다는 말을

믿고 뒤를 쫓았는데 아무 말 없이 그렇게 사라져 버린 것이다. 감당할
수 없는 수십 척의 해적선을 보곤 어쩔 수 없었겠지만.

"니미럴! 지독한 새끼들!"
"징그럽소! 젠장할! 열흘째 쫓아오다니!"
갑판장과 항해사가 씩씩거렸다. 이유강은 그런 그들을 묵묵히 쳐다
봤다. 흑골맹의 해적들에게 쫓긴 지 벌써 열흘이 지난 것이다. 쫓기는
것에 대한 심리적 압박 때문인지 무사들과 선원들이 조금씩 지쳐 가고
있었다. 이유강은 구자삼을 불렀다.
"현재 배의 상황을 말해 보시오."
"이백십이 명의 인원 중 일곱 명이 입실한 것을 제외하고는 다른 특
이 사항은 없습니다. 다만 모두 상당히 지쳐 있는 것 같습니다."
"식량은 얼마나 남았소?"
"식량은 아직 충분하나 물이 며칠 분밖에 남지 않아 큰일입니다."
해적들은 여전히 추격을 포기하지 않았다. 어찌 보면 이러한 상황을
즐기고 있는 것 같다는 생각도 들었다. 갑판장을 불렀다.
"현재 위치는 어디쯤 되오?"
그러자 갑판장은 약간 침울한 표정을 지었다.
"도주에 전력한 상태라 사실 위치를 잃은 지 오래입니다."
"대략이나마 짐작할 수 없소?"
"별자리를 보고 대략 짐작할 뿐입니다만 아무래도 남쪽으로 아득하
게 내려온 게 아닌가 생각됩니다."
"음……."
열흘을 내리 항해했으니 그렇게 왔다 해도 무리가 아니었다. 그때

갑자기 갑판장의 안색이 굳어졌다. 그는 갑자기 하늘을 보고 손으로 바람을 느끼며 냄새를 맡기 시작했다. 이유강이 의아하여 물었다.

"무슨 일이오?"

"…아무래도 폭풍이 올 것 같습니다."

갑판장의 안색이 창백해졌다. 이유강은 순간 오히려 잘됐다는 생각이 들었다.

"차라리 잘됐소. 폭풍이 몰려오면 우리를 쫓아오던 저놈들이 추격을 포기할 것 아니오."

"냄새가 이상합니다. 단순한 폭풍이 아닙니다."

지난번 폭풍에 별거 아닌 듯 담담했던 갑판장이 호들갑을 떨고 있었다. 갑판장의 음성이 떨렸다.

"이런… 느낌이라면 분명 초대형… 이 분명합니다."

"초대형 폭풍이란 말이오?"

"저의 이런 감은 틀린 적이 없습니다."

유풍룡의 다급한 전음성이 들렸다.

"대인, 폭풍우에 대비하십시오. 더 이상 해적들은 신경 쓸 필요가 없습니다."

그러고 보니 해적선들과 거리가 멀어지고 있었다. 해적들 역시 갑판장과 동일하게 그 불안감을 느낀 것이 분명했다. 그들은 더 이상 추격해 오지 않았다.

쒸쒸이이잉!

바람이 심상치 않았다. 분명 해가 떠 내리쬐고 있는 대낮이었는데 어느 순간 컴컴해지고 있었다. 검은 구름이 순식간에 창공을 뒤덮었고 바람이 세차졌다. 갑판장은 목소리가 터져라 갑판을 뛰어다녔다. 한두

방울씩 날리던 빗방울이 점점 굵어졌다.

번쩍!

암흑을 가르는 거대한 빛줄기. 그것이 멀리 해적선 중 하나에 작렬했다. 뇌전의 빛에 주위가 환해지며 순간적으로 해적선들이 드러났다. 뇌전이 작렬한 해적선은 돛대가 부러진 듯했으나 그 뒤로 다시 캄캄해져 어찌 되었는지는 알 수 없었다.

콰콰콰쾅!

우레 소리가 귀를 찢을 듯 이어졌고, 심하게 출렁이는 물살에 배가 흔들리기 시작했다. 이유강은 수어심결을 운용했다.

파라라라락!

미친 듯이 바람이 불었다. 후미의 작은 돛이 찢어질듯 팔락거리더니 급기야 찌이익 소리를 내며 찢겨 나갔다.

"허억!"

돛을 담당하던 선원 한 명이 순간 균형을 잃었다. 이유강은 잽싸게 그를 잡아 세웠다.

"조심하시오."

"감사합니다."

선원은 핼쑥한 표정으로 돛 줄을 감아 돌렸다.

번쩍!

다시 뇌전이 어디론가 작렬했다. 순간 이유강은 눈을 의심했다.

'저것은!'

거대한 산이었다. 멀리서부터 다가오는 시커먼 산. 그것은 이유강의 배보다 수십 배는 큰 거대한 파도였다.

"타를 돌려라! 휩쓸리면 모두 죽는다!"

갑판장이 급히 소리쳤다.

끼리리릭! 끼리릭!

조타수가 타를 잡아 돌렸다. 갑판장을 비롯하여 선원들의 눈빛이 비장하게 변했다. 그 크기를 가늠할 수 없는 거대한 파도. 마치 미증유의 암흑 속으로 배가 빠져드는 것 같았다.

빠지직! 콰쾅!

배가 심하게 요동치며 흔들렸다. 무언가 부러져 나가는 소리가 들렸다. 이유강은 지속적으로 수어심결을 운용하며 갑판의 상황을 파악하려 했으나 쏟아지는 물살로 인해 아무것도 보이지 않았다. 배가 빙빙 돌고 있는 것 같았다.

끼리릭! 끼릭! 끼리리릭!

다행히 타를 잡아 돌리는 소리가 끊이지 않고 들렸다. 갑판장의 외치는 소리도 그치지 않았다. 잠시 후 요동치던 배의 흔들림이 조금 진정되는 것 같았다. 거대한 그 파도가 지나간 것이다. 이유강은 내심 한숨을 돌렸다. 그러나 그 숨을 채 내쉬기도 전에 조금 전의 그것보다 더욱 거대한 파도가 다가오는 것이 보였다. 선원 중 한 명이 갈라지는 목소리로 크게 외쳤다.

"사, 삼각파가 옵니다!"

이유강은 그 말에 깜짝 놀라 반대 방향으로 고개를 돌렸다. 배를 향해 다가오는 또 하나의 거대한 파도. 순간 가슴이 서늘해졌다. 두 개의 커다란 파도가 부딪치면 어지간한 배쯤은 산산이 조각내 버릴 만큼 가공할 삼각의 파도를 형성하게 될 것이다.

좌아아아아아!

배가 한없이 공중으로 떠오르는 것 같았다. 물살에 휩쓸려 바다로 나동그라지는 사람들의 모습이 어슴푸레 보였다. 어느 순간 위로 떠오르던 배가 정지하는 느낌이 들었다.

"……."

배는 다시 밑으로 추락하고 있었다.

콰앙!

배가 부서지는 것 같은 강력한 충격과 함께 시커먼 물살이 배를 뒤덮었다.

푸른 하늘에는 구름도 없었다. 바람조차 불지 않아 내리쬐는 태양의 열기가 부담스럽게 느껴졌다. 이유강은 갑판 위를 걸으며 배의 상태를 확인했다. 폭풍이 지속되는 동안 이유강은 끝까지 정신을 잃지 않았다. 삼각파에 의해 배가 심하게 휘청거리긴 했으나 천행인지 전복되지는 않았다.

그 후로도 폭풍이 한참을 더 지속되었으나 다행히 그러한 가공할 파도는 일어나지 않았다. 폭풍은 거의 하루가 넘게 지속되었다. 갑판장을 비롯하여 선원들과 배의 모든 무사들이 정신을 잃었고 이유강 역시 폭풍이 끝난 것을 확인하고는 쓰러져 잠이 들었다.

"음……."

중앙의 커다란 돛대를 제외한 모든 돛대가 부서졌고 돛은 다 어디로 갔는지 보이지도 않았다. 갑판 역시 곳곳이 심하게 파손되어 수리가 시급했다. 그러나 그것보다 급한 것이 있었다. 갑판 이곳저곳에 쓰러져 있는 선원들과 무사들. 팔이 부러지거나 부상을 당한 사람도 간간이 보였다.

"이백십칠 명의 인원 중 선원 일곱 명과 무사 이십삼 명이 실종되었습니다. 현재 인원은 백팔십칠 명이고 이 중 부상자가 선원 아홉 명, 무사가 열세 명입니다."

"……."

인명 손실이 컸다. 실종된 자들을 생각하자 가슴이 무거워졌다. 그들은 분명 죽었을 것이다. 이유강은 다시 물었다.

"참으로 애석한 일이오……."

"예……."

구자삼은 씁쓸한 표정을 지으며 말을 이었다.

"교역품이 들어 있는 창고에는 다행히 만일을 대비하여 방수 시설을 철저히 해놨기에 별다른 피해가 없으나 문제는 식수와 식량입니다. 식량 창고에 물이 차 앞으로 최대 삼 일 이상 버티기 힘든 실정입니다. 게다가 식수는 하루 분량만 남아 있어 대책이 시급합니다."

이유강은 고개를 끄덕이고는 갑판장을 향해 물었다.

"현재의 위치를 알 수 있겠소?"

"밤이 되어봐야 별자리를 보고 대략 추측이 가능하겠습니다만 정확한 위치를 알 수 있는 방법이 없습니다."

"식량과 식수가 얼마 남지 않았으니 작은 섬이라도 찾아야겠소."

"…그것이……."

갑판장은 난색을 표했다.

"돛이 모두 사라져 앞으로 바람이 불어도 배를 빨리 움직일 수 없는 상황입니다. 보조 돛도 모두 파손되었고 자재가 없어 수리도 불가합니다."

"그렇다면 그저 이렇게 표류할 수밖에 없단 말이오?"

"…그렇습니다."

"흐음, 알았소. 모두 나가보시오."

갑판장과 구자삼은 포권을 하고 선실 밖으로 나갔다. 이유강은 조용히 눈을 감았다.

'유풍룡의 배는 어찌 되었을까? 무생은……'

마음이 답답하고 무거웠다. 당찬 포부를 갖고 임한 첫 번째 항해에서 폭풍우로 많은 사람들이 희생된 것이다.

'모든 게 다 내 책임이다.'

비록 예상치 못한 천재지변에 의한 것이었으나 어쩌면 희생된 선원들과 무사들이 해적들에게 십여 일 동안 쫓기며 기력이 상당히 고갈된 상태가 아니었다면 폭풍에 휩쓸리지 않았을지도 모를 일이었다.

'흑골맹이라 했나? 모든 것을 제쳐 두고 일단 그놈들부터 박살 내야겠군.'

이유강은 끓어오르는 화를 주체할 수가 없었다. 풍운장을 세운 후 처음으로 입은 대규모 참사였다. 이 모든 일이 바다를 너무 경시하고 안이하게 대처한 결과란 생각이 들자 심한 자책감을 버릴 수 없었다.

하루가 지났다. 언제부턴가 정체 모를 한 마리의 커다란 새가 배가 있는 상공 높은 곳을 배회하고 있었다. 선원들과 무사들은 괴이한 새를 멍하니 쳐다보며 불안을 감추지 못했다.

　배는 바닷물이 움직이는 대로 무작정 표류하고 있었다. 물은 부상자들 위주로 우선 배급되었고 다른 사람들에게는 최소한의 양만 배급하였으나 앞으로 몇 시진 후면 식수가 완전 고갈될 상황이었다. 모두들 체념한 듯이 갑판에 힘없이 주저앉아 움직이지도 않고 있었다. 요리사가 식량을 배급하려 하자 갑판장이 만류했다.

　"물이 부족한 상태에서 음식을 섭취하면 수분 부족으로 더 위험해진다. 차라리 굶는 게 더 낫다."

　"갑판장님⋯⋯."

　요리사는 고개를 조아렸다. 그 역시 그것을 모르는 바가 아니었다. 구자삼이 말했다.

　"드시오. 대인께서 복안이 있다 하셨으니 먹고 힘을 냅시다."

　"⋯⋯."

　갑판장은 아무 말도 하지 않았다. 요리사가 문득 말했다.

　"사실 그동안 대인의 명에 의해 요리할 때 생선의 뼈들을 불에 익히지 않고 미리 발라내어 진흙이 쌓여 있는 창고에 쌓아 놓았습죠. 대인께서 지금 그곳에 계신 듯한데 대체 무엇을 하시는 것입니까?"

　"기다려 보시오."

　구자삼은 피식 미소를 짓고는 음식을 집어먹었다. 그때 돌연 쾅 소리가 나며 갑판 밑에 위치한 한 창고의 문이 박살나는 것이었다. 모두들 깜짝 놀라 그쪽을 쳐다봤다.

　"허억!"

　"헉!"

　무언지 모를 시커먼 것들이 창고에서 빠져나와 줄줄이 바다로 뛰어들고 있었다. 커다란 물고기 같기도 했으나 구자삼을 비롯하여 갑판의 모든 사람들은 생전 그런 끔찍하게 생긴 물고기를 본 적이 없었다. 어지간한 것에는 눈 하나 깜빡 안 하던 갑판장도 안색이 하얗게 변했다. 수십 마리쯤 되는 괴어들은 순식간에 바다 속으로 자취를 감췄다. 잠시 후 약간 피곤한 기색의 이유강이 갑판 위로 올라왔다. 구자삼이 벌떡 일어났다.

"대인……."

이유강은 놀란 기색의 사람들을 향해 빙긋 웃었다.

"모두 식사를 하시오. 앞으로 한 시진 정도 있으면 섬에 도착할 것이니 걱정 말고 든든히 먹어두시오. 사람들도 상당수 살고 있는 제법 큰 섬 같으니 물과 식량을 충분히 얻을 수 있을 것이오."

"그것을 어찌 아십니까?"

갑판장이 믿을 수 없다는 듯 물었다. 그때 누군가가 소리쳤다.

"배가 움직이고 있습니다! 매우 빠른 속도로 움직입니다!"

"뭣이!"

갑판장을 비롯한 선원들은 그 말에 모두 깜짝 놀라 배의 난간으로 뛰어갔다.

촤아아아!

배가 물살을 가르며 나아가고 있었다. 돛을 활짝 펴고 순풍을 맞으며 나아갈 때보다 몇 배나 빠른 속도였다. 갑판장은 도저히 이해할 수 없는 속도로 배가 나아가자 입을 딱 벌렸다. 그는 평생 배를 탔으나 이렇게 빠른 속도로 움직인 경우는 없었다. 그는 이유강을 쳐다봤다.

"대인, 이게 어찌 된 일입니까?"

"차차 설명해 주겠소."

이유강은 그렇게 말한 후 요리사가 가져온 접시를 받아 식사를 하기 시작했다. 갑판장은 고개를 저으며 하늘을 쳐다봤다. 배 위 상공 높은 곳에는 정체 모를 괴이한 새 네 마리가 날고 있었다. 아까는 한 마리가 날고 있었는데 언제 세 마리가 나타났는지 모두 네 마리의 새가 배회하듯 날고 있었다. 갑판장은 머리를 흔들었다.

"에라, 모르겠다. 어이, 여기도 한 접시 가져와 봐."

"예, 갑판장님."

배는 다시 활기가 넘치기 시작했다.

배가 임시로 정박한 곳은 백사장이 쭉 펼쳐진 큰 섬의 해변이었다. 해변의 위쪽에는 백여 채의 집들로 이루어진, 언뜻 보아 수백여 명의 사람이 살고 있는 제법 큰 어촌이 형성되어 있었고, 한쪽에는 자그마한 어선 수십여 척이 정박되어 있는 작은 포구도 있었다.

처음 이유강의 배가 나타나자 이곳 마을에는 비상이라도 걸린 듯 떠들썩거렸고, 백여 명의 주민이 창과 활로 무장하고 공격해 왔으나 이유강은 무사들과 함께 그들을 가볍게 제압했다. 실력의 차이가 월등하기에 무사들은 섬의 주민들에게 상처를 입히지 않고 손쉽게 무장을 해제시켰다.

섬의 촌장은 육십대쯤 되어 보이는 노인이었는데 처음 서로 말이 통하지 않았지만 이유강은 정중한 태도로 그를 대하며 배에서 몇 필의 비단과 은을 조금 가져와 내놓았다. 그러자 촌장은 경계심을 풀고 물과 음식을 마련해 주었다. 선원들과 무사들은 오랜만에 밟은 육지 위에서 안도를 느끼며 이유강의 지시에 의해 며칠 동안 푹 쉬었다.

이유강 역시 그동안 지친 심신을 휴식을 취하며 회복했다. 환물들을 이용해 배를 섬까지 끌고 왔으나 이미 배는 거의 망가진 상태라 어지간히 수리를 해서는 다시 항해하기 힘들었다. 이유강은 무사들과 선원들을 동원해 통나무와 흙으로 촌락의 한쪽에 임시로 커다란 막사를 몇 채 지었다. 보통의 집에 비할 바는 아니었으나 배에서 지내는 것보다는 훨씬 나을 것 같았고, 선원들과 무사들도 만족해했다.

섬에 온 지 열흘이 되었을 때 구자삼이 찾아왔다.

"대인, 비록 완벽하지는 않으나 섬의 주민들과 의사 소통이 가능해졌습니다."

구자삼은 그가 데려온 인물들과 함께 그동안 섬의 주민들이 사용하는 언어를 파악하려고 애썼던 것이다. 사실 이것은 보통 일이 아니었다. 구자삼을 비롯하여 어학 쪽에 재능이 있는 인물들이 여럿 붙어서 연구를 했다지만 불과 십 일 만에 대략이나마 알아냈다는 것은 실로 놀라운 일이었다. 이유강은 구자삼을 격려하며 말했다.

"수고 많았소. 섬에 대해 알아낸 것이 있소?"

"예, 섬의 주민들은 대부분 물고기를 잡는 어부들입니다. 섬으로부터 뱃길로 이틀 정도 떨어져 있는 곳에 커다란 도시가 있는데 그곳에 어물을 내다 팔아 여타 생필품을 사 오는 것 같습니다."

이유강은 고개를 끄덕였다. 사실 비단과 은을 내보였을 때 촌장이 매우 반색하는 표정을 지었던 것을 보고 내심 의아한 생각이 들었었다. 무언가 육지와 교류가 없다면 있을 수 없는 일인 것이다.

"한 가지 특이한 사항은 이 섬에 많지는 않으나 육두구 나무가 있음을 알게 되었습니다."

"육두구라면 서방에서 매우 비싸게 팔린다는 그 향신료 열매를 말하는 것이오?"

"그렇습니다. 몇 그루 안 되지만 육두구 열매를 말려 주민들이 말한 도시에 가져가면 제법 비싸게 거래되는 것 같습니다."

"섬을 한번 수색해 봐야겠소."

그러자 구자삼은 고개를 저었다.

"이 섬에는 더 이상 수색할 곳이 없습니다. 듣기로는 이곳에서 그리 멀지 않은 곳에 이 섬과 비슷한 크기의 섬이 하나 있는데 그곳에 육두구 나무가 많다 합니다. 그러나 그곳에 가면 사람을 잡아먹는 무서운 괴물이 우글거려 아무도 접근하지 못한다고 들었습니다만 확인해 보지 않아 사실인지는 모르겠습니다."

"흠."

이유강은 문득 호기심이 동했다.

"좋소. 내가 오늘 그곳에 한번 다녀오겠소. 그곳의 위치를 자세히 좀 알아봐 주시오."

"설마 혼자 다녀오실 생각이신지요?"

구자삼은 깜짝 놀라며 물었다. 이유강은 고개를 끄덕였다.

"괴물들이 득실거리는 곳이라면 나 혼자 가는 것이 오히려 편하니 걱정 마시오."

"알겠습니다."

"이것이 육두구 나무입니다."

"흠."

적어도 육칠 장(丈)은 되어 보이는 거대한 높이의 나무였다. 풀빛 타원형의 긴 잎사귀 사이로 보이는 육두구 열매는 살색의 작은 원형으로 마치 살구 열매와 비슷해 보였다. 구자삼이 말했다.

"열매 말린 것을 가루로 만들어 생선 요리에 뿌려 사용하면 독특한 향이 난다고 들었습니다."

"며칠 전 촌장이 대접한 요리에서 났던 특이한 향이 분명하군."

생선의 비릿한 냄새를 없애줄 뿐만 아니라 특유의 향긋한 향이 나 상당히 맛있게 먹었던 기억이 났다. 이유강은 중얼거렸다.

"한데 고작 향신료인 이 열매를 서방에서는 왜 그리 귀하게 여기는 것인지 실로 궁금하군."

"일전에 듣기로 육두구나 정향나무, 후추와 같은 향신료가 서방에서는 귀한 약재로 쓰인다고 들었습니다. 음식이 부패하지 않을 뿐 아니라 괴질이나 전염병까지 막아준다 하여 같은 부피의 은과 맞먹을 만큼 가치가 있다고 합니다."

이유강은 어이없는 표정을 지었다.

"독특한 향신료이긴 하나 괴질이나 전염병까지 막아준다는 것은 믿기 힘드오."

"사실 저도 그렇게 생각합니다. 그러나 교역에 있어서는 생사를 이용한 견직물도 이에는 비교가 되지 못합니다."

"물론이오. 앞으로도 이보다 더 나은 것은 찾기 힘들 것이오. 따라서 육두구 나무가 가득한 그 섬을 장악할 필요가 있을 것 같소."

"장악이라 하심은……?"

구자삼의 물음에 이유강이 진지한 표정으로 말했다.

"괴물들을 퇴치한 후 그곳에 포구를 건설할 생각이오. 그곳을 중심으로 이 근처의 해역을 장악해야겠소."

"그렇게 된다면 저 역시 그 섬을 중심으로 교역을 확대하여 해역의 상권을 장악하겠습니다."

구자삼이 흥분된 기색으로 말했다. 이유강이 고개를 끄덕였다.

“일단은 당장 그 섬에 가봐야겠소. 오늘은 동정만 살피고 올 것이니 별다른 걱정은 하지 마시오.”
“예, 조심하십시오.”

촤아아아!

선박에는 비상 상황에 대처할 작은 배들이 서너 척 있었다. 이유강은 그중의 한 척을 타고 섬을 출발했다. 노를 이용해 움직이는 작은 배였으나 환물들이 있어 굳이 노를 저을 필요가 없었다. 구자삼이 알아온 정보에 의하면 보통 뱃길로 다섯 시진 정도의 거리였다. 그러나 환물들이 배를 모는 속도는 마치 육지에서 말을 타고 달리듯 빨라 불과 반 시진 만에 섬에 도착했다.

섬에는 모래사장도 없었다. 이미 환물 비조를 미리 보내 섬의 윤곽을 대략 살펴보았는데 과연 구자삼의 말대로 섬은 상당히 컸다. 오히려 주민들이 살고 있는 섬보다 두 배는 큰 섬으로 이곳에 만일 도시가 형성되어 사람이 거주하게 된다면 능히 수천 명도 거할 수 있을 듯했다.

특이하게도 섬의 사방이 깎아지른 듯 험한 절벽으로 이루어졌고 이유강이 도착한 오직 한 곳만 평지가 해변과 맞닿아 있었다.

"실로 요새를 만들기에 최적인 요소를 자연적으로 갖추고 있군. 해적들이 이 섬을 보았다면 분명 근거지로 만들려 했을 텐데……."

온 해상을 누비는 해적들이 천형의 요새인 이곳을 보지 못했을 리가 없었다. 그러나 간혹 난파된 배의 조각들이나 부러진 무기들이 몇 개 보이긴 했지만 누군가 섬에 살고 있는 흔적은 없었다. 분명 구자삼이 말한 괴물들 때문일 것이다.

"대체 어떤 것들일까?"

호기심이 동했다. 이미 예전에 지옥에서나 존재할 만한 끔찍한 괴물들과 동고동락했고 직접 손으로 수천 마리가 넘는 괴물을 만들기도 했던지라 세상에서 아무리 무서운 괴물이 나타난다 해도 두려운 생각은 들지 않았다.

좁은 해변을 지나 안쪽으로 들어가니 숲이 우거져 있었다. 온갖 이름 모를 특이한 풀과 나무들이 빽빽한 숲 곳곳에 육두구 나무들도 많이 보였다.

"구자삼의 말대로군."

대충 지금 보이는 것만도 수십 그루가 넘었다. 고작 숲의 초입에 들어왔을 뿐인데도 이 정도면 섬 전체에 육두구 나무는 셀 수 없이 많을 것이다. 어디선가 바스락거리는 소리가 들려왔다. 이유강은 도를 뽑아 들었다.

'무언가 있군. 그놈들인가?'

바스락바스락.

소리는 여러 곳에서 들렸다. 기척을 애써 숨기며 조심스레 다가왔지만 이유강의 이목을 속일 수는 없었다.

'수십 마리가 넘는군.'

이유강은 근처의 커다란 바위를 등지고 섰다. 뭔지 모를 미지의 괴물들과 싸운다는 생각을 하니 두렵기보다는 조금은 짜릿한 긴장감이 맴돌았다.

바스락.

괴물들이 모습을 드러냈다. 십여 마리가 한꺼번에 수풀을 헤치고 나타나 이유강을 노려봤다. 십 척에 육박하는 큰 몸집에 흉포한 눈빛. 언뜻 보면 원숭이처럼 생기기도 했으나 원숭이와는 비교할 수 없을 만큼 몸집이 크고 사나워 보였다.

끄워어어!

괴물들이 일시에 달려들었다. 괴물이 비록 수효가 많다 하나 이유강을 위협할 수는 없었다. 이유강은 괴물들 사이를 누비며 도를 휘둘렀다. 사람들을 해치고 잡아먹는다 하니 애초부터 사정을 둘 생각이 없었다.

푸욱! 푹!

'이것 봐라?'

놀랍게도 괴물들이 이유강의 도를 피했다. 게다가 도에 맞은 괴물들도 살갗이 조금 베어졌을 뿐 별다른 피해를 입지 않은 것 같았다. 비록 가볍게 휘두른 것이긴 하나 맹호나 거웅이라도 피하지 못할 공격이었다. 그러나 그것을 피할 뿐 아니라 적중되고도 멀쩡한 것이다. 실로 놀라운 반사 신경이었다.

끄워어! 끄워어어!

괴물들은 약간의 상처를 입자 더욱 흉포하게 날뛰었다.

꽈꽝! 꽝!

괴물들이 휘두른 주먹에 의해 바위가 부서졌다. 이유강은 괴물들의 공격을 피하면서 내심 설레는 마음을 금치 못했다.

'이 정도면 가히 일전의 환물 괴물들과 맞먹는군. 만일 이놈들을 환물로 만든다면 실로 가공할 능력을 갖게 될 것이다.'

이유강은 내공을 끌어올려 도를 휘둘렀다.

꾸워억!

꾸억!

한 칼에 한 마리씩 도합 다섯 마리의 괴물들이 피를 흘리며 쓰러졌다.

다시 달려드는 괴물 세 마리를 단칼에 쓰러뜨리자 괴물들은 순간 멈칫하더니 도망가기 시작했다. 이유강은 쫓지 않았다.

"오늘은 이만 돌아가야겠군."

이유강은 도약하여 근처의 육두구 나무 열매 몇 개를 따 품속에 넣고는 해변으로 향했다. 곧바로 주민들이 사는 섬으로 돌아가 휴식을 취했다.

다음날 이유강은 구자삼을 불러 말했다.

"나는 오늘부터 한동안 그 섬에서 수련을 하며 몇 가지 작업을 할 생각이오."

"저희들도 돕겠습니다."

이유강은 고개를 저었다.

"그곳은 나 혼자 갈 것이오. 이곳에 남아 몇 가지 일을 해주시오."

"무슨 일이든 하겠습니다."

"내가 말하는 심결들을 기억하시오."

이유강은 그와 함께 두 가지 구결을 전수했다. 다소 긴 구결이었으나 구자삼은 한 번 듣고는 고개를 끄덕였다.

"기억했습니다."

"이해할 수 있겠소?"

이유강이 묻자 구자삼은 바로 고개를 끄덕였다.

"하나는 상단전의 기를 움직이는 심결인 것 같습니다. 그리고 또 다른 하나는 그것을 눈에 집중해 사용하는 무공인 것 같습니다."

"그렇소. 지금부터 내가 하는 말을 잘 들으시오."

이유강은 다소 엄한 표정으로 구자삼을 응시했다. 구자삼은 순간 몸을 떨었다.

"경청하겠습니다."

"방금 그 구결은 암흑마기를 운용할 수 있는 암흑심결과 암흑마공이오."

구자삼의 안색이 변했다.

"…혹시 환물 인형들을 통솔할 수 있는 그 심결을 말씀하시는 건지요?"

"그렇소."

"제게 어찌 그것을……?"

구자삼은 풍운장에서 환물 인형들을 통솔하던 장인 아홉 명의 직속 상관이었기에 암흑심결의 신묘함을 누구보다 잘 알고 있었다. 이유강이 말했다.

"풍운장의 장인들과는 달리 그대에게는 암흑마공이라는 구결도 전수했소. 그것은 눈으로 기를 쏘아 상대를 움직이지 못하게 하는 것이

오. 물론 자신보다 내공이 월등히 높은 자에게는 잘 통하지 않을 것이
오. 유사시에 유용하게 쓰일 것이니 가급적 은밀히 사용하시오.”

“알겠습니다.”

“잠시 후 내가 암흑마기를 주입하면 그대에게 육십 마리의 환물 괴
어와 두 마리의 환물 비조 형상이 떠오를 것이오. 끔찍한 형상에 놀라
지 말고 암흑심결을 운용하여 그것들의 주인이 되시오.”

“알겠습니다.”

구자삼은 약간 긴장한 표정이었다. 이유강이 말했다.

“마지막으로 한 가지만 더 당부하겠소. 암흑심결과 암흑마공은 그
누구에게도 전수하면 안 될 것이오. 또한 주입받은 암흑마기는 그때그
때의 임무에 따른 것이니 임무를 수행하면 다시 회수할 것임을 잊지
마시오.”

“명심하겠습니다.”

“정좌하시오.”

구자삼이 정좌하자 이유강의 눈이 검게 변하더니 검은색 기운이 흘
러나와 구자삼의 눈으로 흡수되었다.

‘허억!’

순간 구자삼의 안색이 하얗게 변했다. 이유강이 차갑게 말했다.

“놀라지 말고 암흑심결을 운용하시오!”

“…….”

구자삼의 이마에 땀이 흥건히 맺혔다. 그는 차츰 안색을 회복하고는
눈을 떴다. 이유강이 물었다.

“무엇이 보이시오?”

“…붉은 눈을 가진 괴어들과 두 마리의 괴조가 보입니다. 꿈속에서

나 봤음 직한 끔찍한 괴물들입니다.”

“그것들에게 무엇을 지시하든 그대로 따를 것이오.”

“신기합니다……..”

구자삼은 흥분이 되는지 이제 그의 안색은 붉게 상기되어 있었다. 그러다 문득 구자삼은 신색을 바로 하며 물었다.

“제가 해야 할 일이 무엇입니까?”

“환물 괴어들을 움직여 바다에서 많은 물고기를 잡으시오. 가급적 덩치가 클수록 좋소.”

구자삼이 고개를 끄덕였다.

“알겠습니다.”

“물고기를 잡아 고기는 마음대로 하시오. 주민들이나 선원들에게 나눠 줘도 되고 필요없다면 버려도 되나 반드시 뼈는 종별로 분류한 후 가루를 만들어 각각 보관해 놓으시오. 선원들과 무사들을 동원하고 원하는 주민들에게는 고기를 대가로 주고 일을 시키시오. 양은 많으면 많을수록 좋소. 당분간 교역은 신경 쓰지 마시오.”

“맡겨주십시오.”

“마지막으로 선원들 중 선박 보수에 능한 자들에게 배의 수리에 대해 맡기고 그에 대해 최대한 지원을 하시오. 필요하다면 주민들에게 협조를 구해 자재를 구해보도록 하시오.”

“그렇게 하겠습니다.”

이유강은 환물 비도 열 자루를 구자삼에게 건넸다.

“내력을 주입하여 던진 후 암흑심결을 이용해 명령하면 되니 틈틈이 연습해 보시오.”

“감사합니다.”

구자삼은 환물 비도를 받아 들었다. 그리고는 약간 망설이듯 말했
다.

"대인, 한 가지 묻고 싶은 것이 있습니다."

"말해 보시오."

"……."

구자삼은 아무 말도 하지 않고 이유강을 쳐다봤다. 이유강이 물었
다.

"궁금한 게 있다 하지 않았소?"

"…아닙니다. 제가 잠시 착각을……."

구자삼은 어색하게 웃었다. 그러한 모습이 약간 의아했으나 이유강
은 피식 웃었다.

"싱겁긴. 언제든 궁금한 것이 있으면 물어보시오."

"그렇게 하겠습니다."

이유강은 구자삼 등이 있는 섬을 떠나 어제의 그 섬에 도착했다. 한
데 한 가지 특이한 일이 발생해 있었다. 어제 죽였던 여덟 마리의 괴물
이 모두 하얗게 변해 있었다. 털이 무성했던 가죽과 살이 모두 사라진
채 하얀 뼈만 남아 있었던 것이다.

"뭔가가 이것들을 먹었다. 더구나 이 부서진 흔적은……."

괴물들의 뼈는 심하게 파손되어 있었다.

"뼈를 이렇게 부수는 것은 평범한 짐승으로는 불가능하다. 분명 이
빨 자국인데 이토록 큰 입을 가진 짐승이 존재하다니."

근처의 나무들도 상당수 부러지거나 쓰러져 있었다. 이유강은 벌떡
일어섰다. 섬을 좀 더 수색해 볼 필요가 있었다. 십 척에 육박하는 괴

물들을 한입에 으스러뜨릴 만한 가공할 무언가가 있는 것이다. 내심 섬뜩한 생각이 들었다.

꽈꽝! 빠지직! 꽝꽝! 빠지직!

현철 도를 뽑아 가장 많이 부서진 괴물의 뼈를 내려치며 가루로 만들었다. 뭔가 찜찜한 기분이 들어 약간은 조급한 마음에 내력을 최대로 끌어올려 신속하게 내려쳤다. 대략 일각의 시간이 지나자 괴물 한 마리의 뼈가 완전히 가루로 화했다. 이유강은 즉시 배에서 가져온 빈 주머니에 물을 담아와 뼛가루를 흙과 섞어 반죽을 했다.

츠으으.

뼛가루를 이용해 환물을 만드는 작업은 그다지 오래 걸리지 않지만 십오 척에 육박하는 커다란 환물을 만드는 것이라 근 반 시진이 넘는 시간이 소요되었다.

꾸워어억!

일 장 반이 넘는 키의 거대한 환물 괴물이 포효했다. 이유강은 환물의 몸통에 현철 도를 사정없이 휘둘렀다.

카앙! 캉! 카앙!

역시 흠집 하나 나지 않았다. 지금까지 만든 환물 중 비혼을 제외하곤 최강의 환물이 만들어진 것이다. 비록 전투력은 이유강이 직접 조종하여 광마도법을 사용하는 비혼에 비할 수는 없겠으나 충격을 견디는 내성에 있어서는 비혼 못지않았다. 또한 살아 있을 때 이미 맹호를 능가하는 반사 신경과 파괴력을 갖춘 괴물이었으니 환물이 된 지금은 이것들 두세 마리 정도면 가히 비혼과 비등할 만한 위력을 보일 수도 있을 것 같았다. 이유강은 만족스런 표정을 지었다.

"이제부터 네놈들을 파혼수(破魂獸)라 부르겠다."

꾸워어억!

파혼수 제일호가 된 괴물은 마치 그 말에 응답하듯 크게 울부짖었다. 이유강은 나뭇가지 위에 올라가 잠시 정좌하며 휴식을 취했다.

꽝꽝꽝꽝! 뿌지직!

아래서는 파혼수 한 마리가 괴물들의 뼈를 주먹으로 내려쳐 부수고 있었다. 뼈 부서지는 소리가 크게 울려 퍼졌으나 주위로 접근하는 것들은 없었다.

추가로 파혼수 일곱 마리를 모두 만들었을 때는 이미 날이 저물어 주위가 캄캄해지고 있었다. 이유강은 가져온 말린 고기를 먹으며 나뭇가지 위에서 다시 휴식을 취했다. 나무 아래에는 여덟 마리의 파혼수가 우두커니 서있었다. 환물 괴물들과 함께 있으니 불현듯 예전에 흑의인이 있던 그 섬의 생활이 생각났다.

'그 섬은 대체 어디에 있는가.'

섬이 사방 수백 리 안에 존재한다면 미약하나마 암흑마기의 기운이 느껴질 것이나 분명 그러한 기운은 느껴지지 않았다. 섬에 가득했던 암흑마기의 기운만 감지한다면 섬을 찾는 것은 시간문제인 것이다.

'반드시 그 섬을 찾아야 한다.'

조급할 필요는 없었다. 존재하는 모든 해역을 장악하고 곳곳에 환물 괴어들을 풀어놓을 생각이었다. 얼마의 시간이 걸리든 샅샅이 바다를 뒤지면 언젠가는 찾을 수 있을 것이다. 섬의 지하 동굴에 산더미같이 쌓여 있는 천연 금광석이 문제가 아니었다.

'그 지하 석부……!'

가끔씩 꿈속에 나타나 악몽으로 자신을 괴롭히는 흑의청년. 이유강은 그것이 단순한 꿈이 아니라는 생각을 하고 있었다. 이유강은 입술을 깨물었다.

'잃어버린 기억을 확실히 되찾아야 한다. 그러기 위해서는 그 지하 석부를 열어야 한다.'

흑의인이 있던 지하 석부. 그 미지의 장소에 분명 모든 것의 실마리가 있을 것이란 생각이 들었다. 가끔씩 나타나는 흑의청년. 그때의 자신은 그 흑의청년을 바라보며 분노와 절망에 차 있었던 것 같다. 그리고 바로 그 장소가 섬의 지하 석부인 것 같은 생각을 버릴 수가 없었다.

'설령 아무것도 없다 할지라도 반드시 열어볼 것이다.'

찾아내서 산산이 부숴 버릴 생각이었다.

"……!"

이유강은 감고 있던 눈을 떴다. 뭔가가 다가오고 있었다.

쿠웅! 쿵!

지축을 울리는 커다란 굉음. 소리는 점점 가까워지고 있었다. 무언가 느껴지는 가공할 기운. 이유강은 도를 뽑았다.

'뭔지 모르나 낮이 아닌 밤에만 활동하는 것이 분명… 헉, 저것은!'

이유강의 동공이 확대되었다.

번뜩.

녹색이었다. 녹색의 커다란 두 개의 눈이 다가오고 있었다. 육칠 장이 넘는 커다란 육두구 나무보다 적어도 일이 장은 더 큰 것이 땅을 밟으며 뛰어오고 있었다. 머리 크기만도 가히 일 장은 되어 보였고 사람의 얼굴보다 큰 녹색 눈동자가 뾰족하게 빛났다.

'…독룡(毒龍)이 아닌가.'

어렸을 적 숙부가 명나라에 다녀오며 선물한 서책 중 영수환람(靈獸幻覽)이라는 기서(奇書)에서 언뜻 본 것 같았다. 천하 심처 어딘가에 존재한다는 대붕(大鵬)을 비롯하여 천향구관조(天香九官鳥), 투명비사(透明飛蛇), 인면지주(人面之蛛) 같은 전설적인 영물이나 괴수 등에 대해 적혀 있었다. 대부분 허무맹랑한 얘기들이라 당시엔 그냥 한 번 훑어본 후 잡서로 치부했었다. 독룡도 그 책에서 본 것이었다.

'저것이 실재하다니······.'

실로 눈으로 보고도 믿을 수 없었다. 독룡은 악룡(惡龍)이라고도 불리며 상상할 수 없는 가공할 독을 품어 그것이 사는 주위 수십 리를 죽음의 절지로 만든다는 전설상의 괴수라 적혀 있었다.

쿵! 쿵! 쿵!

괴물은 이십여 장 앞까지 다가왔다. 이유강은 저것이 독룡이라는 생각이 들자 호흡을 멈췄다. 그러나 문득 한 가지 의문이 들었다.

'그렇군. 저것이 진정 독룡이라면 이 섬 전체가 독지로 변해 있어야 정상일 것이다.'

그렇다면 자신 역시 벌써 독에 중독되었어야 했다. 그러나 체내에서는 그 어떤 독의 기운도 느껴지지 않았다.

'생김새는 분명 독룡이건만······.'

괴물은 어느새 십여 장 앞에 있었다. 더 이상 생각할 겨를이 없었다. 내공을 끌어올려 괴물과의 일전을 각오하는 이유강의 뇌리에 한 가지 소름 끼치는 생각이 스쳤다.

'독룡은 수명이 천 년이 되면 백 년 동안 독의 기운을 모아 독단으로 만든다고 적혀 있었다. 그 기간 동안은 세상에 해를 끼치지 않고 독도 내뿜지 않는다 했는데 설마······.'

독단이 완성되면 영기(靈氣)까지 더해져 하늘을 날아다니며 세상에 독을 뿜는 진정한 악룡이 되는 것이다. 고대로부터 독룡은 세상에 몇 번 출몰했는데 그것이 악룡으로 되기 전 하늘은 누군가를 안배하여 독룡을 처치했다고 적혀져 있었다. 그것을 생각하자 이유강은 머리가 환하게 깨는 기분이 들었다.

'그렇군.'

눈이 저렇듯 진한 녹색이 되었다는 것은 독단이 거의 완성되었다는 뜻이다. 다시 말해 악룡으로의 변신이 임박했음이 분명한 것이다. 이유강은 생각했다.

‘저놈이 세상에 해를 끼치는 악룡이 되기 전에 해치우라는 것이 하늘의 뜻인가? 그래서 나를 이곳에 보낸 것인가?

독만 뿜지 않는다면 별로 두려울 게 없었다. 이유강은 바로 앞까지 다가온 독룡의 머리 위로 도약해 현철 도로 독룡의 머리를 내려쳤다.

카앙!

‘우욱!’

거대한 암석이나 강철 덩어리를 내려치는 것보다 더한 충격이 되돌아왔다.

카아아아!

귀를 찢을 듯한 괴성과 함께 독룡은 이유강을 앞발로 움켜잡으려 했다. 거대한 체구에 비해 믿기지 않을 만큼 빠른 속도였다. 이유강은 독룡의 공격을 피하며 내공을 최대로 끌어올렸다. 백 년이 넘는 내공을 모아 광마도법의 상위 초식을 펼치며 독룡의 전신을 수십 차례 가격했다.

까앙! 깡! 까앙! 깡!

그러나 독룡은 별다른 충격을 입지 않았고 오히려 그것이 휘두른 가공할 속도의 꼬리에 맞아 이유강은 십여 장을 날아가 처박혔다. 현철 도로 꼬리의 공격을 방어했건만 거대한 체구에서 나오는 독룡의 무지막지한 힘은 백 년의 내공도 무력시킬 만큼 강했다. 이유강은 입에서 피를 흘리며 벌떡 일어났다.

“크윽!”

약간의 내상을 입은 것 같았다.

'제길!'

몇 군데 뼈가 부러진 듯 고통이 느껴졌으나 그것이 문제가 아니었다. 연이어 계속되는 독룡의 공격. 이유강은 반격할 기회를 찾지 못하고 계속 피했다.

[저놈을 공격하라.]

가까스로 숨을 돌려 파혼수 여덟 마리를 향해 명령을 내렸다. 그러자 파혼수들은 쾌속한 속도로 독룡을 향해 몸을 날렸다. 이유강을 쫓던 독룡은 파혼수의 공격을 받자 몸체를 돌려 반격을 시작했다.

콰앙! 쾅! 콰앙!

파혼수들은 이유강의 기대에 어긋나지 않게 독룡을 향해 맹렬한 공격을 퍼부었다. 이유강은 잠시 한숨을 돌리며 내력을 가다듬었다.

'약점을 찾아야 한다.'

영수환람에도 독룡의 약점에 대해서는 적혀 있지 않았다. 그저 언뜻 보기에 다른 곳보다 약해 보이는 두 눈이나 입속, 혹은 발바닥의 특정 부위일 수도 있었다. 이유강은 침착하게 독룡의 움직임을 주시했다. 비록 잠깐의 순간이었지만 운기를 통해 내상이 안정된 것 같았다. 그때였다.

'저럴 수가……!'

현철 도에 내공을 주입하여 휘둘러도 견뎌냈던 파혼수들의 몸체가 찢어져 부서지고 있었다. 독룡은 파혼수들을 한 마리씩 앞발로 잡아 이빨로 깨물어 부숴 버렸다. 애써 만든 파혼수들을 더 이상 희생시킬 수는 없었다.

[공격을 멈추고 피하라.]

이유강은 그와 함께 독룡의 발밑을 향해 도를 던졌다. 도는 땅에 작렬하여 흙 뭉치를 퍼 올렸고, 그것이 팔로 변하여 도를 움켜잡고는 독룡의 눈을 향해 날아올랐다.

파앗!

순간 독룡은 흠칫하며 눈을 감았다. 이유강은 환수를 조종하여 독룡의 양 눈을 연거푸 공격했다. 비록 독룡의 몸놀림이 빨랐으나 환수로 조종하는 도의 공격을 피할 수는 없었다. 독룡의 양쪽 눈에 도격(刀擊)이 수십 차례 적중되었다. 눈을 내리 감아 망막이 파괴되는 것은 막았으나 연속으로 눈에 충격이 가해지자 독룡은 괴로운 듯 뒷걸음질쳤다.

'눈을 파괴하려면 뭔가 위력적인 무공을 펼쳐야 한다.'

이유강은 수련을 했으나 실전에서 한 번도 펼쳐 보지 않은 대천검법을 떠올렸다. 대천삼식의 최후 초식은 일백 년의 내공이 있으면 펼칠 수 있으며 그것을 가로막는 무엇이든 파괴할 수 있는 검공이라 했다. 사실 대천삼식은 초식 자체의 파괴력은 엄청나나 광마도법에 비해 현묘함이 떨어져 실전에 있어서 그다지 위력을 발휘하기가 힘들었다.

직선적인 파괴 검공은 피하면 그뿐이다. 때문에 대천삼식의 최후 초식이라 할지라도 그 변화의 현묘함은 광마도법에 비추어볼 때 대략 이백 번째 초식과 비슷한 수위였던 것이다. 게다가 내력도 많이 소모되어 실전에 있어서 광마도법에 비해 효용성이 낮았다. 그런 이유로 봉인해 두었던 검공이었으나 무림 고수와의 대결이 아닌 독룡과 같은 괴물과의 싸움에서는 파괴력이 강한 대천삼식이 광마도법을 능가하는 위력을 발휘할 수도 있을 것 같았다.

카아아아아!

독룡은 화가 난 듯 한쪽 앞발로 눈을 가리며 소리를 질렀다. 그러다 돌연 손을 향해 쇄도하는 이유강의 도를 움켜쥐고는 힘을 가했다. 그러자 강하기 이를 데 없던 현철로 만들어진 도가 반으로 토막나 바닥으로 떨어졌다.

'이런!'

이유강은 잽싸게 환수를 조종해 부러진 현철 도의 손잡이 부분을 집어 자신의 손으로 가져왔다. 날의 반이 부러져 있는 칼이지만 다행히 검공을 시전하는 데 무리는 없어 보였다. 물론 검으로 펼치는 것보다 위력이 약할 것이나 검이 없는 지금으로서는 선택의 여지가 없었다.

캬아아아아!

화가 머리끝까지 난 독룡의 포악한 꼬리 공격을 잽싸게 피한 후 이유강의 신형은 칼과 함께 독룡의 눈을 향해 폭사하듯 날아갔다.

끄아아아악!

독룡이 눈을 감았으나 이유강의 공격은 눈꺼풀을 통과해 독룡의 왼쪽 눈을 파괴해 버렸다. 순간 독룡은 고통에 몸부림치더니 앞발로 그 눈을 가리며 도주하기 시작했다. 땅으로 내려선 이유강은 머리가 어지러웠다.

'…독인가?'

혹시 몰라 최대한 호흡에 주의했건만 방금 눈을 파괴할 때 무언가의 독에 중독된 것이 분명했다. 심한 갈증이 났다. 온몸의 피부가 붉게 부어오르고 있었다. 이유강은 내공으로 독을 진정시키려 했으나 독은 이미 온몸에 퍼져 있는지 방법이 없었다.

'진정 독룡의 독에 중독된 것이라면 살 가망이 없다.'

이유강은 이를 악물고 도주하는 독룡의 뒤를 쫓았다. 피부는 마치 피와 같이 붉어졌고 곳곳에 검은 반점이 생기기 시작했다. 좀 더 지나면 독에 의해 피부가 녹을 것이고 급기야 전신이 녹아들어 한 줌의 연기로 변할 것이 분명했다.

'살려두지 않겠다.'

인생을 이대로 마감하기는 억울했지만 죽어야 한다면 어쩔 수 없는 것이다. 그러나 최소한 자신을 이렇게 만든 독룡은 해치워야 속이 시원할 것 같았다.

독룡은 빨랐다. 그러나 이유강은 죽기를 무릅쓰고 독룡의 뒤를 바짝 쫓았다. 독룡은 숲을 헤치며 한없이 내달리다가 일순 지하로 크게 뚫려 있는 동굴 속으로 뛰어들었다. 이유강 역시 서슴없이 뒤따랐다. 놀랍게도 동굴은 끝을 알 수 없을 만큼 길게 이어져 있었다.

'대체 어디까지 내려가는가.'

끝없이 지하로 내려가자 이유강은 문득 무저갱 속에 뛰어드는 것 같은 두려움을 느꼈다. 그러나 어차피 독에 중독되어 죽을 것이라 생각하니 두려운 생각이 없어졌다. 목이 심하게 탔고 피부는 이제 감각도 없었다. 조금 전에는 간지러운 느낌이 들더니 이제는 그런 감각마저 없는 것을 보면 이미 녹아 없어졌는지도 몰랐다.

캬아아아아!

독룡이 멈춰 섰다. 더 이상 도망칠 수 없는 막다른 공간. 이유강은 암흑마공을 펼쳤다. 놀랍게도 원형의 거대한 공간이었다. 캄캄했으나 암흑마공을 펼친 이상 어둠은 문제되지 않았다. 어둠 속이나 투명하게 사물을 파악할 수 있었다. 동혈의 중앙에는 녹색의 탁한 액체가 부글부글 끓고 있는 커다란 연못이 있었고, 사방에는 온갖 종류의 뼈가 수북이 쌓여 있었다.

캬아아아아!

독룡은 더 이상 도망갈 수가 없자 소리를 지르며 다시 공격해 왔다. 이유강은 전신의 모든 내공을 끌어올려 대천삼식의 최후 초식을 펼쳤다.

콰앙!

까아아아아아악!

이유강의 신형은 부러진 반 날의 현철 도와 함께 독룡의 오른쪽 눈을 뚫고 독룡의 머릿속으로 처박혔다. 오른쪽 눈만이 아닌 그것을 뚫고 독룡의 뇌까지 박살 낸 것 같았다. 독룡은 즉사하며 그 자리에 힘없이 무너졌다. 이유강은 가까스로 독룡의 머릿속을 헤집으며 기어나왔다.

울컥!

전신에 뒤집어쓴 붉은 피 못잖게 상당량의 피가 이유강의 입을 통해 몸속으로 들어갔다. 피가 폭우처럼 쏟아지며 이유강의 전신을 뒤덮을 때 이유강은 무의식적으로 갈증을 해소하려 입을 벌려 피를 마신 것이었다. 독룡의 피가 강을 이루며 바닥으로 퍼져 나갔다.

'이런 곳에서 죽다니……'

독에 중독된 상황에 다른 것도 아닌 독룡의 피를 퍼마셨으니 어찌 살기를 바라겠는가. 세상에 죽을 곳도 많건만 이름도 알 수 없는 섬의 지하 깊숙한 동굴. 그것도 독룡이 살던 보금자리에서 최후를 맞이하게 된 것이다. 어차피 죽는다는 생각이 들자 삶에 대한 집착도 사라졌다. 오히려 마음이 편해지며 뇌리가 환해지는 것이었다.

'…우습군. 죽을 때가 되니 광마도법의 다음 초식이 생각나다니……'

도는 독룡의 뇌에 박혀 있어 이유강은 손으로 몇 가지 동작을 취하

며 이리저리 움직였다. 그러다 일순 균형을 잃어 녹색의 액체가 부글
부글 끓고 있는 커다란 연못 안으로 쓰러지듯 빠져들었다.

첨벙!

끈적한 액체가 온몸으로 느껴졌다. 뭔가 고통이 올 법도 한데 이상
하게 아무 느낌이 없었다. 피부가 완전히 녹아버려 통증조차 느껴지지
않는 것인지도 몰랐다. 일순 이유강은 정신이 아늑해지는 것을 느꼈
다.

'…끝인가.'

이유강의 신체는 녹색 액체 속으로 빠져들어 보이지 않았고 바닥에
흥건히 고인 독룡의 피는 연못을 향해 계속 흘러들었다.

온몸이 개운하고 머리도 맑았다. 주위는 캄캄한 어둠 속이었다. 이유강은 벌떡 일어나 암흑심법을 운용해 주위를 살폈다.

'……!'

부글부글 끓는 녹색의 액체. 그러고 보니 이 녹색 액체가 가득한 연못의 가장자리에 누워 있었다. 일어나 앉았지만 하반신은 여전히 녹색의 액체에 잠겨 있었는데 뜨겁거나 고통스럽지 않고 따스하다 못해 편안한 느낌까지 들었다.

'어찌 된 일인가…….'

게다가 나신(裸身)이었다. 옷이 어디로 갔는지 보이지 않았다. 일어나 연못을 빠져나왔다. 두 눈이 파괴된 채 죽어 있는 거대한 독룡의 사체가 눈에 들어왔다. 다시는 상종하고 싶지 않은 괴물이었다. 동굴을 돌아보다 구석에 산더미같이 쌓여 있는 뼈 중 커다란 것 하나를 집어

들어 연못에 던졌다. 그러자 뼈는 순식간에 시커멓게 변하더니 녹아 없어졌다.

"……."

잠시 멍한 표정으로 연못을 쳐다봤다. 연못에 가득 끓고 있는 녹색의 액체. 그것은 실로 가공할 독액임이 분명했다. 그것으로 인해 입고 있던 옷이 완전히 녹아버렸을 것이다. 한데 어찌 저곳에서 멀쩡할 수 있었단 말인가. 독룡의 독에 중독되었을 뿐 아니라 피를 수없이 마시고 독지에 빠져들고도 살아 있는 것이다. 문득 스치는 생각이 있었다.

"그렇군."

독룡이 죽으면서 완성되지 못한 독단이 파괴되어 혈액으로 스며들었을 것이다. 따라서 독단이 녹아든 독룡의 피를 마시고 독액의 정화인 독지에 빠져든 것이 무언가 엄청난 조화를 부린 것이다.

이유강은 내력을 운기해 보았다. 그러나 내력은 전과 동일했다. 이유강은 피식 웃었다.

"어찌 되었든 앞으로 제아무리 무서운 독이라도 두려워할 필요가 없겠군."

독공이라도 익혔다면 독액을 내공으로 흡수해 무서운 위력을 발휘할 수도 있을 것이다. 그러나 이유강은 독공을 익힌 적이 없었다. 다소 아쉬운 마음이 들었으나 어쩔 수 없는 일이었다.

"그건 그렇고……."

피부의 느낌이 예사롭지 않았다. 이유강은 독룡의 눈 속 깊이 박힌 현철 도를 뽑아 들었다. 그리고는 팔을 향해 살짝 휘둘렀다.

파앙!

피부는 멀쩡했다. 별다른 고통도 느껴지지 않았다. 이유강은 좀 더 힘을 가해 현철 도를 휘둘렀다.

까앙!

놀랍게도 결과는 동일했다.

"도검불침이란 말인가."

물론 많은 내공을 가해 공격한다면 달라질지도 몰랐다. 그러나 어지간한 공격으로는 상처조차 나지 않을 것 같았다.

며칠이 지났다. 그동안 독룡의 가죽을 벗기고 살을 발라내는 작업을 하며 시간을 보냈다. 그러던 중 독룡의 복부 부근에서 내단으로 보이는 원형 물체를 발견했다.

"이것을 복용하면 내공이 상당히 늘어날 것이나……."

내단을 복용한다 하더라도 특별한 기연이 없는 한 내력이 즉각 늘어나는 것은 아니었다. 보통 사람보다 빠르게 내력이 증진될 뿐인 것이다. 완전히 용해되려면 몇 년 이상의 기간이 필요했다. 복용하면 큰 도움이 될 것이나 내단은 달리 쓸 곳이 있었다.

주물주물.

흙에 독액을 부어 반죽하고는 오 일 동안 하나의 환물을 만들었다. 다름 아닌 비혼이었다. 비혼의 단전에 독룡의 내단을 넣고 암흑마기로 기의 흐름을 만들었다. 사실 이것은 조환물여의경상에도 없는 내용이었다.

'모험이다.'

실패하면 절세의 보물이라 불릴 수 있는 독룡의 내단이 사라지게 될 것이다. 그러나 성공하게 되면 실로 상상을 초월하는 초유의 환물이 탄생하게 된다. 이유강은 신중한 표정으로 암흑마기를 주입했다.

다시 며칠이 지난 후 이유강은 온몸의 기력이 빠져 곯아떨어졌다. 허기가 지면 가끔 독룡의 살을 씹어 먹으며 버텼으나 잠도 자지 않고 작업을 했기에 피곤함이 엄습해 왔던 것이다. 꼬박 하루를 자고 난 후 이유강은 일어났다.

"다시 시작해 볼까."

이틀의 시간이 지났다. 이유강은 암흑마기의 주입을 마치고 자리에서 일어났다.

"후우."

비혼이 드디어 완성되었다. 심혈을 기울여 만들었기에 이전의 비혼과는 비교할 수 없는 강한 환물로 다시 태어난 것이다. 그러나 그것은 외형적인 것일 뿐 아직 중요한 과제가 남아 있었다. 독룡의 기운이 압축된 내단을 축기가 가능한 단전으로 만들어야 했다. 이미 비혼의 전신은 암흑마기로 형성된 기의 혈맥들이 흐르고 있었다. 주위의 기를 감지하여 빠른 속도로 내공을 축적하는 광마심법을 수련하기에 가장 이상적인 형태의 혈맥이었다. 이유강은 녹색 연못으로 시선을 돌렸다.

"……"

이유강은 잠시 고민했다. 지금 상태로도 비혼은 이전에 비해 몇 배나 강했다. 내단의 기운을 이용해 광마도법뿐 아니라 대천삼식의 검공까지 시전 가능한 것이다. 만일 실패하면 비혼은 물론 내단까지 가루로 변해 사라질 것이 분명했다. 그러나 어차피 시작한 일이었다.

[독지로 들어가라!]

부글부글 끓는 독지의 중앙으로 비혼은 들어갔다. 중앙 쪽은 상당히 깊었는지 비혼의 신형은 독지에 잠겨 보이지 않았다. 곧바로 비혼이 광마심법을 운용하여 독액을 흡수하도록 지시했다. 가공할 독의 기운을 내력으로 흡수하는 것이었다. 실로 비혼이 아니라면 누구도 시도할 수 없는 방법이었다.

"몇 달, 아니, 그 이상이 걸릴 것이다. 실패한다면 어쩔 수 없겠지만 성공한다면 엽무극을 상대하는 것은 내가 아니라 비혼이 될지도 모르겠군."

이미 주사위는 던져진 상태라 마음이 편했다.

독룡의 뼈는 현철 도로 아무리 내려쳐도 꿈쩍을 안 했다. 내력을 끌어올려도 소용없었다. 하는 수 없이 대천삼식을 펼쳤다. 그러자 뼈가 조금씩 부서지기 시작했다. 부러진 반 날 도로 한동안 대천삼식을 펼치던 이유강은 내력이 소진되어 운기조식을 시작했다.

오십 번이 넘는 시전에도 불구하고 소량의 가루만 얻었을 뿐이다. 운기조식이 끝난 후 이유강은 고개를 저었다.

"환물들을 불러야겠군."

파혼수들을 불렀다. 세 마리의 파혼수가 부서지고 성한 것은 다섯 마리뿐이었다.

꽝! 꽈꽝! 꽝!

파혼수들이 주먹으로 백여 번을 내려치자 독룡의 뼈가 미세하게 부서졌다.

"제길, 이런 식으로 하다간 끝이 없겠군."

동굴 한쪽에 수북이 쌓인 뼈들이 보였다. 언뜻 보니 거대한 물고기 뼈들이 많이 보였다. 고래의 뼈도 있었다. 무슨 수로 고래를 잡았는지 알 수 없었으나 그런 고래의 뼈로 보이는 거대한 뼈가 서너 마리 분량

가량 있었다. 이유강은 고래의 뼈들을 따로 추린 후 파혼수들을 불러 그것들을 가루로 만들었다. 독룡의 뼈와는 달리 고래의 뼈들은 그나마 쉽게 부서졌다.

환물 고래 네 마리가 완성된 후 그것들을 투입시켜 독룡의 뼈를 부수게 해보았다. 환물 고래들은 우악스럽게 뼈를 깨물어 가루로 만들었다. 다행히 파혼수들보다 속도는 약간 빨랐으나 만족할 정도는 아니었다. 이유강은 내친김에 동굴 안에 있는 모든 뼈들을 종대로 분류한 후 파혼수와 환물 고래에게 뼈들을 가루로 만들게 했다.

놀랍게도 뼈들 중에는 파혼수를 수십여 마리 정도 만들 만한 뼈가 존재했고, 각종 이름 모를 커다란 물고기들도 많았다. 독룡이 덩치가 크다 보니 그것이 잡아먹은 동물들은 대부분 큰 것들이었다. 모두 만들고 보니 파혼수가 기존에 있던 것을 포함하여 사십이 마리, 환물 고래 네 마리, 그리고 각종 환물 괴어가 팔백사십 마리나 되었다.

팔 장이 넘는 거대한 독룡이 살던 큰 공간이었지만 거의 천 마리에 육박하는 거대한 환물들이 우글거리기에는 상당히 비좁아 환물들을 동굴 전체에 걸쳐 늘어놓았다. 그리고 대천삼식을 펼쳐 독룡의 뼈를 수십 개로 분리한 후 각각의 뼈에 수십 마리씩의 환물들을 투입했다.

꽈꽝! 으적으적! 꽈자작!

동굴은 뼈가 부서지는 소리로 정신이 없었다. 이유강은 동굴 바깥으로 나와 열매를 따 먹었다. 독룡의 뼈는 환물들이 부술 것이므로 더 이상 음습한 동굴에 있을 필요가 없었다. 바깥의 맑은 공기를 마시며 휴식을 취한 후 환물 장인들을 만들었다. 풍운장에서 각종 장신구나 인형을 만들었던 환물 장인들을 삼백여 마리 만들고 나자 대략 보름의 시간이 지나갔다.

꽈꽝! 꽝! 뿌지직!

동굴로 내려와 보니 제법 독룡의 뼈가 부서져 있었다. 그러나 적어도 한 달은 지나야 작업이 완료될 것 같았다. 환물 장인들은 환물 괴물들과는 달리 파괴력이 약해 뼈를 부수는 데 도움이 되지 않았다. 수십 마리의 환물 장인에게 가루로 만들어진 독룡의 뼈를 돌아다니며 수거해 한곳에 쌓아놓도록 시킨 후 다시 동굴 밖으로 나왔다.

"대천검법을 광마도법에 적용하여 펼칠 수는 없을까?"

다른 할 일이 없자 이유강은 무공 수련을 시작했다. 독룡의 뼈가 완전히 가루로 변하는 한 달의 시간 동안은 다른 모든 것을 잊고 무공 연구에 몰두할 작정이었다. 최근에 새로 깨달은 광마도법의 몇 가지 변화를 바탕으로 다섯 개의 새로운 초식을 익히자 오 일이 흘러갔다. 이렇게 해서 기존의 칠백오십이 개에 다섯 개를 더해 도합 칠백오십칠 개의 초식을 깨달은 것이다.

그러나 사실 요즘은 굳이 그 이상의 초식에 대한 미련이 없었다. 내공이 부족해 펼치지도 못할 이론적인 초식에 집착할 필요가 없는 것이다. 일천 개의 초식을 모두 깨닫는다 해도 펼칠 수 없다면 무슨 의미가 있겠는가. 다만 광마도법의 서두에 적혀 있던 내용 중 일천 개의 초식을 모두 깨달았을 때 도출되는 단 하나의 새로운 초식. 이른바 진정한 광마도법이라 불리는 그 초식이 대체 무엇인지 궁금할 뿐이었다.

"대천삼식의 검공을 광마도법에 응용해 본다면……."

광마도법의 새로운 변화는 더 이상 노력만으로는 깨달을 수 없어 이유강은 대천삼식의 가공할 파괴력을 광마도법에 접합시키려는 시도를 해보았다. 그러나 그것은 광마도법의 흐름을 막아 오히려 실전에서 매우 불리하게 만들 뿐이었다.

한 달이 넘도록 온갖 시도를 해보았지만 모두 실패하자 이유강은 이 것에 대한 미련을 버렸다. 내심 속이 쓰렸지만 되지 않는 것을 위해 더 이상 시간을 허비할 수는 없었다. 그러나 사실 원하는 것은 얻지 못했 지만 한 가지 소득이 있었다. 검으로 펼쳐야 제 위력을 발휘하는 대천 삼식을 도를 사용해 그 이상의 위력을 발휘할 수 있도록 보완한 것이 다.

"특별한 다른 이름이 생각나지 않으니 그 초식을 광마삼식이라 이름 짓는 게 좋겠군."

앞에 광마라는 글자가 들어갔으나 광마삼식은 광마도법과 아무 연 관이 없는 무공이었다. 광마삼식은 대천삼식의 파괴력을 보다 발전시 킨 무공으로 이른바 내공이 높을수록 그 위력이 엄청나게 증가한다는 장점이 있었다. 대천삼식의 경우 일백 년의 내공으로 펼칠 때와 이백 년의 내공으로 펼쳤을 시 물론 위력의 차이가 있으나 그 한계가 명확 히 있었다. 즉, 이백 년의 내공으로 펼친다 해도 일백 년의 내공으로 펼쳤을 때에 비해 두 배의 위력을 발휘할 수는 없었다. 무공 자체의 한 계 때문에 내공이 높다 해도 그 한계가 분명 존재하는 것이다.

그러나 광마삼식은 광마심법을 통해 그 한계를 극복해 내공이 높을 수록 그 위력이 배가 되는 무한(無限)의 무공이었다. 그러나 그렇게 펼 치다가는 내력 소모가 심해 순식간에 탈진하게 된다는 단점이 있었다.

따라서 어찌 보면 그다지 효용이 없는 무공이었으나 사실 이것은 비 혼을 위해 특별히 만든 것이었다. 만일 비혼이 독액을 모두 내력으로 흡수한다면 그 미증유의 내력으로 광마삼식을 펼쳤을 때 실로 통천가 공할 위력을 발휘할 것이 틀림없었다. 그러나 아직 비혼의 대성 여부 는 미지수였다.

"……."

동굴로 내려가 보니 더 이상 뼈를 부수는 소리가 들리지 않았다. 파혼수들을 제외한 환물 고래와 환물 괴어들을 모두 섬 근처의 바다로 들어가게 했다. 독지가 있는 공간으로 가니 수십 마리의 환물 장인들과 파혼수들이 우두커니 서 있었고 독룡의 뼛가루가 수북이 쌓여 있었다.

비혼이 들어가 있는 독지는 여전히 변함없었다. 두 달 가까운 시간이 흘렀지만 별다른 변화가 보이지 않은 것이다. 그렇다고 내단이 파괴되거나 비혼이 부서진 것은 아니었다. 비혼의 존재는 이유강이 항상 느낄 수 있었다.

"음?"

독지를 쳐다보다 조금 특이한 점을 발견했다. 자세히 보니 녹색의 탁했던 액체가 조금 맑아져 있었다. 미세한 변화라 아직은 두고 보기로 했다.

환물 독룡이 완성되는 데는 도합 십 일의 시간이 걸렸다. 작업은 쉽지 않았다. 팔 장 크기의 독룡이 환물이 되면 대략 십이 장 정도로 커지므로 그에 맞게 반죽을 해야 했다. 이를 위해 환물 장인 삼백 마리가 총동원되었다. 보통 뼈를 이용한 환물은 마음만 먹으면 하루에 백 마리도 만들 수 있는데 그것에 비하면 실로 엄청난 시간이 소요된 것이었다.

까아아아아!

환물 독룡은 이전의 독룡에 비해 몇 배나 빠른 속도로 섬을 달렸다. 그것이 지나간 자리의 숲은 완전히 폐허가 되어 있었다. 육두구 나무들이 더 이상 손상되면 안 되어 환물 독룡을 바다로 들어가게 했다. 놀랍게도 환물 독룡은 바다에서 헤엄쳐 움직일 수 있었다. 제법 속도도 있었지만 또한 그리 빠른 편도 아니어서 먼 곳으로 이동하려면 적어도 일백여 마리의 환물 괴어들이 힘을 실어줘야 할 것 같았다.

"광룡(狂龍), 앞으로 그것이 너의 이름이다."

오랜만에 주민들이 사는 섬으로 돌아오자 선원들과 무사들이 이유강을 반갑게 맞았다. 옷이 없이 나뭇잎으로 하체를 가리고 있는 이유강의 모습을 보고 의아해하는 것 같았다. 구자삼은 보이지 않았다. 갑판장의 말에 의하면 교역으로 인해 딴 곳에 가 내일쯤 돌아온다고 했다. 이유강은 고개를 끄덕이고는 막사에 있는 거처로 가 휴식을 취했다.

다음날 새벽. 일어나 광마심법 수련을 마치고 여벌로 준비된 옷을 입었다. 거처에 두고 갔던 풍운장주 인감과 보석들도 챙겨 품속에 넣었다. 밖으로 나가 식사를 하고 섬을 산책하다 곳곳에서 풍운장에 고용된 무사들이 수련하는 모습을 보았다. 모두들 제각각의 절기를 은밀히 수련하고 있었는데 그중 광마도법을 수련하고 있는 십여 명의 무사들을 보다 특이한 것을 발견했다.

"타앗!"

　"핫!"

　한적한 모래사장에서 세 명의 무사가 광마도법을 동시에 수련하는
데 그 움직임이 다소 기이했다. 불과 일백 초식까지만을 익힌 광마전
사들 세 명이 진(陣)을 이루며 공방(攻防)을 연속하고 있었다. 멀리서
방해하지 않고 지켜보니 때로는 오 인이, 급기야 십 인이 모두 모여 합
벽도진(合壁刀陣)을 수련하는 것이었다.

　"……!"

　이유강은 내심 감탄했다. 그러고 보니 일전에 손후가 자신이 부족하
나마 광마도법을 바탕으로 합벽진을 만들었다 했는데 그것인 모양이었
다. 손후는 부족하다고 말했지만 지켜보니 저 정도면 상당한 위력이
있었다. 십 인이 모여 펼치는 합벽도진은 이유강이 보기에 적어도 광
마도법의 삼백 번째 이상의 초식을 펼치지 않고는 상대하기 힘들 만큼
위력이 있어 보였다. 불과 일백 번째 초식까지 익힌 광마전사들의 합
공으로는 실로 대단한 위력이었다.

　"일백 명이 펼치는 도진도 있다 했지 않은가. 그 위력이 어떨지 궁
금하구나."

　새삼 손후가 대견하게 느껴졌다. 광마전사들은 수련을 마치고 멀리
서 이유강이 그들을 쳐다보고 있는 것을 보고는 급히 뛰어와 포권했다.

　"대인을 뵙습니다."

　"수고들 많소."

　이유강은 그들을 따스한 표정으로 쳐다봤다. 다른 고용된 무사들에
비해 광마전사들은 그의 믿을 만한 직속 부하들이나 다름없었다. 열세
명의 광마전사는 모두 동경과 존경의 표정으로 이유강을 바라보고 있
었다.

이유강이 물었다.

"모두 백 초식 이후 단계도 수련하고 있소?"

"예, 손 관주께서 주신 비급으로 꾸준히 수련하고 있습니다."

광마전사 중 한 명이 공손하게 대답했다. 모두 품속에 손후가 준 광마도법 일백일 번째 초식부터 이백 번째 초식까지가 적힌 비급을 가지고 있다고 했다. 이유강은 끄덕였다.

"대단하오. 한 명씩 나와서 초식을 펼쳐 보시오."

순간 광마전사들은 이유강이 무공을 지도해 주려는 의도임을 깨닫고 흥분의 기색을 감추지 못했다. 이유강은 한나절 동안 그들의 초식을 지도해 주었다.

점심을 먹고 잠시 휴식을 취하고 있을 때 구자삼이 찾아왔다.

"대인을 뵙습니다."

"그동안 수고가 많았소. 특별한 일은 없었소?"

"대인께서 지시하신 뼛가루를 확보하는 데 총력을 다했습니다."

구자삼의 말에 이유강은 빙긋 웃었다.

"뼛가루를 얼마나 확보했소?"

"나름대로 최선을 다했습니다만 대인께서 만족하실지 모르겠습니다."

이유강은 구자삼을 따라 섬의 한곳으로 갔다. 그곳에는 세 채의 새로 지어진 커다란 창고가 보였다. 무사들과 선원들을 동원해 임시로 지은 모양이었다. 창고의 문을 열고 들어간 이유강은 깜짝 놀라지 않을 수 없었다.

"……!"

각종 나무로 만들어진 커다란 용기 안에 가득 담겨진 뼛가루들. 그

것들은 이유강이 지시한 대로 각각의 종대로 분류되어 있었다. 놀랍게
도 하나의 창고 안에 가득한 뼛가루의 양은 이유강이 생각하기에 적어
도 천 마리는 충분히 만들 분량이었다. 뼛가루는 세 채의 창고 모두 거
의 채워져 있었다. 도합 삼천 마리의 환물 괴어를 만들 수 있는 뼛가루
를 확보한 것이다. 구자삼이 말했다.

"이것 외에 이백 마리 분량의 뼈가 배의 창고에 적재되어 있습니다."

"혹시 주민들이 말한 그 도시에 가서 사 온 것이오?"

이곳에 있는 뼛가루들은 모두 제법 덩치가 있는 어족들이었다. 따라
서 제아무리 환물 괴어들을 이용한다 해도 불과 두어 달 사이에 이토
록 많은 뼛가루를 확보할 수는 없었다. 이유강은 새삼 구자삼의 수완
에 감탄하며 물었다. 구자삼이 미소 지었다.

"예, 그곳에 뼛가루만 전문적으로 매입하는 점포를 하나 세웠습니
다. 물론 관리를 매수하기 위해 돈이 약간 들었지만 환물 괴어들이 잡
은 커다란 물고기들의 고기를 내다 팔아 이익을 제법 얻었습니다. 항
구 도시인지라 각종 생선이 많이 모여 있는 시장이 형성되어 뼈를 헐
값에 사들이기는 어렵지 않았으나 생각보다 커다란 물고기의 물량이
그리 많지 않아 원하는 만큼 많은 뼈를 구하지는 못했습니다."

"아니오. 충분한 양이오. 정말 수고했소."

이유강은 진심으로 감탄하고 있었다. 구자삼은 예상했던 것보다 거
의 다섯 배가 넘는 뼛가루를 만들어놓은 것이다.

이유강은 광마전사들 중 삼 인을 은밀히 불렀다. 오전에 초식을 지
도하면서 유심히 봐두었던 삼 인으로 십삼 인의 광마전사들 중 단연
뛰어난 실력을 지니고 있었고 심지 또한 굳건해 매우 마음에 들었다.

이들에게 이유강은 약간의 암흑마기를 주입하고 환물 장인 일백을 통제할 수 있는 능력을 주었다.

이들은 구자삼의 명에 따르며 환물 장인들을 움직여 무인도에 포구를 건설하고 각종 건축물을 만드는 임무를 부여받았다. 이유강은 그곳을 완벽한 요새로 만들 생각이었다.

구자삼에게는 기존의 환물 괴어들에 추가로 이백여 마리의 환물 괴어와 파혼수 열 마리를 통제할 수 있도록 했다. 이것은 교역을 위해 근처의 해역을 누비는 그가 스스로 선단을 보호하게 하기 위함이었다. 이백이 넘는 환물 괴어와 파혼수 열 마리면 어지간한 해적이 나타나도 능히 물리칠 수 있을 것이다.

이유강에게 암흑마기를 주입받은 광마전사 삼 인은 구자삼의 지시 아래 환물들을 지휘해 요새로 만드는 작업에 착수했다. 물론 포구 건설이나 선박 건조에 경험이 있는 선원들에게 조언을 구하며 그들의 도움을 받았다. 구자삼은 요새의 건설뿐 아니라 지속적으로 뼛가루를 확보하고 향후 각종 교역망을 확대하기 위해 분주히 돌아다녔다.

구자삼에게 모든 것을 맡긴 후 이유강은 홀가분한 마음으로 한 달 동안 은밀히 뼛가루를 이용해 매일 일백 마리씩의 환물을 만들어 도합 삼천 마리의 환물 괴어를 만들었다. 뼛가루는 대략 이삼 일에 한 번씩 일백 마리 분량이 추가되어 삼천 마리를 만들고도 제법 뼛가루가 쌓여 있었으나 이유강은 다음 기회에 만들기로 하고 구자삼을 불렀다.

"부르셨습니까?"

"내가 지시한 대로 이곳에 요새를 만들고 풍운장에서 가져온 자금을 바탕으로 교역도 행하시오. 모두 재량에 맡기겠소."

"맡겨주십시오. 한데 대인께서는 떠나실 작정이신 듯합니다."

"그렇소. 이제부터 나는 모든 해적들을 격퇴하며 해역을 제패할 작
정이오."

그러자 구자삼은 조금은 섭섭한 기색이었다.

"대인, 저도 돕고 싶습니다. 어찌 홀로 움직이려 하십니까?"

"이곳에서의 일을 완벽히 이루는 것이 나를 돕는 것이오. 해역을 오
가며 자주 들를 것이니 걱정하지 마시오."

"…알겠습니다. 이곳의 일은 걱정하지 마십시오. 부디 조심하십시오."

"알았소."

구자삼이 물러갔다. 이유강은 거처에서 조용히 눈을 감고 생각했다.
환물 괴어들을 만드는 지난 한 달 동안 작업을 마치고 매일 저녁 갑판
장을 비롯 선원들을 불러 항해 지식을 습득했다. 나침반과 별자리 등
을 이용하여 대략이나마 위치와 뱃길을 파악할 수 있게 된 것이다.

'내일부터 시작이다.'

광룡 한 마리, 파혼수 서른여덟 마리, 환물 고래 네 마리, 환물 괴어
삼천칠백 마리, 환물 비조 두 마리. 실로 엄청난 전력이었다. 삼천칠백
마리의 환물 괴어들이라면 설사 수백 척의 해적선과 붙어도 밀리지 않
을 것이다. 광룡과 파혼수들은 환물 괴어들을 타고 이동하며 유사시에
만 전투에 투입할 생각이었다. 비혼은 아직 완성되지 않았기에 독지에
그대로 남겨두었다.

휘이이이잉.

바람이 제법 불어 물결이 요동쳤다. 아직 컴컴한 새벽 시간. 이곳은
섬의 촌락이 있는 반대쪽의 해변이었다. 자그마한 배 한 척이 모래사
장 위에 놓여 있었다. 특이하게도 전체가 시커먼 배에는 돛도 없었고

투박한 모양이라 과연 물에 뜰 수 있을지도 의문이었다. 이유강은 배 앞에 선 후 뒤를 돌아봤다. 구자삼과 열 명의 광마전사들이 포권했다.

"대인, 부디 조심하십시오."

이유강은 고개를 끄덕이고는 배 위에 올랐다. 그가 올라서자 배는 서서히 물을 향해 나아가더니 물위에 내려서자 놀라운 속도로 움직였다.

배의 구조는 매우 간단했다. 도합 두 칸의 선실이 있는데 한 칸은 식량과 식수 창고로 쓰이고 다른 한 칸은 이유강이 잠을 자거나 쉴 수 있는 공간이었다. 물론 물고기의 뼛가루와 진흙을 반죽하여 만든 환물 선박이었다. 처음에는 작은 배 하나를 환물들을 이용해 몰고 다닐 생각이었으나 혹시 폭풍이라도 만나면 그런 배는 쉽게 부서지고 말 것이라는 생각에 급조하여 만든 배였다. 모양은 투박했으나 그럭저럭 지낼 만은 할 것 같았다.

섬을 출발한 지 하루가 지났다. 갑판장은 북쪽으로 계속 항해하다 보면 명나라 땅을 발견할 수 있을 것이라 말했다. 환물들은 북쪽을 향해 전속력으로 헤엄치고 있었다. 육지는 보이지 않았다.

비록 항해 지식을 습득했다 하나 바다에서 수십 년을 살아온 선원들의 감각을 따를 수는 없었다. 가도 가도 그저 끝없는 망망대해였다.

"제길, 방향 잡기가 쉽지 않군."

며칠이 지났다. 간혹 인적이 없는 무인도를 몇 군데 발견했을 뿐 명나라 땅에 도착하지는 못했다.

그렇게 보름이 지났을 때 이유강은 무인도의 한곳에 정박했다. 더 이상 망망대해를 누비고 다니기도 지겨웠다.

"이대로는 안 되겠군."

무인도에 임시 거처를 만든 후 환물 괴어들을 근처 백여 리에 걸쳐

널리 분산시켰다. 혹시라도 지나는 배가 있으면 무조건 나포할 작정이었다. 그러나 며칠이 지나도록 한 척의 선박도 지나가지 않았다. 상당히 무료하고 심심했다.

'수어심결이라 했던가.'

일전에 뱃멀미를 이기게 해주었던 심결이 떠올랐다. 성취도가 오를수록 물속에서 오랫동안 숨을 참을 수 있고 대성하면 제한없이 물속에서 숨을 쉴 수 있다는 특이한 심결이라 했다.

열흘 정도 지나자 이유강은 물속에서 반 시진 정도는 별다른 고통 없이 숨을 참을 수 있게 되었다. 수어심결의 성취도가 오르는 것은 좋았으나 언제까지 이러고 있을 수는 없었다. 이제는 섬에만 있는 것이 오히려 지겨웠다. 또다시 헤매더라도 차라리 바다를 누비는 것이 나을 것 같았다.

"내일쯤 다시 출발해야 하나?"

어느덧 하루의 해가 저물며 석양이 바다를 붉게 물들였다. 이유강은 물고기 한 마리를 잡아 구웠다.

지글지글.

구수하게 익는 냄새가 코를 자극했다. 제법 살이 붙어 있는 큼지막한 물고기였다.

"……!"

이유강은 벌떡 일어났다.

"드디어 나타났군."

섬으로부터 대략 오십여 리 떨어진 해상에 몇 척의 선박이 출현한 것이다.

"**갑**자기 배가 움직이지 않습니다."

"무슨 헛소리냐?"

삼십대 초반으로 보이는 선원이 고개를 갸우뚱하며 말하자 눈매가 매서운 사십대 장한이 물었다.

"아무래도… 암초에 걸린 것 같습니다."

"뭣이! 이런 곳에 암초라니 말이 된단 말이냐?"

"…알아보겠습니다."

선원은 장한을 몹시 두려워하는 것 같았다. 장한은 자신의 선박뿐 아니라 옆에 있는 세 척의 선박도 모두 움직이지 않는 것을 보고는 안색이 변했다. 그때 물속으로 뛰어들었던 한 명의 선원이 안색이 하얗게 변해 소리쳤다.

"아아악! 사람 살려!"

갑판에 있던 선원들은 밧줄을 황급히 끌어당겨 선원을 끌어 올렸다. 장한이 물었다.

"무슨 일이냐?"

"물속에 괴, 괴물이……!"

선원은 창백하게 질린 표정으로 말하다 혼절했다. 장한은 그 말에 물속을 뚫어져라 살폈다.

'헉!'

수십 마리가 넘는 시커먼 물고기들이 배의 밑창에 붙어 있었다. 장한이 외쳤다.

"전원 전투 태세를 갖춰라!"

그러자 종을 치는 소리가 시끄럽게 울리더니 갑판 아래 선실에서 잠을 자고 있던 무사들이 무장을 갖추고 우르르 뛰어올라 왔다. 장한은 창 한 자루를 들어 던지며 소리쳤다.

"멀뚱거리고 섰지 말고 빨리 창을 던져라!"

장한이 던진 창은 환물 괴어 한 마리에 정확히 적중했으나 아무런 피해도 주지 못했다.

'헉! 저럴 수가.'

무사들 역시 환물 괴어들을 노려 창을 던졌으나 모두 퉁겨졌다. 장한이 소리쳤다.

"보통 물고기들이 아니다! 내공을 실어 던져라!"

그때 한 명의 무사가 입이 찢어져라 소리쳤다.

"저, 저쪽을 보십시오!"

무사의 목소리는 떨리고 있었다. 장한은 그 말에 고개를 돌려 한곳을 쳐다봤다.

'허억!'

거대한 얼굴. 그것은 사람의 얼굴이 아니었다.

'어찌 저런 것이 존재할 수 있단 말이냐!'

핏빛으로 이글거리는 두 눈, 시커멓게 번들거리는 흉측한 외모. 소름이 끼쳐 움직일 수가 없었다.

"아, 악룡이다!"

모두 난리가 나서 갑판 위를 뛰어다녔고, 벌써 몇 명은 물속으로 뛰어들어 안간힘을 다해 헤엄치고 있었다. 놀란 가슴이 진정되지 않아 소리조차 나오지 않았다.

"포문을… 열어라!"

장한은 가까스로 두려움을 억누르고 입을 열었다. 그러나 모두 정신이 빠져 움직이지 않았다.

"뭣들 하느냐! 포문을 열고 포격해라!"

또 한 번 크게 외쳤다. 그러자 급히 포문이 열리고 포탄을 장착하는 소리가 들렸다. 괴물은 점점 다가왔다. 장한은 급히 소리쳤다.

"쏴라!"

콰쾅! 콰앙! 쾅!

폭음과 함께 네 개의 포대에서 포탄이 날아가 괴물에 정확히 명중했다. 그러나 포탄들은 괴물의 몸에 통겨 물속으로 떨어져 버렸다.

'…저럴 수가!'

믿을 수 없었다. 커다란 바위를 박살 내는 것은 물론 강철도 무참히 찌그러뜨리는 포탄에 적중되고도 괴물은 아무런 타격을 받지 않았다. 실로 조그만 흠집조차도 없었다. 장한이 목이 터져라 소리쳤다.

"젠장할! 포탄을 다 써도 좋다! 무조건 쏴라! 쏘란 말이다!"

콰앙! 콩! 콩!

또다시 포탄들이 날아가 괴물에게 적중했으나 결과는 동일했다. 괴물은 이미 배의 이십 장 가까이 근접해 있었다.

쐐액!

더 이상 포격이 의미가 없자 장한은 혼신의 힘을 다해 창을 던졌다. 창은 빠른 속도로 날아가 정확히 괴물의 안면에 명중했으나 따앙 소리와 함께 퉁겨질 뿐이었다.

'이십 년의 내공으로 던진 창으로도 흠집조차 나지 않다니, 대체 저것은 뭐냐?

연이어 갑판에서 무사들이 던진 수십 개의 창이 모두 적중했으나 괴물에게 아무런 타격을 주지 못했다. 포탄에 적중되고도 끄덕 않던 괴물이 창에 타격을 받을 리 없었다.

까아아아아!

괴물은 가소로운 듯 크게 소리를 내고는 더욱 가까이 다가왔다. 그러자 갑판에 있던 무사들과 선원들 반수 이상이 반대편 물속으로 뛰어들었다.

"제길, 모두 검을 뽑아라!"

장한은 애써 침착하게 외쳤으나 옆에 남아 검을 빼 든 무사들 모두 두려움에 떨고 있었다. 한 명의 무사가 새파랗게 질린 채 물로 다시 뛰어들었다.

"잡아먹히느니 차라리 빠져 죽겠습니다요."

또 한 명의 무사가 그렇게 외치며 물속으로 뛰어들어 헤엄치기 시작했다. 평소 같으면 가만두지 않았겠으나 지금은 그런 것에 신경 쓸 때가 아니었다.

까아아아아!

괴물이 눈앞으로 다가왔다. 장한은 전신의 모든 내공을 다해 날아올라 검으로 괴물의 안면을 내려쳤다.

까앙!

"크윽!"

검은 부러졌고 장한은 피를 토하며 갑판으로 나뒹굴었다. 무사들은 얼어붙은 듯 움직이지 못했다. 엄중한 내상을 입고 의식이 흐릿해져 가는 장한의 시야에 무언가 들어왔다.

'어찌 사람이……?'

괴물의 뒤쪽에는 기이한 배가 있었는데 그곳에서 한 명의 백의청년이 팔짱을 끼고 자신을 쳐다보고 있었다.

"누, 누구냐?"

이유강이 훌쩍 날아 갑판 위에 내려서자 누군가가 경계하며 외치는 소리가 들렸다. 그러나 아무도 움직여 다가오려 하지 않았다. 이유강은 말했다.

"깃발을 보아하니 해적들이 분명하군."

네 척의 배에는 모두 살벌한 모양의 붉은 뱀 깃발이 나풀대고 있었다. 이유강은 장한을 향해 걸어갔다. 장한은 이를 갈며 소리쳤다.

"그러는 네놈은 누구냐?"

이유강은 차갑게 웃으며 장한을 노려봤다. 순간 검은 기운이 장한을 둘러쌌다. 장한은 하얗게 질린 채 비틀거렸다. 이유강이 물었다.

"흑골연합과 무슨 관계인지 말해라."

"그들과는 관계없다."

장한은 땀을 심하게 흘렸다. 이유강은 연이어 물었다.

“그렇다면 해적이 아니란 말인가?”

“해적은 맞다.”

장한의 표정이 절망적으로 변했다. 검은 기운에 둘러싸여 공포가 극대화된 상태라 묻는 대로 대답할 수밖에 없었다.

“네놈이 네 척의 배를 이끄는 수장이로군.”

이유강은 암흑마기를 풀었다. 그러자 장한은 털썩 그 자리에 주저앉았다 벌떡 일어서며 소리를 질렀다.

“무슨 사술을 부리는지 몰라도 가만두지 않겠다!”

이유강은 순식간에 도를 뽑아 장한의 목에 갖다 댔다.

“워, 원하는 게 뭐냐?”

장한의 음성은 떨렸다. 이유강은 보일 듯 말 듯 웃었다.

“네놈을 죽이고 배를 빼앗을 작정이다.”

“크으, 뜻대로 되지 않을 것이다.”

장한은 잡아먹을 듯한 표정으로 이유강을 노려봤다. 이유강은 멍하니 갑판에 서 있는 수십 명의 무사들을 가리키며 말했다.

“부하들을 믿나 보군.”

“크흐훗, 나를 죽이는 순간 네놈 역시 죽을 것이다.”

장한은 입술을 씰룩이며 웃었다. 이유강은 무사들을 향해 소리쳤다.

“나를 따르면 살려주겠다!”

“닥쳐라!”

무사들 중 한 명이 소리쳤고, 대부분의 무사들이 비웃는 표정을 지었다. 해적들이라 역시 단순했다. 방금 전까지 그들을 공포에 빠뜨렸던 한 존재를 벌써 잊고 있었다.

까아아아아!

광룡이 크게 울부짖었다. 그리고는 배의 후미에 있는 돛대 하나를 통째로 뽑아 멀리 던져 버렸다.

"허억!"

"헉!"

배가 심하게 흔들렸고, 장한뿐 아니라 무사들 모두 혼비백산하여 갑판에 납작 엎드렸다. 이유강은 차갑게 웃었다.

"그렇지 않아도 먹이가 부족한 참이었다. 네놈들이 나의 고민을 해결해 주는구나."

그러자 갑판에 있던 무사들은 안색이 파랗게 질려 소리쳤다.

"살려주십시오! 무조건 따르겠습니다요!"

"충성을 맹세합니다!"

몇 명은 눈물까지 흘리며 애걸복걸했다. 이유강은 장한을 쳐다보며 다시 도를 치켜들었다.

"이제 네놈만 사라지면 모든 것이 해결되겠군."

"어헉!"

장한은 뒤로 물러나며 말했다.

"사, 살려주십시오."

이유강은 고개를 저었다.

"네놈을 살려두면 분명 나를 귀찮게 할 것이다."

"…크흑! 살려주면 충성을 다해 모시겠습니다요."

장한은 눈물을 주루룩 흘렸다. 이유강은 잠시 고민하는 표정을 지었다. 그 모습에 장한은 기를 쓰고 매달렸다.

"제발 살려주십시오. 죽을 때까지 충성을 다하겠습니다."

"좋다. 일단 살려주지."

이유강이 고개를 끄덕였다. 순간 장한은 십년감수했다는 표정을 짓더니 살살거리며 웃었다.

"헤헤, 감사합니다."

"그러나 단 한 번이라도 나를 귀찮게 하는 불상사가 발생했을 시에는 주저없이 광룡의 입으로 던져 버릴 것이다. 내가 과연 그렇게 하나 안 하나 궁금하면 시험해 봐도 좋다."

"…그, 그런 일은 결코 없을 것입니다."

장한은 침을 꿀꺽 삼켰다.

장한의 이름은 위정이었다. 위정은 이유강이 내린 첫 번째 임무를 위해 분주히 움직이고 있었다. 사실 임무라 할 것은 아니었다. 그저 배가 고프니 식사를 준비하라고 한 것뿐이었다. 그러나 위정은 이를 위해 자신이 몇 년 전 서방의 한 선박을 약탈하고 잡아온 요리사 두 명을 닦달했다. 그들의 이름은 비스트로와 푸앙으로 프랑스 왕국이라는 곳이 그들의 고국이라 했다. 이 둘은 음식 솜씨가 상당히 좋아 노예로 팔아먹지 않고 요리사로 써먹고 있었다.

"네놈들이 만들 수 있는 최고 맛있는 요리를 만들어라. 크흐, 먹다가 뒈져도 또 먹고 싶은 그런 요리를 만들란 말이다."

"최… 선을 다하겠… 습니다."

이십대 중반쯤 되어 보이는 파란 눈의 청년 비스트로가 고개를 끄덕였다. 몇 년 동안 해적선에 있으면서 중국 말을 배웠지만 여전히 발음이 조금 어색했다. 위정이 소리쳤다.

"멀뚱히 섰지 말고 잽싸게 만들란 말이다! 이것들을 그냥!"

위정의 협박에 비스트로와 푸앙은 겁에 질린 표정으로 급히 요리를

만들기 시작했다. 위정은 품속에 손을 넣어 뭔가를 만지작거리며 득의
의 표정을 지었다.

'크흐, 네놈 살려두지 않겠다.'

음식은 상당히 푸짐했다. 한동안 구경도 못해본 닭이나 돼지고기를
재료로 만들어진 요리들도 있었다. 그저 배고프니 간단하게 음식을 준
비하라고 말했을 뿐인데 위정은 이것에 매우 신경을 쓴 것 같았다. 게
다가 요리의 맛 또한 매우 훌륭해 일전에 서호반점에서 먹었던 고급 요
리 못잖은 맛을 느낄 수 있었다. 젓가락을 내려놓자 위정이 소리쳤다.

"접시를 치워라."

그러자 한쪽에서 대기하고 있던 파란 눈의 두 청년이 잽싸게 접시들
을 치우기 시작했다. 이유강은 실로 오랜만에 포식을 한 것 같아 기분
이 좋았다. 그런데 아까부터 위정이 상당히 초조한 표정으로 힐끔거리
고 있었다.

'…음식에 뭔가 수작을 부렸군.'

아무래도 요리에 독을 뿌린 것 같았다. 이유강은 짐짓 고통스러운
표정을 지었다.

"…으윽! 왜 갑자기 배가……!"

그러자 위정이 입이 찢어질 듯 웃으며 다가왔다.

"크하하! 네놈, 감히 나를 건드리고도 무사할 줄 알았느냐?"

"설마… 독을?"

이유강이 불신의 표정으로 물었다. 그러자 위정은 더욱 득의의 미소
를 지었다.

"흑독산이라고 들어봤느냐?"

"크윽! 네놈 설마 그것을 음식에 넣었느냐?"

이유강은 절망에 찬 표정으로 소리쳤다. 위정은 고개를 끄덕이며 말했다.

"크흐흐, 흑독산은 복용하면 일각 이내에 온몸이 녹아내리게 되는 절독이니라. 구하기 쉽지 않아 한 방울밖에 없었는데 네놈에게 그것을 사용하게 될 줄은 몰랐다."

"그랬군. 어쩐지 요리를 먹고 나니 몸이 너무 개운하고 피로가 회복되는 게 좀 이상하단 생각을 했었다."

이유강은 벌떡 일어나 위정의 복부를 한 대 후려쳤다.

"커헉!"

위정은 대항도 못하고 고꾸라졌다. 이유강은 위정의 맥문을 제압한 후 선실 밖으로 질질 끌고 나갔다.

"사, 살려주십시오. 죽을죄를 지었습니다."

위정은 사색이 되어 소리쳤다. 이유강은 들은 척도 안 하고 위정을 갑판에 내동댕이쳤다.

"내가 어떻게 하나 궁금하면 한번 시험해 보라고 했더니 네놈이 정말 나를 시험했구나."

"아, 아닙니다. 제발 살려주십시오. 다시는 그러지 않겠습니다."

"이놈을 묶어라!"

이유강은 갑판에서 눈치를 보며 서 있는 무사들을 향해 외쳤다. 무사들은 어쩔 줄 몰라 했다. 이유강은 다시 한 번 소리쳤다.

"냉큼 이놈을 묶지 않으면 네놈들도 모두 바다에 처넣어 버리겠다!"

그러자 무사들이 우르르 몰려와 위정을 밧줄로 꽁꽁 묶었다.

"이제 이놈을 바다에 던져 버려라!"

“아이고, 제발 살려주십시오! 크흐흑! 제발 한 번만 더 기회를 주십시오!”

위정은 입이 찢어져라 울부짖었다. 그러나 이유강은 무사들을 노려보며 외쳤다.

“빨리 던져라!”

“…옛!”

두 명의 무사가 다가와 위정을 바다로 집어 던졌다.

풍덩!

위정이 바다로 떨어지자마자 광룡이 물속에서 고개를 쑥 내밀었다.

까아아아아!

광룡은 크게 울부짖고는 곧바로 위정을 덮쳤다. 위정은 목이 터져라 비명을 질렀다.

“크아아아악!”

광룡이 물속에 들어감에 따라 비명 소리는 물속으로 잠기며 끊어졌다. 갑판 위의 무사들과 선원들은 모두 얼굴이 새파랗게 질린 채 벌벌 떨었다. 그렇게 반 각 정도가 지났을까.

촤아아악!

광룡이 물속에서 고개를 내밀어 뭔가를 내뱉고는 다시 물속으로 들어갔다.

쿠웅!

위정이었다. 여전히 밧줄로 묶여 있는 그는 물을 엄청 마셨는지 배가 불룩한 채 혼절해 있었다.

“흑골연합의 우두머리는 아스케라는 자로 무공이 강하고 심성이 매우 잔인 독랄합니다. 그의 부하들 역시 마찬가집니다."

"이름을 들어보니 왜국의 무사로군."

"그렇습죠."

이유강은 일전에 왜국의 사무라이로 보이는 자와 대결을 펼쳤던 기억이 났다. 비록 자신에게 죽었지만 상당히 뛰어난 검술을 지니고 있던 그 무사는 분명 아스케의 직속 부하였을 것이다. 이유강은 끄덕였다.

"그들에 대해 알고 있는 것을 계속 말해라."

"예. 아스케의 부하 중에는 뛰어난 무사들이 많은데 그중 아참이라는 자가 있습니다."

위정은 이제 완전 새사람(?)이 되어 있었다. 이유강의 말에 절대복종 그자체였다. 사실 이유강은 처음부터 위정을 죽일 생각이 아니었다. 비록 하는 짓이 괘씸하긴 했지만 흑골연합을 비롯한 해적들을 제압하고 해역을 제패하기 위해서는 그 계통에서 오래 경험을 쌓아온 위정이 필요했다.

그러나 위정은 쉽게 굴복할 인물이 아니었다. 일전에 시체를 난도질해 철무생을 굴복시켰던 것처럼 광룡을 통해 한번 겁을 주었으나 해적 선장 노릇을 하며 산전수전 다 겪어온 위정을 단번에 굴복시킬 수는 없었다. 결국 위정은 광룡의 입까지 들어가는 극한의 두려움을 맛보고 난 후에야 진심으로 굴복하게 된 것이다. 위정이 말을 이었다.

"아참은 남만 출신이라고 들었는데 수귀와 수룡을 다루는 무서운 자로 아스케의 오른팔이라 할 수 있습니다."

"수룡이라 했나?"

수귀라면 일전에 본 적 있었으나 수룡은 처음 들어보는 것이었다. 위정이 끄덕였다.

"저도 말만 들었을 뿐 뭔지는 모르겠습니다. 하나 수룡들이 아무리 무섭다 해도 설마 그놈… 만은 하겠습니까?"

"그놈이라니?"

"광룡 말입니다요."

위정은 소름 끼친다는 듯 몸서리쳤다. 이유강은 짐짓 심각한 표정을 지으며 끄덕였다.

"광룡은 한 번 노린 먹이는 평생 잊지 않지. 다시는 나를 시험하지 않는 게 좋을 것이다."

"여, 여부가 있겠습니까."

위정은 식은땀을 흘렸다. 그리고는 조심스럽게 물었다.

"저… 근데 한 가지만 여쭤도 될는지요."

"말해 봐라."

"광룡과 온갖 괴물들을 마음대로 부리고 천하의 극독이라는 흑독산에도 끄떡없는 대협께서는 실로 저 같은 미천한 해적으로서는 감히 쳐다볼 수도 없는 신인(神人)이신데 어찌 저를 부하로 삼으셨는지요. 대체 무슨 일을 하실 생각이신지 모르겠습니다."

위정은 사뭇 진지했다. 이유강은 담담히 말했다.

"흑골연합을 무너뜨리고 해역을 제패할 생각이다."

"…예?"

위정은 기가 막힌다는 표정을 지었다.

"흑골연합은 모든 해적 중 최강이라 불리는 카부 함대도 섣불리 건드리지 못하는 무서운 세력입니다. 그 휘하 세력이 어느 정도인지는 아무도 모릅니다. 설사 마교라 할지라도 해상에서는 흑골연합의 상대가 되지 못할 것입니다."

이유강은 고개를 저었다.

"마교를 과소평가하고 있군. 그들이 귀찮아서 해상으로 나오지 않는 것뿐이지 마음먹는다면 흑골연합 따위는 상대도 안 될 것이다. 한데 카부 함대라는 해적도 존재하나 보군."

"카부 함대는 방대한 서쪽 해역의 대부분을 장악한 최강의 해적입니다. 그들에 대해서는 저도 아는 것이 없습니다. 다만 흑골연합 역시 그들을 두려워하여 서쪽으로는 얼씬도 하지 않는다고 들었습니다. 야탄이라는 자가 있는데 그는 기이한 술법으로 육지의 맹수들이나 해상의 커다란 물고기들을 움직일 수 있다는 소문을 들었습니다."

"야탄이라는 자가 카부 함대의 우두머리인가?"

"카부 함대의 우두머리는 신비에 가려져 있어 아무도 모릅니다. 야탄 역시 그의 부하라고 들었습니다."

이유강은 흥미롭다는 표정을 지었다.

"재미있군. 흑골연합 다음 목표는 카부 함대가 될 것이다."

"……."

예상대로 위정의 부하들 중에는 뛰어난 선원들이 많이 있어 더 이상 해역을 헤매지 않아도 되었다. 이유강은 위정이 알고 있는 가장 가까운 흑골연합의 거점을 향해 환물 군단을 출발시켰다. 위정이 초조한 표정으로 말했다.

"그곳은 흑골연합 서쪽 중요 거점인 구사키 함대가 있는 곳입니다. 백여 척이 넘는 전함과 수천의 해적이 있습니다. 좀 더 심사숙고하시는 것이 어떨는지요."

"걱정할 필요 없다."

이유강은 눈을 감은 채 짤막하게 말했다. 위정은 뭔가 더 말을 하고 싶은 듯 입술을 달싹이다가 한숨을 내뱉으며 다시 말했다.

"구사키는 듣기로 흑골대제 아스케의 아들이라 했습니다. 그에게 조금이라도 이상이 생긴다면 아스케가 가만있지 않을 것입니다요."

"아스케의 아들이라……. 잘됐군."

이유강은 씨익 미소를 지었다. 위정은 애가 타는지 가슴을 쓸었다.

"지금이라도……."

"닥치고 구사키에 대해 아는 대로 말해 봐."

이유강은 위정을 노려보며 말했다. 위정은 흠칫하더니 급히 뭐라고 대답했다. 그의 말을 들은 이유강은 안색을 싸늘하게 굳혔다.

"살려둘 가치가 없는 놈이로군."

이유강이 있는 곳으로부터 동쪽으로 몇백 리 떨어진 곳에 위치한 커다란 섬. 백여 개가 넘는 기다란 감시탑과 수십 채의 큰 건물이 섬 전체를 둘러싸듯 늘어서 있었다.

외곽에 성벽처럼 세워진 건물들과 달리 섬의 중앙에는 제법 모양이 갖춰진 전각들이 보였다. 그중 가장 화려해 보이는 전각의 밀실에는 열기가 후끈했다.

"아학!"

"아아, 흑!"

한동안 이십대 후반의 청년과 격렬하게 정사를 벌이던 두 명의 여인이 축 늘어졌다. 여인들은 수치심과 분노가 어우러진 표정으로 흐느꼈다. 사내가 일어나 소리쳤다.

"꺼져라!"

그러자 여인들이 두려운 표정으로 벌떡 일어나 옷가지를 챙겨 들고 급히 방을 나갔다.

"쓸모없는 것들!"

청년은 밖을 향해 버럭 소리쳤다.

"야베를 들라 해라!"

"존명!"

방문 밖에서 누군가 외치고는 급히 뛰어가는 소리가 들렸다. 잠시 후 한 명의 중년인이 헐떡거리며 들어섰다.

"부, 부르셨습니까?"

"…놈!"

청년은 번쩍 검을 휘둘러 중년인의 한쪽 귀를 잘랐다. 귀가 바닥에 떨어지고 잘려진 부위에서 피가 튀었으나 중년인은 비명도 지르지 못하고 벌벌 떨었다. 사내는 소리쳤다.

"그것들도 계집들이라고 내게 보냈느냐?"

"주, 죽여주십시오. 명의… 계집들이라 맘에 들어하실 줄 알았습니다."

청년은 냉랭하게 웃었다.

"명나라 계집들은 이제 지겹다! 네놈에게 일각의 시간을 주겠다!"

"조, 존명!"

중년인은 잽싸게 절하고는 방을 나가 부리나케 어디론가 뛰어갔다. 그리고는 채 일각이 지나지 않아 한 명의 여인을 데리고 들어왔다. 그의 옆에는 흑색 피부의 여인이 서 있었다. 비록 피부는 검었으나 이목구비가 뚜렷하고 고운 것이 상당한 미인이었다. 중년인은 청년의 눈치를 보며 조심스레 말했다.

"…맘에 드시는지요."

"네놈은 이제 나가봐라."

청년이 말하자 중년인은 살았다는 듯이 바닥에 떨어진 귀를 들고 급히 사라졌다. 한 손에 피가 묻은 검을 든 채 서 있는 청년의 나신을 여인은 눈을 감고 외면했다. 청년은 헝겊을 들어 검에 묻은 피를 닦고는 검을 검집에 넣었다.

"이리 와라."

"……!"

여인은 겁에 질려 벌벌 떨었다. 청년은 사악하게 웃으며 그녀를 덮쳤다. 여인은 협박을 받았는지 저항하지 않았다. 방 안은 다시 열기에 휩싸였다.

"흐흐!"

정사는 한 시진이 넘게 계속되었고, 여인은 고통을 견디지 못하고 혼절했다.

다음날 청년은 옷을 입고 방을 나섰다. 그러자 방문 밖에서 호위를 서고 있던 네 명의 무사가 고개를 숙였다. 그들은 청년이 걷자 조용히 뒤를 따랐다. 청년이 말했다.

"이번에 잡아온 노예가 몇 명이냐?"

"오백 명가량입니다."

뒤에 있던 무사 중 한 명이 대답했다. 청년은 고개를 끄덕였다.

"제법 잡았군. 일단 모두 끌고 나와."

"존명!"

잠시 후 가지각색의 복장을 한 오백 명의 인물이 공터로 끌려나와 꿇어앉혀졌다. 그들 중에는 피부가 하얗고 눈이 파란 색목인들도 상당수 있었고 흑색 피부를 가진 자들 역시 많았으나 황색 피부의 인물이 가장 많았다. 연령대도 어린아이부터 노인까지 남녀노소 구분 없이 다양했다. 그들의 주위에는 천여 명의 무장한 무사들이 둘러싸 철통같이 그들을 감시했다.

"미모가 반반한 계집들은 따로 모아놨느냐?"

"물론입니다."

청년은 끄덕이고는 검을 빼 들었다. 공터는 상당히 넓어 오백 명의 인물들은 각각 간격을 두고 한 줄에 오십 명씩 열 줄로 꿇어앉혀 있었다. 청년은 맨 앞줄부터 노예들을 주시하며 걷기 시작했다. 십여 명의 사람을 지나친 청년의 눈에 한 명의 병색이 짙은 노인이 들어왔다. 청년이 검을 휘둘렀다.

"아아악!"

노인은 가슴에서 피를 뿜으며 그대로 절명했다. 청년은 계속 걸으며 수시로 검을 휘둘러 사람들을 죽였다. 이런 일이 자주 있었는지 죽어가는 사람들을 지켜보는 무사들의 표정은 무심했다. 병이 있거나 나이가 들어 몸이 약해 힘을 쓰지 못할 것 같은 자들은 노예로서 가치가 없다며 죽였던 것이다. 그의 살인 행각은 한동안 계속되었다.

"크큭! 시체들을 모두 수룡의 먹이로 던져라!"

"존명!"

대략 칠십여 명의 사람을 죽인 후 청년은 소리쳤다. 그는 옷뿐만 아니라 얼굴에도 가득 피가 묻어 있었으나 개의치 않았다. 청년의 손에서 살아남은 자들은 분노와 두려움에 치를 떨었고 공포를 못 이겨 혼절한 자들도 많았다.

"이것들을 다시 감금해라!"

"존명!"

청년은 만족한 표정을 지으며 돌아섰다. 그러다 문득 고개를 쳐들어 하늘을 봤다.

"저게 뭐냐?"

생전 처음 보는 커다란 새 두 마리가 하늘을 배회하고 있었다. 시커먼 몸체에 붉은 눈을 한 이상한 새였다. 청년은 신경질적으로 소리쳤다.

"활을 쏴라!"

무사들이 활을 쐈으나 모두 빗나갔고, 새들은 어디론가 사라져 버렸다. 그때 누군가 소리쳤다.

"적이 나타났습니다!"

"뭣이?"

청년은 무사가 가리킨 방향을 쳐다봤다. 멀리 네 척의 선박이 보였다.

"고작 네 척뿐인가?"

청년은 어이없는 표정을 지었다. 한 명의 무사가 말했다.

"들어가 쉬십시오. 간단히 손을 보겠습니다."

"큭, 어떤 미친놈들인지 궁금하구나. 가급적 죽이지 말고 몽땅 사로잡아라."

"존명!"

청년은 돌아선 후 자신의 거처로 걸음을 옮겼다. 잠시 후 그는 방문 앞에 거의 도착했다.

'얼빠진 놈들, 고작 네 척으로 무얼 하겠다는 건가.'

한데 이상하게도 마음 한편으로 불안감이 엄습했다.

콰앙!

어디선가 포격 소리가 들렸다.

쾅! 콰쾅! 쾅!

포격 소리는 점점 늘어났다. 아무래도 이상했다. 청년은 걸음을 멈쳤다.

'뭔가 있다는 건가?'

고작 네 척의 배에 이처럼 포격을 쏟아 부을 리는 없었다. 그때 한 명의 무사가 급히 뛰어왔다.

"크, 큰일났습니다. 엄청난 괴물들이……!"

"……!"

청년은 검을 빼 들고 뛰어갔다.

쾅! 콰쾅! 쾅쾅!

환물 괴어들이 섬을 향해 다가가자 기겁한 흑골연합의 전함들이 포격을 해대기 시작했다. 포탄의 위력은 제법 강하여 그것에 적중당한 환물 괴어들은 조각나 부서졌다. 이유강은 갑판 위에 서서 오십여 척의 선박과 섬의 외곽을 쭉 두른 요새들을 쳐다봤다.

"마치 성과 같군."

환물 괴어들이 포탄에 간혹 부서졌지만 그 숫자는 미미했다. 제아무리 오십 척이 넘는 배에서 포격을 퍼붓는다 해도 물속으로 잠수해서 돌진하는 환물 괴어들을 막을 수는 없었다. 부서진 환물 괴어들은 불과 수십이었고 이미 상당수의 환물 괴어들이 배들의 밑으로 이동해 있었다.

이유강은 환물 괴어들을 움직여 배들을 한곳으로 몰았다. 그러자 배들이 가까이 붙어 있어 더 이상 포격을 할 수도 없게 되었다. 갑판 위에 있던 해적들은 배가 제멋대로 움직이자 물속을 향해 창을 던지고 활을 쏘며 별 짓을 다했지만 환물 괴어들은 꿈쩍도 하지 않았다. 이에 울컥하여 무기를 부여잡고 물속으로 뛰어들었던 해적들 수십 명이 끔

찍하게 찢겨 죽자 모두들 겁에 질려 그 뒤로 아무도 물속으로 뛰어드
는 자가 없었다.

배는 정확히 오십사 척이었는데 그중 거대한 대형 함선도 여섯 척이
나 있었다. 이유강은 배들을 여섯 척씩 아홉 줄로 정렬시킨 후 그 행렬
을 유지시켜 섬에서 멀리 이동시켰다. 각각의 배에 환물 괴어 서너 마
리면 충분했으나 대형 함선의 경우에는 스무 마리 정도 붙여야 했다.
따라서 대략 삼백여 마리의 환물 괴어가 배들을 움직였고, 오백 마리의
환물 괴어가 그 주위를 맴돌았다.

이천여 마리의 환물 괴어가 거대한 원형 진을 형성하여 섬 전체를
포위했고, 나머지 팔백여 마리의 환물 괴어는 이유강의 주변에서 대기
하고 있었다. 이유강은 더 이상 공격하지 않고 느긋하게 요새를 주시
하며 기다렸다.

"저게 대체 어찌 된 일이냐?"

상황을 주시하던 청년은 발갛게 상기된 얼굴로 소리쳤다. 불과 일
각도 안 되는 짧은 시간만에 벌어진 일이었다.

"…아무래도 뭔가 사술을 부리는 자가 있는 게 분명합니다."

청년의 주위에서 전장을 바라보던 수십 명의 무사 역시 황당한 표정
으로 입을 다물지 못했다. 청년은 착 가라앉은 음성으로 물었다.

"현재 남은 병력은?"

그러자 한 명의 무사가 재빨리 대답했다.

"백두 척의 선박 중 오십사 척이 사라져 현재 흑골대함(黑骨大艦) 네
척과 흑골투선(黑骨鬪船) 사십사 척, 도합 사십 팔 척이 남아 있습니
다."

그는 말을 이었다.

"선원들과 노예들을 제외한 이천 오백의 무사들 중 천사백 명이 사라져 현재 싸울 수 있는 무사는 천백 명입니다. 수귀부대 오백과 수룡 열 마리, 그리고……."

"수귀부대와 수룡들을 출진시킨다!"

청년은 더 이상 들을 것도 없다는 듯 말했다. 무사는 고개를 숙였다.

"알겠습니다."

"저놈들이 또 어떤 사술을 부리는지 모르겠으니 남은 무사들은 요새에서 대기하며 상황을 주시하라! 또한 즉시 도움을 요청하는 전서구를 날려라!"

"존명!"

십여 명의 무사가 급히 어디론가 뛰어갔다. 청년은 인상을 잔뜩 찌푸리고 멀리 바다에 떠 있는 네 척의 선박을 쳐다봤다. 도저히 있을 수 없는 일이 벌어지고 있었다. 단 일각 만에 부하들의 반이 어디론가 사라져 버린 것이다.

'대체 누구인가……?'

무언지 모를 불안감이 더욱 커지고 있었다. 해적들의 대왕이라 추앙받는 부친 밑에서 지금껏 숱한 약탈과 살인을 했던 그로서는 처음 느끼는 섬뜩한 공포였다.

"수귀들이로군."

그것들은 이유강이 타고 있는 배를 향해 빠르게 헤엄쳐 오고 있었다. 이유강은 근처에 있던 팔백 마리의 환물 괴어들을 돌진시켰다. 수귀들은 이미 인성이 마비된 마물들이었기에 이유강은 그것들에게 사정을 두지 않았다.

꽈드득! 꽈득!

크악! 크아악!

수귀들이 비록 물속에서 물고기보다 빠르고 괴력을 가지고 있다지만 환물 괴어들을 당할 수는 없었다. 수귀들은 거의 무력하게 환물 괴어들의 이빨에 찢겨졌다. 그런데 그러한 환물 괴어들을 이빨로 가볍게 부숴 버리는 존재들이 있었다.

'…저것들은?'

대략 사오 장은 됨 직한 커다란 몸체에 전신이 시뻘건 비늘로 뒤덮인 징그러운 모습이었다. 그것들은 도합 열 마리였는데 그것 한 마리 당 환물 괴어 십여 마리가 붙어 공격을 가했지만 오히려 부서지는 것은 환물 괴어들이었다. 환물 괴어의 강한 이빨로도 그것들의 두껍고 붉은 비늘을 뚫지 못했다.

'수룡이로군.'

이유강은 내심 감탄했다.

'대단하군. 물속에서 누가 과연 저것들을 당할 수 있단 말인가.'

순식간에 오십여 마리의 환물 괴어가 수룡들의 입 안에서 가루로 변했다. 더 이상 감탄하고 있을 때가 아니었다.

까아아아아!

광룡의 울부짖는 소리에 수룡과 수귀들이 일순 멈칫했다. 수룡의 세 배가 넘는 거대한 몸체의 광룡은 대뜸 한 마리의 수룡을 움켜잡고는 찢어발겼다.

쐐액!

광룡이 아닌 독룡이었다 해도 수룡들은 상대가 되지 못했을 것이다.

하물며 그와는 상상할 수 없이 강해진 광룡 앞에서 수룡들은 실로 무력했다. 한 마리의 수룡이 찢겨지자 나머지 아홉 마리의 수룡이 일시에 광룡을 공격하며 달려들었다.

쫴애애액!

쫴액!

그러나 광룡은 마치 우습다는 듯 다시 세 마리의 수룡을 물어뜯어 버렸다. 그러자 수룡들은 전의를 상실하고 도망가기 시작했다. 수룡들은 매우 빠른 속도로 도망가 광룡이 따를 수가 없었다. 수룡들이 도망가자 살아남은 백여 마리의 수귀들도 같이 도망갔다. 이유강은 광룡을 제자리에 머물게 하고 찢겨 죽은 수룡들의 사체 조각을 환물 괴어들로 하여금 수습하게 했다.

"놀랍도록 빠르구나."

도망치는 수룡들의 속도는 환물 괴어들도 따를 수 없을 만큼 빨랐다. 만일 그것들이 빠른 속도로 광룡을 피하며 배후를 공격한다면 낭패를 당할 수도 있었다. 물론 환물 괴어들이 부서지는 것을 각오하고 몇십 마리씩 붙어 수룡들을 움직이지 못하게 한다면 그사이 광룡이 한 마리씩 처치할 수는 있을 것이나 그것도 수룡들의 숫자가 많다면 쉽지 않을 것이 분명했다.

까아아아아!

이유강은 수룡들과 수귀들이 철수하자 지체없이 광룡을 요새로 돌진시켰다. 동시에 환물 고래에 붙어 있던 파혼수들도 섬에 상륙해 광룡과 함께 돌진하기 시작했다.

"허억! 저게 뭐란 말인가?"

꿈에서도 보지 못한 거대한 괴물이 나타나 수룡들을 찢어 죽이더니
요새로 달려오고 있었다. 청년은 가슴이 철렁하여 소리쳤다.
"막아라! 저것이 절대 다가오지 못하게 해라!"
수십 개의 커다란 탑에서 화살이 빗발치듯 날아갔고, 요새에서는 포
격을 시작했다.

까아아아아!
그러나 거대한 괴물은 포탄과 수백 개의 화살에 작렬되고도 아무런
타격이 없는지 달려오는 속도가 줄지 않았다. 또한 거대한 괴물의 옆
에서 뛰어오고 있는 수십 마리의 작은 괴물은 놀랍게도 포탄이 날아오
는 것을 훌쩍훌쩍 옆으로 뛰어 피하는 것이었다.
"피, 피해라!"
"으아아! 괴물이다!"
괴물들을 제압하려 수백의 무사들이 뛰어나갔다가 질린 표정으로
급히 돌아왔다.
꽈아앙!
급기야 거대한 괴물은 십 장 높이의 감시탑을 한 번에 날려 버렸다.
연달아 서너 개의 탑이 부서졌고 돌로 된 방벽도 괴물의 발길질 한 번
에 무너져 내렸다.
까아아아아!
꽈앙!
괴물이 크게 울부짖으며 앞발로 후려치자 기지 외곽의 요새 건물이
부서지며 내려앉았다.
'…이대로 있다간 다 부서지고 만다.'

청년은 긴장된 기색으로 말했다.

"흑잠대!"

"존명!"

흑색 복면을 한 백 명의 무사가 괴물들을 향해 신형을 날렸다. 이미 보통의 무사들로는 괴물들과 싸울 수 없었다. 흑잠대원들은 고도의 인술을 수련한 인자들로 흑골맹 최강의 정예 무사들이었다.

"크악!"

"크아악!"

그러나 내심 기대했던 흑잠대원들의 공격은 괴물 앞에 무력하기만 했다. 오히려 순식간에 십여 명의 무사가 괴물의 빠른 꼬리 공격에 떡이 되어 날아갔다. 게다가 그 커다란 괴물 옆에는 사람 등치의 배나 되는 괴물들이 무사들을 공격하고 있었다.

"제기랄!"

청년은 괴물을 향해 신형을 날렸다. 그의 뒤에 묵묵히 서 있던 십여 명의 무사들도 눈을 번뜩이며 뒤따랐다. 청년은 혼신의 힘을 다해 괴물의 몸통을 가격했다.

카앙! 、

"우욱!"

믿을 수 없게도 괴물의 몸에서 가공할 반탄력이 느껴졌다.

카앙! 캉! 카캉!

"크윽!"

"윽!"

청년의 뒤를 따랐던 무사들이 괴물의 전신을 공격했지만 그들 역시 반탄의 충격을 받아 비틀거렸다.

까아아아아!

괴물이 울부짖으며 꼬리를 크게 휘둘렀다.

'허억!'

거대한 꼬리의 반경 안에 든 모든 사물이 파괴되고 있었다. 청년은 간신히 몸을 숙여 피했으나 십여 명의 흑잠대원이 피 떡이 되어 날아갔다.

'대체 어디서 나타난 괴물이란 말인가?'

꿈은 분명히 아니었다. 청년은 도무지 현실을 믿을 수 없었다. 이대로 있다간 몰살을 면하지 못할 것이다. 아니, 솔직히 그것은 상관없었다. 무슨 일이 있어도 자신은 죽을 수 없었다.

'섬을 빠져나가야 한다.'

청년은 일순 눈을 부릅뜨며 크게 소리쳤다.

"모두 전력을 다해 괴물을 공격하라! 도망가는 놈은 용서하지 않겠다!"

동시에 청년은 신형을 날리며 그의 직속 호위들에게 전음을 날렸다.

"일단 피한다. 바다로 빠져나가야겠다."

"존명!"

청년과 십여 명의 호위무사가 섬의 뒤쪽으로 사라졌다.

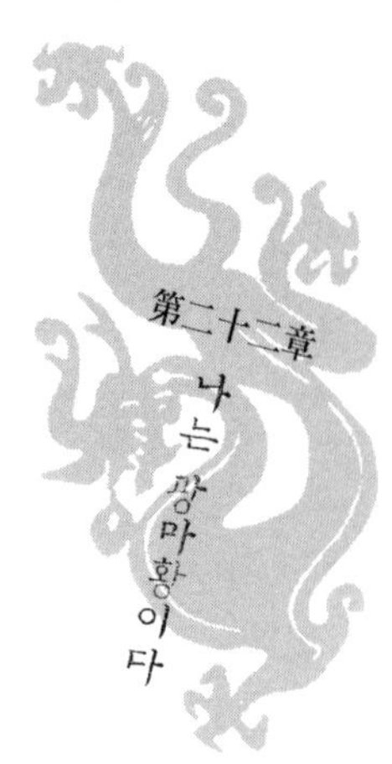

"형편없는 자로군."

이유강은 이미 환물들을 통해 그것을 보고 있었다. 옆에 서 있는 위정을 향해 말했다.

"조금 있으면 도망친 놈들을 괴어들이 입에 물어올 것이다. 그놈들을 묶어 내게 데려와라."

"옛!"

위정은 흠칫 놀란 듯했으나 곧바로 허리를 직각으로 굽혔다. 안색이 창백한 것이 넋이라도 나간 것 같았다. 이유강은 피식 웃고는 고개를 돌렸다.

"……."

상황은 끝나 있었다. 천여 명의 무사가 광룡과 파혼수들의 앞 멀찍이 서 있었지만 우두머리가 도망간 이상 그들은 전의를 상실했는지 감히 다가오는 자가 없었고 모두들 슬금슬금 뒷걸음질치고 있었다. 이유강은 광룡과 파혼수들을 자리에 멈춰 서게 하고 그곳을 향해 신형을 날렸다.

광룡의 키는 요새의 건물들은 물론이고 심지어 감시탑보다 컸다. 이유강은 도약하여 광룡의 머리 위에 올라섰다. 높은 위치에서 내려다보니 사방이 잘 보였다. 천여 명의 무사가 경악이 담긴 시선으로 쳐다보고 있었다. 이유강은 내공을 담아 크게 소리쳤다.

"나는 광마황이다! 네놈들을 한 놈도 살려두지 않겠다!"

동시에 암흑마기를 일으켜 광룡의 전신을 시커먼 구름으로 뒤덮어버렸다. 그러자 모두 안색이 하얗게 질려 그 자리에 굳어졌다. 상당수는 가공할 공포에 털썩 주저앉았다.

까아아아아!

광룡이 크게 울부짖으며 한 발짝 앞으로 걸었다. 그러자 무사들이 혼비백산하며 엎드렸다.

"…제발 살려주십시오."

"사, 살려주십시오……."

무사들은 앞을 다투어 무릎을 꿇고 빌었다. 이유강이 비록 혼자였으나 무사들은 이미 광룡의 기세에 질겁해서인지 대항하거나 도망갈 생각조차 못했다. 이유강은 냉소했다.

"닥쳐라! 무고한 사람들을 약탈하고 죽인 네놈들이 감히 살기를 바란단 말이냐?"

"그저 목숨만 살려주시면 무슨 일이든 하겠습니다요."

"광마황님, 제발 살려주십시오."

"크흑, 살려만 주신다면……."

모두들 울고불고 난리가 아니었다. 이유강은 버럭 소리쳤다.

"조용히 하지 않으면 당장 죽여 버리겠다!"

장내는 순간 조용해졌다. 이유강은 잠시 침묵하며 무사들을 노려봤다. 천여 명이 넘는 사람들이 숨소리조차 내지 못하며 두려움에 떨었다. 모두들 그저 살려달라는 애원이 가득 담긴 눈빛으로 이유강을 쳐다봤다.

광룡의 무식한 기세 못잖게 광마황(狂魔皇)이란 칭호 역시 제법 위압감을 준 것이 분명했다. 다소 우스꽝스럽긴 했지만 앞으로 해적들을 복속시키려면 그러한 공포감을 주는 칭호가 적당할 것 같았다. 대략 일각쯤 지났을 때 위정이 부하들과 함께 달려왔다.

"도망치던 놈들을 잡아왔습니다."

잡혀온 자들의 행색은 실로 비참했다. 두어 명은 팔이 떨어져 나갔고 또 두어 명은 한쪽 다리가 뜯겨 나간 상태였다. 청년 역시 전신이 피에 절어 있었고 모두들 반쯤 넋이 나간 것 같았다. 이유강이 고개를 끄덕였다.

"수고했다. 포구로 배가 한 척씩 들어올 것이다. 들어오는 즉시 모두 무장을 해제시키고 이곳으로 데려와라."

"존명!"

위정은 이유강 앞에 많은 무사들이 겁에 질려 엎드러진 것을 보고 왠지 가슴이 뿌듯해졌는지 겁에 질려 있던 아까와는 달리 이제는 뭔가 엄숙한 표정으로 '존명'을 외쳤다.

위정과 부하들이 포구를 향해 뛰어가자 이유강은 파혼수 십여 마리도 포구를 향해 가게 했다. 그리고는 맨 처음 환물 괴어들을 이용해 고립시킨 오십사 척의 선박들을 한 척씩 시간을 두고 포구로 들어오게 했다.

배에 있던 모든 무사들이 들어오는 데에는 대략 두 시진이 넘는 시간이 소요되었다. 그들은 이미 환물 괴어들에 의해 공포에 질려 있던 판에 포구에 있던 무시무시한 외용의 파혼수들을 보자 감히 대항할 생각도 못했다. 게다가 엄청난 크기의 괴물 광룡을 보고 나서는 안색이 하얗게 탈색되어 숨을 죽이고 엎드렸다. 이유강은 한쪽에 꿇어 앉아 있는 청년을 향해 말했다.

"네놈이 구사키로군."

"살려… 주십시오."

구사키는 비굴한 표정으로 애원했다. 이유강은 냉소했다.

"비겁한 놈, 부하들을 버리고 혼자 살겠다고 도망가다니, 네놈은 살 가치가 없다."

"크으……!"

그 말에 자존심이 상한 듯 구사키는 치욕스런 표정으로 이유강을 노려봤다. 이유강은 바닥에 떨어진 검을 주워 구사키에게 던졌다.

"받아라. 모든 실력을 펼쳐 나를 이긴다면 살려주겠다."

"…정말이냐?"

구사키는 그 말에 뭔가 희망을 얻은 듯 득의의 표정을 지었다. 이유강은 고개를 끄덕이며 도를 뽑았다. 그러자 구사키는 검을 들고 음침하게 웃었다.

"크큭, 어리석은 놈. 네놈이 사술이 아닌 검으로 감히 나를 꺾을 수 있을 것 같으냐?"

구사키는 단번에 이유강의 가슴을 베어버리려는 듯 몇 장의 공간을 격하고 검을 휘둘렀다.

'검기?

눈에 보이지는 않았지만 서너 개의 검기가 날아왔다. 제법 위력이 있었으나 단순한 직선적인 공격이라 이유강은 가볍게 그것을 피했다. 그것을 보고 구사키는 흠칫하며 당황하는 표정을 지었다. 그리고는 입술을 깨물더니 순식간에 몇 장의 거리를 단축시켰다.

차앙! 차앙!

연속으로 수십 번의 공격이 이어졌다. 제법 빠르고 위력이 있는 공격이었으나 이유강은 가볍게 그것들을 쳐냈다. 그러자 구사키는 일순 뒤로 물러나더니 품속에서 뭔가를 꺼내 이유강을 향해 던졌다.

퍼엉!

주변으로 회색 연기가 일어나 시야를 가렸다.

"죽어랏!"

구사키가 맹렬히 검을 휘두르며 공격을 해왔다. 이유강은 냉소했다.

"유치한 수작이군."

이유강의 상체가 기이한 각도로 꺾였다. 동시에 그의 도가 서너 번 회전하며 구사키의 검을 모조리 쳐내며 수평으로 빠르게 갈랐다.

"……!"

구사키의 눈이 하얗게 탈색되었다. 그는 믿을 수 없다는 표정으로 고개를 숙였다. 그의 머리가 몸통에서 서서히 분리되어 땅으로 떨어졌다.

털퍼덕!

머리가 사라진 몸체도 힘없이 바닥에 처박혔다. 이유강은 고개를 돌려 무사들을 쳐다봤다.

"누구라도 나와 대결하고 싶은 자는 나서라. 나를 이기는 자는 살려줄 뿐만 아니라 섬을 무사히 떠날 수 있도록 해주겠다."

"……."

모두들 숨소리마저 죽인 채 그와 눈을 마주치지 않으려 고개를 푹 숙였다. 섬에서 가장 강했던 도주가 무력하게 죽었는데 누가 감히 나서려 하겠는가. 괜히 나섰다 목이 잘려 죽느니 차라리 숨죽이고 잠자코 있으면 혹시라도 살길이 열릴지도 모르는 일이었다.

"정녕 아무도 나설 자가 없는가? 네놈들의 우두머리가 죽었는데 그에 대해 복수할 자가 아무도 없단 말이냐?"

"……."

아무도 나서는 자가 없었다. 이유강은 혀를 찼다.

"고작 이런 쓰레기 같은 오합지졸들만 모여 있단 말인가."

"말을 삼가시오!"

한 명의 장한이 벌떡 일어나 소리쳤다. 칠 척이 넘는 거구에 강한 눈매를 가진 사십대 중반의 무사였다. 그는 부리부리한 눈으로 이유강을 노려봤다.

"방금 뭐라 했나?"

"말을 삼가라 했소."

이유강과 눈이 마주치자 장한은 일순 낯빛이 창백해졌으나 애써 침착하게 대꾸했다.

"사람 같지 않은 도주 놈이 죽은 것을 슬퍼할 자는 이곳에 아무도 없소. 비록 인생이 꼬여 해적으로 전락했으나 우리는 결코 오합지졸이 아니오. 더 더욱 쓰레기도 아니오."

이유강은 웃었다.

"그래서 내게 도전하겠다는 것인가?"

“······그렇소.”

“좋다. 검을 들고 나와라.”

“이것으로 하겠소.”

장한은 한쪽에 널브러진 도를 집어 들었다.

“도를 사용하나?”

“그렇소.”

긴장하여 창백하던 장한의 안색은 비교적 담담해져 있었다. 그는 이미 죽음을 각오한 것 같았다.

“한 가지 부탁이 있소.”

장한은 도를 들어 자세를 잡기 전 진지한 표정으로 말했다. 지금 상황에서 감히 부탁이라니······. 무사들은 초조한 기색으로 이유강의 눈치를 보며 장한을 안타깝게 쳐다봤다. 이유강이 고개를 끄덕였다.

“말해라.”

“비록 나는 당신의 손에 죽을 것을 각오했지만 다른 자들은 살려주는 것이 어떻겠소?”

“네가 상관할 바가 아니다.”

“우리들은 어차피 강한 자가 나타나면 그에게 충성하오. 그것이 해적의 생리요. 섬의 도주가 당신에게 죽었고 우리 역시 당신에게 완전히 패배했소. 따라서 우리는 당신의 부하가 될 것인데 어찌 죽이려 하시오.”

“······.”

이유강은 묵묵히 장한의 말을 들었다. 장한이 말을 이었다.

“나면서부터 해적은 없소. 나도 그렇고 이곳에 있는 모든 자들도 다 기구한 사연이 있소. 그러나 그렇다고 해적이 된 것이 잘한 것이라는 말은 아니오. 다만 부디 손속에 사정을 두어 이들이 이렇게나마 입에 풀칠을 할 수 있도록 자비를 베풀어주셨으면 좋겠소.”

“이름을 알고 싶군.”

이유강이 불쑥 물었다. 장한이 대답했다.

“귀상이라 하오.”

이유강은 내공을 담아 장내의 모든 사람들이 들을 수 있도록 큰 소리로 외쳤다.

“나는 앞으로 바다에서 해적질을 하는 놈들을 완전 쓸어버릴 작정이다! 너희들이 내심 기대하는 흑골연합의 본진도 조만간 완전 박살 낼 것이다! 무고한 양민들의 피를 흘리고 빼앗은 재물로 연명하려는 놈들은 한 놈도 살려둘 생각이 없다!”

이유강의 음성은 점점 증폭되어 섬 전체에 쩌렁쩌렁 울려 퍼졌다. 모두들 감히 눈을 마주치지 못하고 벌벌 떨었다.

“따라서 내 네놈들을 먼저 본보기 삼아 깡그리 죽일 생각이었다만 귀상의 말을 듣고 생각이 바뀌었다! 나면서부터 해적은 없다는 말이 내 마음을 움직였다! 그렇다고 네놈들을 그냥 살려줄 생각은 전혀 없다! 내게는 이미 강한 부하들이 많이 있다. 네놈들이 과연 나의 부하가 될 만한 자격이 있는지 한 가지 시험을 하겠다!”

“……!”

귀상을 비롯하여 장내의 모든 무사들은 침을 꿀꺽 삼켰다. 잘하면 떼몰살을 면할 수 있는 한 가닥 희망이 생긴 것이다. 이유강은 말을 이었다.

“만일 네놈들이 이 시험을 통과하면 목숨을 살려줄 뿐만 아니라 그동안 해적질을 하며 얻은 오명을 벗게 해주겠다! 또한 나의 정예 부하로 삼아 향후 천하의 모든 해역을 누비며 어디서든 부끄럽지 않게 살도록 해줄 것이다! 그때는 더 이상 해적질을 하지 않아도 풍족하게 먹고 살 수 있다!"

"……!"

모두의 표정이 기이하게 변했다. 그러나 이유강은 차가운 음성으로 말을 이었다.

"그러나 누차 말하지만 나는 오합지졸 따위는 부하로 받을 생각이 없다! 네놈들이 오합지졸임이 판명되면 지금 즉시 깡그리 다 죽여 버리겠다!"

"시험이 무엇이오?"

귀상이 긴장된 기색으로 물었다.

"네놈들 중에서 나의 삼 초를 받을 수 있는 자가 열 명이 있다면 시험을 통과한 것으로 하겠다."

"……!"

그러자 모두의 표정에 절망이 어렸다. 스스로를 광마황이라 칭하며 가공할 능력의 엄청난 괴물들을 부리고 섬 최강의 무사였던 구사키 도주를 손쉽게 죽인 자의 삼 초를 어찌 받을 수 있겠는가.

"지원자는 단 이십 인만 받겠다! 또한 지원자 중 삼 초를 받아내지 못하는 자는 즉시 괴어들의 먹이로 던져 버릴 것이니 자신이 없다면 나서지 않는 것이 좋을 것이다! 지원자는 지금 즉시 나서라!"

그러나 무사들은 서로의 눈치를 보며 쉽게 나서지 못했다. 섣불리 나섰다가 삼 초를 받아내지 못하면 처참하게 죽게 되니 객기로 나설 일이 아니었다.

"지금부터 열을 셀 동안 한 명도 나오지 않는다면 모두 포기한 것으로 생각하겠다. 하나, 둘……!"

"그 지원자 중에 내가 포함되도 상관없소?"

이유강이 '다섯'을 외쳤을 때 귀상이 조급히 물었다. 이유강은 끄덕였다.

"물론이다."

"좋소. 시작하시오."

귀상은 자세를 취하며 말했다. 이유강은 순간 도를 위에서 아래로 강하게 내리그었다. 일약 수십 년의 내공을 담아 휘두른 것이라 적절히 방어하지 않으면 치명적인 내상을 입고 즉시 쓰러질 것이다.

차앙!

귀상은 도를 들어 급히 막았다. 약간 안색이 창백해진 채 몇 걸음 물러났으나 크게 내상을 입은 것 같지는 않았다. 이유강은 내심 미소를 지었다.

'제법이군.'

방금 전 일 초는 간단하게 상대의 내공을 시험해 본 것이었다. 이유강은 이어서 광마도법의 이백이십오 번째 초식을 펼쳤다.

'허억!'

귀상은 자신의 모든 방위를 차단하며 쇄도하는 일곱 개의 도영(刀影)을 보고는 소스라치게 놀랐다.

차앙! 차앙!

혼신의 힘을 다해 도를 휘둘러 세 개의 도영을 막아냈지만 나머지는 도저히 방법이 없었다. 귀상은 급히 신형을 비스듬히 비틀었다. 그러나 이미 왼쪽이 절반 이상 노출된 상황이었다. 죽지는 않을지 몰라도 왼팔과 옆구리에 치명상을 면치 못할 게 분명했다. 귀상은 그것을 각오하며 도를 휘둘렀다.

차앙! 차앙! 차앙!

가까스로 세 개의 도영을 쳐내고 마지막 하나가 왼쪽 어깨를 스쳐 지나갔다. 베인 부위가 화끈하며 피가 튀었다. 그러나 귀상은 두 번째 초식을 받아냈다는 기쁨에 자상의 아픔도 잊었다.

'…마지막 초식, 반드시 받아내야 한다.'

귀상은 정신을 바짝 차리고 마지막 공격에 대비했다. 그때 갑자기 주변에 시커먼 구름이 일어나 사방을 감쌌다. 동시에 수십 개의 도영이 그를 향해 쇄도했다. 귀상은 그것을 보고 아득한 절망에 빠졌다. 그것은 그로서는 무슨 수를 써도 피할 수 없는 불가해의 초식이었다.

'…끝인가.'

귀상은 순간 죽음을 떠올리며 자신이 알고 있는 최고의 초식을 혼신을 다해 펼쳤다. 어차피 죽겠지만 뭔가 저항이라도 하고 죽어야 속이 시원할 것 같았다.

차앙! 창차앙!

"……."

흑색 구름이 사라지고 귀상은 우두커니 서 있었다. 온몸의 기혈이 들끓고 입에서 피가 울컥 쏟아졌다. 머리가 어지러웠다.

'…어찌 된 일인가?'

죽음을 각오했건만 자신은 아직 살아 있었다. 앞의 사내가 부드럽게 말했다.

"삼 초를 받아내다니, 제법이군."

순간 주위에서 '와아' 하는 함성이 일었다. 귀상은 한쪽 손을 들어

함성에 답하고는 서서히 의식을 잃었다. 그때 누군가 일어나 힘차게 걸어나왔다.

"염호라 하오! 부족하나마 광마황님의 삼 초를 받아보겠소!"

어느덧 날이 저물고 있었다. 이유강은 도합 열아홉 번의 비무를 했는데 그중 열 명은 단 일 초에 피를 토하고 나가떨어졌다. 다행히 귀상, 염호를 비롯한 아홉 명의 무사가 이유강의 삼 초를 받아냈다. 삼 초를 받아내지 못한 자들은 위정의 부하들에 의해 어디론가 끌려갔다.

"이제 마지막 한 명 남았다. 기회는 단 한 번뿐이다."

장내로 긴장이 맴돌았다. 무사들은 초조하게 주위를 돌아봤다. 그들은 평소에 무공깨나 한다는 자들을 향해 간절한 시선을 보냈다. 그러나 그러한 시선을 받은 자들은 고개를 흔들고는 땅만 쳐다봤다. 자신이 실패하면 모두가 죽는 상황이라 누구도 섣불리 나설 수 없었다. 마지막 기회인만큼 그것이 주는 중압감이 매우 컸던 것이다. 그때 의외의 목소리가 들렸다.

"제가 마지막 한 명으로 삼 초를 받아도 될는지요?"

위정이었다. 이유강은 약간 인상을 찌푸리며 물었다.

"네가 굳이 나서려는 이유를 듣고 싶군."

"저 역시 해적 출신으로 광마황님의 부하가 되었습니다. 이들과 운명을 같이하고 싶습니다."

위정은 또박또박 침착하게 말했다. 이유강은 냉소했다.

"감히… 네놈이 내 성격을 안다면 내가 아무리 부하라 할지라도 사정을 봐주지 않을 것을 잘 알 텐데?"

"설령 죽더라도 제 뜻은 변함없습니다."

위정은 결연한 표정으로 말했다. 순간 장내의 모든 무사들이 감동의 눈빛으로 위정을 쳐다봤고, 심지어 눈시울을 붉히는 자들도 상당수 보였다. 이유강은 잠시 고민하는 듯하다 고개를 끄덕였다.

"허락하겠다. 하나 네놈은 삼 초가 아닌 오 초를 받아야 한다. 그렇게 하겠느냐?"

"…물론입니다."

위정은 흠칫했으나 담담히 대답했다. 사실 겉으로는 애써 태연한 척했으나 위정의 속은 썩어 들어갔다.

'크흑! 설마 이렇게 죽는 것인가.'

위정은 물론 해적 출신이다. 그러나 결코 자신과 생면부지인 흑골연합의 떨거지들을 위해 목숨을 버릴 생각은 추호도 없었다. 실로 미치지 않고서야 그럴 수는 없었다. 그러나 그는 조금 전 이유강의 협박 전음을 받았다.

"위정, 마지막은 네가 나서라."

"옛? 제가 어찌……?"

위정은 급히 전음으로 답하며 간절한 거부의 눈빛을 보냈다. 순간 살벌한 전음성이 들렸다.

"감히 거부하겠다는 것인가? 고개를 왼쪽으로 돌린 후 하늘을 쳐다봐라."

"허억! 하, 하겠습니다요."

시키는 대로 고개를 왼쪽으로 돌리고 하늘을 쳐다보니 광룡이 시뻘건 두 눈을 번뜩이며 그를 노려보고 있었다. 위정은 일순 심장이 내려앉는 것 같았다.

"무조건 하겠습니다요. 제발 저놈을……."

"어찌해야 할지 잘 생각해서 하길 바란다. 어설프게 행동했다간 용
서하지 않겠다."

"…알겠습니다요."

"와아아!"

"와아! 위정 대협 만세!"

위정이 다섯 번째 초식을 받아냈을 때 장내의 무사들은 모두 벌떡
일어나 환호했다. 살았다는 안도감에 눈물을 펑펑 흘리는 자들도 있었
다. 이유강은 소리쳤다.

"모두 조용하라!"

순간 주위는 쥐 죽은 듯 조용해졌다.

"약속대로 모두 살려줄 뿐만 아니라 선택의 기회도 주겠다. 네놈들
이 다시 해적이 되지 않겠다고 맹세한다면 굳이 나의 부하가 되지 않
아도 좋다. 나를 따르지 않겠다면 이곳에 더 이상 관여하지 않고 떠날
것이나 혹시라도 나중에 해적이 되어 나를 만난다면 그땐 결코 용서하
지 않겠다."

그러자 무사들은 지체없이 그 자리에 무릎을 꿇었다.

"부디 저희를 이끌어주십시오!"

"광마황님의 부하가 되겠습니다!"

"저희는 갈 곳이 없습니다! 제발 저희를 부하로 삼아주십시오!"

모두들 간절한 눈빛으로 소리쳤다. 이유강은 끄덕였다.

"좋다. 나 광마황은 더 이상 그대들을 오합지졸로 여기지 않겠다.
이곳에 모인 자들은 도합 열 개 대로 나뉠 것이며 각 대의 대주(隊主)는
오늘 나의 삼 초를 받아낸 자들이 될 것이다. 또한 비록 삼 초를 받아

내지는 못했으나 용기있게 나선 십 인은 대주 바로 밑 서열로 하겠다."
　삼 초를 받아내지 못해 끌려간 자들을 위정의 부하들이 데리고 왔다. 그러자 무사들은 크게 환호하며 함성을 질렀다.

구사키를 해치우고 섬을 완전 장악하는 데 환물 괴어 백여 마리가 파괴되었고 소요된 시간은 대략 여섯 시진이 안 되었다. 섬 전체를 이천 마리의 환물 괴어들이 포위하고 있기에 누구라도 해상을 통해 섬을 빠져나갈 수 없었고, 다른 곳으로 구조 요청을 하러 날아갔던 전서구들은 환물 비조들에 의해 모두 죽음을 당했다.

광룡과 환수들에 의해 죽거나 부상을 입은 섬의 무사들은 백여 명 정도였다. 수감시킨 구사키의 직속 호위 십여 명을 제외한 도합 이천 사백 명의 해적이 이유강의 부하가 되기로 충성을 맹세했다. 섬에는 이들 외에 노예가 이천여 명 있었고, 별도로 외딴 건물에 수백 명의 노예가 수감되어 있었다.

다음날 이유강은 직접 비무를 통해 선발한 열 명의 대주를 전원 소집했다. 이유강의 거처는 예전의 구사키가 쓰던 섬에서 가장 화려한 전각의 삼층이었다. 대주들은 소집령을 받자 부리나케 뛰어왔다. 그들은 회의실에 준비된 기다란 탁자 옆에 놓인 각각의 의자 앞에 서서 감히 앉지 못하고 서 있었다. 이유강은 회의실 문을 열고 들어가며 말했다.

"서 있지 말고 앉아라."

열 명의 대주는 그대로 서 있다가 이유강이 자리에 앉자 조심스럽게 의자에 앉았다. 이유강이 귀상을 향해 물었다.

"섬에 있는 노예들에 대해 말해라."

"현재 섬에는 이천 명의 노예가 있는데 그중 천오백 명은 배를 움직이는 선박 노예이고 나머지 오백 명은 섬에서 생활하며 잡일을 하고 있습니다. 또한 이와 별도로 별채에 감금된 사백여 명의 노예가 있습니다."

"그들은 왜 따로 감금했나?"

"조만간 이곳을 떠나 어디론가 팔려갈 자들입니다."

이유강은 안색을 딱딱하게 굳혔다.

"약탈, 착취, 인신매매까지. 과연 해적들이로군."

"……."

대주들은 감히 이유강과 시선을 마주치지 못하고 고개를 숙였다.

"더 이상 노예들을 착취하거나 괴롭히는 짓은 용서하지 않겠다. 조만간 노예들을 풀어줄 것이다. 이에 대한 것은 추후에 지시하겠다."

"존명!"

대주들은 두려움이 가득한 눈빛으로 복창했다. 위정이 조심스럽게 물었다.

"구사키가 죽고 섬이 점령당했으니 아무래도 흑골연합의 본진에서 쳐들어오지 않겠습니까?"

"그들은 아직 모르니 걱정 안 해도 된다."

본진을 향해 날아가던 전서구들을 모두 죽였다 하자 대주들은 놀라운 표정을 지었다. 귀상이 말했다.

"전서구들이 죽어 다행이지만 본진에서 날아오는 전서구들이 돌아오지 않으면 의심을 받을 게 분명합니다."

"오랫동안 속일 생각은 아니니 상관없다. 며칠 후 본진의 세력과 전면전을 벌일 것이다."

순간 대주들의 표정이 창백히 굳어졌다. 이유강은 대주들을 노려봤다.

"본진과 싸우려니 모두들 두려운가 보군."

"…아닙니다."

"솔직히 나는 흑골연합의 본진 따위는 지금이라도 당장 달려가 초토화시켜 버릴 수 있다. 그것은 사실 매우 간단하고도 쉬운 일이지. 그런데 내가 왜 이렇게 귀찮게 머리를 써가며 시간을 들이는 이유를 정말 모른단 말인가?"

이유강의 호통에 대주들은 시선을 아래로 깔았다. 귀상은 조심스레 이유강을 쳐다봤다.

"짐작컨대 광마황님께서 마음먹으시면 지금이라도 당장 본진을 깡그리 쓸어버릴 수 있겠지만 그렇게 되면 본진의 수많은 무사들도 죽게 될 것이니 그것을 막아보려 하시는 게 아닌지요."

이유강이 고개를 끄덕였다.

"그렇다. 귀상의 말대로 비록 죽어 마땅한 일을 한 해적들이지만 그래도 한 번의 기회를 주고 싶기 때문이다."

"오!"

대주들의 표정이 감동으로 물들었다. 이유강은 말했다.

"그러나 이번 일은 나 혼자서는 할 수 없다. 이번에는 그대들의 도움이 절실히 필요하니 내가 지시하는 대로 충실히 움직여야 할 것이다. 지금부터 이에 대한 훈련에 들어가겠다."

"존명!"

이유강은 작전의 세밀한 내용을 대주들에게 전파하고 사흘 동안 이에 대한 훈련을 지시했다. 대주들은 지시 사항을 들은 후 즉시 부하들을 소집해 훈련에 들어갔다.

이유강은 잠시 훈련 상황을 지켜보다가 섬을 돌아봤다. 요새로 둘러싸여 있는 섬은 수천 명이 능히 거할 수 있을 만큼 컸다. 섬 바깥쪽 절벽 아래 바다와 연결되어 있는 커다란 동혈이 위치하고 있었는데 그곳이 바로 수룡과 수귀들의 거처였다.

빠드득!

으득!

수백 마리의 환물 괴어와 파혼수들이 수북이 쌓인 뼈를 가루로 만들고 있었고 수귀들은 그것을 지켜보며 벌벌 떨고 있었다.

"크으……."

"으으……."

환물 괴어와의 전투에서 패배한 후 살아남은 수귀들은 불과 백여 마리 정도였다. 이유강은 내심 분노가 치밀었다.

‘인성이 마비되긴 했으나 이들도 사람이다. 감히 사람을 상대로 사악한 대법을 펼쳐 괴물을 만들어놓다니…….’

적이었을 때는 사정없이 공격해 죽였지만 이미 섬을 점령한 지금은 이 수귀들 역시 이유강의 부하였다. 지난번 죽인 수룡들의 뼈는 환물 괴어들을 통해 모두 이곳에 가져다 놓았고 살아남은 수룡들 역시 광룡을 시켜 모조리 죽였다.

빠드드득!

우지직!

한쪽에 시뻘겋게 발라낸 살에서 피가 흘러내렸고 고약한 비린내가 진동했다. 사실 살아 있는 수룡들을 굳이 죽일 생각까지는 없었으나 많은 노예들이 수룡들의 먹이로 전락했다는 말을 듣고는 화가 치밀어 즉시 죽여 버렸다. 섬에 있는 수룡은 도합 열 마리였고, 이것들이 환물 수룡으로 만들어지면 전투력과 속도에 있어서 이전의 수룡들을 능가하는 막강한 전력이 될 것이다. 문제는 수귀들이었다.

‘이들을 어찌해야 하나…….’

인성이 마비되어 괴물처럼 사느니 차라리 죽는 것이 나을지도 몰랐다. 이유강은 한쪽을 쳐다봤다. 환물들에 의해 가루 작업이 이루어지고 있는 장소 한가운데서 한 명의 청년이 안색이 하얗게 질려 벌벌 떨고 있었다. 이유강이 그를 향해 물었다.

“수귀들을 정상으로 돌아오게 하는 방법이 있나?”

“…어, 없습니다.”

청년의 안색이 절망으로 물들었다. 그는 아참의 제자인 차염이라는 자로 이 섬에서 수룡과 수귀들을 지휘하는 임무를 맡고 있었다.

“무슨 수를 써서라도 알아내라. 그렇지 못하면 네놈을 가장 처참하게 죽여 버리겠다."

"…그것은 불가능한 일입니다. 제발 살려주십시오."

차염은 눈물을 흘리며 애원했다.

"기한은 사흘 주겠다. 살고 싶으면 그 안에 내가 납득할 수 있는 무슨 방법이든 생각해 놔라. 그때 네놈과 이 수귀들을 죽일지 살려둘지 여부를 결정하겠다."

사흘 동안 이유강은 이곳에 틀어박혀 환물 수룡 세 마리를 만들었다. 차염은 파혼수를 시켜 동굴 깊숙한 곳에 가둬놓았다. 크기에 있어 광룡의 반에 육박하는 환물들이라 쉬지 않고 만들었지만 하루에 한 마리 이상 만들기가 힘들었다. 만들어진 환물 수룡들은 물속에서 놀라운 속도로 이동했다.

'나머지는 다음에 만들어야겠군.'

일단 세 마리 정도면 충분했다. 환물 수룡을 굳이 만든 이유는 본진에 있다는 수십 마리의 수룡을 견제하기 위함이었다. 물속에서 광룡은 수룡의 속도에 따르지 못하기에 부득불 수룡들의 속도를 능가하는 환물 수룡들이 필요했다. 불과 세 마리뿐이지만 환물로 만들어진 이상 수룡을 충분히 상대할 수 있을 것이다.

"사흘의 기한을 주었다. 방법을 찾았나?"

"…저로서는 불가능한 일입니다."

차염은 체념한 듯 대답했다. 이유강은 도를 빼 들었다.

"일단 네놈부터 죽이고 저기 있는 수귀들도 몽땅 죽여 버리겠다. 인성을 잃고 괴물로 사느니 차라리 죽는 것을 저들도 원할 것이다."

“…사, 살려주십시오. 저는 그저 사부님이 시키는 대로 했을 뿐입니다.”

차염은 전신을 떨었다.

“닥쳐라! 제아무리 사부의 명이라 할지라도 이런 천인공노할 짓을 한 이상 결코 용서받을 수 없다.”

“…어쩔 수 없었습니다. 그의 명을 따르지 않아 죽어간 사람들이 수도 없습니다. 지금도 제 몸속에는 고독(蠱毒)이 펼쳐져 있어 언제든 그가 원하면 전신의 혈맥이 터져 비참하게 죽을 것입니다.”

“고독이라 했나?”

차염은 힘없이 고개를 끄덕였다. 이유강은 안색을 딱딱하게 굳혔다. 사람의 몸속에 고(蠱)라는 독충을 집어넣은 후 상대방을 조종한다는 악랄한 수법을 남도 아닌 제자에게 펼치다니…….

“실로 악독하군.”

이유강은 문득 흑의인이 생각났다. 자신 역시 억지로 끌려가 환물 괴물들을 만들지 않았던가.

“그렇다면 이것을 발설했으니 자네는 곧 죽게 되겠군. 고독은 사람의 마음까지 통제한다고 했으니 곧 고독이 발작할 것이 아닌가.”

그러자 차염은 힘없이 웃었다.

“…방금 말씀하신 것은 심고(心蠱)입니다. 심고는 언젠가 마교의 고루마존에게 모두 빼앗겨 지금은 없다 들었습니다. 제가 당한 것은 육고(肉蠱)로 사람의 마음까지 통제하지는 못합니다. 물론 거리와는 관계없이 고독을 발작시킬 수는 있지요.”

“불행 중 다행이군.”

“마음을 읽힐 수야 없지만 제가 도망가거나 명을 위반하면 그가 고

독을 발작시켜 저를 죽일 것입니다.”

“고를 없앨 수는 없나?”

“백 년 이상의 내공을 가진 고수가 내력을 이용해 태워 죽이면 육고를 없앨 수 있다 했습니다.”

이유강은 미소했다.

“그렇다면 내겐 매우 쉬운 일이로군.”

“정녕 백 년 이상의 내공을 갖고 계신단 말입니까?”

차염의 목소리가 떨렸다. 이유강은 고개를 끄덕였다.

“물론이다.”

“죽어 마땅한 몸이나 부탁이 있습니다.”

“말해 보라.”

“그의 꼭두각시가 되어 천인공노할 만행을 저지른 저는 기실 진작 스스로 목숨을 끊어야 마땅하나 반드시 살아야 할 이유가 있어 이렇게 살아왔습니다. 지금 제 몸속에 있는 고를 없애주신다면 앞으로 광마황님의 충복이 되겠습니다. 비록 무공은 약하나 독에는 자신이 있으니 작으나마 도움이 될 것입니다. 염치없는 부탁이지만 부디 제게 갱생의 기회를 주십시오.”

차염은 눈물을 흘리며 말했다.

“독에 대해 어느 정도 알고 있나?”

“솔직히 말씀드리겠습니다. 기실 광마황님께 서른여덟 번에 걸쳐 은밀히 독을 뿌렸습니다. 독에 있어서 사부님을 제외하고 사형제들 중에도 저를 능가하는 자는 없을 만큼 나름대로 자부심을 가졌습니다만 광마황님께는 통하지 않았습니다. 제 짐작이 틀리지 않다면 광마황님께서는 이미 만독불침을 이루신 것이 분명합니다.”

"감히 내게 독을 펼쳐 나를 죽이려 했단 말이냐?"

은밀히 공기를 타고 미세한 독 가루를 날린 것이라 이유강도 눈치챌 수 없었다.

"…죽을죄를 지었습니다."

"나는 은밀하게 독이나 뿌려대는 네놈을 충복으로 삼을 생각이 결단코 없다. 사흘의 기한을 주었으나 임무를 완성하지 못했으니 약속대로 네놈을 죽이겠다."

이유강은 도를 차염의 목에 가져다 댔다. 차염은 사색이 된 표정으로 말했다.

"잠깐 기다려 주십시오. 어쩌면 그라면 가능할지도 모르겠습니다."

"그라면 네놈의 사부인 아참을 말하는 것인가?"

"그렇습니다."

이유강은 차염의 몸에서 도를 거뒀다.

"좋다. 네놈을 살려주고 체내의 육고도 없애주겠다."

"…감사합니다. 이제부터 미천하나마 광마황님을 위해 목숨을 바치겠습니다."

차염은 안도의 한숨을 내쉬며 부복했다. 이유강은 고개를 끄덕였다.

"고를 없애는 방법을 구체적으로 설명해 봐라."

"예."

차염의 설명을 들은 후 이유강은 즉시 내력을 끌어올려 차염의 체내에 살고 있던 육고 일곱 마리를 한 번에 태워 죽였다. 그러자 차염은 눈물을 주루룩 흘리며 다시 부복했다.

"…이 은혜, 정녕 잊지 않겠습니다."

이유강은 끄덕이고는 물었다.

"혹시 독공에 대해 아는 것이 있나?"

"…독공이라면 몇 가지 알고 있습니다. 원하시면 알려 드리겠습니다만 독공은 체내에 오랜 기간 독액을 흡수하여 독정이 형성되지 않으면 시전이 불가능합니다."

차염은 자신이 알고 있는 독공의 구결을 주저없이 말해 주었다. 도합 네 종류의 독공이었는데 예상외로 그 시전 방법이 복잡했다. 이유강은 그중 가장 간단한 적독심공(積毒心功)이라는 독공의 구결을 파악한 후 운용해 보았다.

"허억!"

차염이 대경하여 뒷걸음질쳤다. 이유강은 잠시 멍한 표정으로 앞을 쳐다봤다. 파혼수 한 마리가 녹고 있었다. 순식간에 녹아 먼지가 되어 사라져 버렸다.

'흙과 뼛가루로 만든 환물이 녹다니 실로 가공할 독이구나.'

환물들은 피와 살로 이루어진 인간이 아니기에 원천적으로 독에 아무런 타격을 입지 않는다. 그러한 환물, 그것도 보통 환물에 비해 전투력이 월등한 파혼수가 녹아버린 것이다.

이유강은 사실 하단전의 위쪽에 뭉쳐 있는 기이한 기운이 혹시 독정이 아닐까 생각했는데 그것이 사실로 드러나자 상당히 놀랐다. 내심 찜찜한 생각도 들었다

'대체 얼마나 지독한 독이 내 몸 안에 들어 있단 말인가.'

독룡의 피를 마시고 독지에 빠져 독액을 흡수했던 것으로 만독불침뿐만 아니라 독정까지 형성된 것 같았다.

'내가 이 정도이니 조만간 비혼이 완성되면 실로 가공한 독공을 펼

칠 수 있겠군.'

　차염은 한쪽에서 새파랗게 질린 채 여전히 입을 다물지 못하고 있었
다.

흑골연합의 본진. 사십대 후반의 사내를 향해 한 명의 무사가 서신을 들고 급히 뛰어왔다.

"대제님, 광마황이라는 자가 소맹주께서 도주로 계시는 응사도에 선전 포고를 했다고 합니다."

"광마황? 처음 듣는 놈인데?"

"이상한 괴물들을 데리고 다니는 자라 쉽지 않을 것 같다며 구사키 소맹주께서 급히 지원군을 보내달라는 서신을 보내왔습니다. 광마황이라는 자가 말하기를 응사도를 먼저 쓸어버린 후 이곳으로 온다 했다 합니다."

사내는 서신을 받아 읽더니 미간을 좁혔다.

"하토!"

"옛!"

허공에서 한 명의 무사가 떨어져 내리며 부복했다.

"백 척의 전함을 내줄 테니 구사키를 도와 그 광마황이라는 놈의 목을 가져와라."

"존명!"

하토가 사라진 후 사내는 서신을 가져온 무사를 향해 물었다.

"네놈 손에 있는 그 인형은 무엇이냐?"

"…서신에 같이 동봉되어 온 것인데 저도 무엇인지는 알 수 없습니다. 소맹주께서 대제께 보낸 선물이 아닐는지요."

사내는 인형을 받아 들어 이리저리 살폈다.

"이따위 인형을 선물이라고 보내다니……. 어라?"

사내는 말하다 말고 깜짝 놀랐다. 인형의 크기는 손바닥만했고 흙으로 만들어진 듯 한 작은 도를 든 무사의 형상이었다. 사내가 놀란 것은 인형이 움직였기 때문이다. 옆에서 그것을 본 무사가 말했다.

"소맹주님께서 보잘것없는 물건을 보내실 리가 없습니다. 아무래도 무림의 기보가 아닌가 합니다."

"기보라……."

사내는 신기한 듯 인형을 쳐다보다가 바닥에 내려놓았다. 그러자 인형이 도를 기이하게 움직이며 휘두르는 것이었다. 사내의 눈이 충격에 휩싸였다.

"단순한 움직임이 아니다."

연속해서 전개되는 인형의 움직임은 일도필살(一刀必殺)의 가공할 도법이 분명했다. 인형은 연속해서 수십 개의 초식을 펼치더니 멈추었다. 사내는 상기된 표정으로 인형을 집어 들었다.

"헛헛, 녀석이 대단한 물건을 건졌구나."

절세 무공이 숨겨져 있는 상고의 기물임이 분명한 것 같았다. 사내
는 인형을 품속에 집어넣었다.

"하토라는 자를 아는가?"

이유강이 묻자 귀상의 안색이 굳어졌다.

"혹시 흑골대제의 오영(五影) 중 한 명인 하토를 말씀하시는 것입니
까?"

"오영이 무엇인가?"

"오영이란 흑골대제를 호위하는 다섯 명의 무사들로 그들은 마치 그
림자와 같이 그의 곁을 떠나지 않는다고 들었습니다. 개개인의 무공이
흑골대제에 버금간다 했습니다. 구사키 도주와는 그 차원을 달리하는
공포의 고수들입니다."

귀상의 음성이 약간 떨렸다. 이유강은 고개를 끄덕였다.

"지금 그자가 백 척의 전함을 이끌고 이곳으로 오고 있다. 모두 만
반의 태세를 갖추고 준비하도록."

"존명!"

귀상 등은 바싹 긴장하며 포권했다. 그들이 나간 후 이유강은 차염
에게 물었다.

"하토라는 자가 그렇게 강한가?"

"광마황님께 비할 수야 없겠지만 검에 있어서 흑골대제 못잖은 실
력을 가지고 있으며 고도의 인술(忍術)을 수련한 자라 상대하기가 수
월치 않을 것입니다. 승부 근성이 강해 한 번 불이 붙으면 설사 흑골대
제와의 비무에서도 양보하지 않을 만큼 철저히 승부에 임하는 자입니
다."

"특이한 자로군."

"갑자기 배가 움직이지 않습니다."
"그게 무슨 소리냐?"
본진을 떠난 지 이틀이 지나 응사도에 거의 다다랐을 무렵이었다. 흑골투선 구십 척과 흑골대함 열 척, 도합 백여 척의 선박이 갑자기 뭔가에 묶인 듯 꼼짝도 하지 않았다.
"무슨 일인지 알아보도록."
"존명!"
푸른색의 복면으로 얼굴을 가린 사내는 허리에 두 자루의 크고 작은 검을 차고 있었다. 그의 뒤에는 역시 푸른색 복면을 한 십팔 인의 무사가 도열에 있었다. 그들 중 삼 인이 바다로 뛰어들었다.
"크악!"
"으윽!"
단말마의 비명과 함께 그들이 뛰어든 자리로 붉은 피가 떠올랐다. 뛰어들었던 세 명의 무사가 다시 배로 뛰어오르며 몸을 떨었다. 셋 다 전신에 상처를 입고 있었고 한 명은 한쪽 팔이 뭔가에 처참하게 으깨진 채로 피를 흘렸다.
"하토님! 괴, 괴물들입니다!"
"괴물?"
"엄청난 숫자입니다."
사내, 즉 하토의 복면이 펄럭였다.
"고작 괴물 따위에 인술을 수련한 너희들이 이토록 당했단 말이냐?"

“검이 통하지 않습니다.”

“내가 직접 확인해 보겠다.”

하토는 검을 빼 들고 바다로 뛰어들려 했다. 그때 갑자기 배가 빠르게 움직이기 시작했다.

‘어찌 이 배만 움직인단 말인가?’

구십구 척의 전함이 눈앞에서 아득히 멀어지고 있었다. 돛과 노가 무용지물이었고 항해사가 아무리 키를 돌려도 방향 전환조차 되지 않았다. 배는 무서운 속도로 어딘가를 향해 움직였다.

‘저곳은?’

배가 질주하는 곳은 다름 아닌 응사도였다. 포구에는 도처에 무장한 무사들이 서 있었고 사방에 수십 척의 선박이 포문이 일제히 이 배를 향하고 있었다.

‘뭔가 잘못되었다. 설마 그 광마황이라는 자가 이곳을 벌써 장악했단 말인가?’

어이없이 싸워보지도 못하고 붙잡히게 된 것이다.

‘세상에 저런 괴물이 존재하다니……’

하토는 포구의 멀찍이서 자신을 노려보고 있는 거대한 괴물을 쳐다보고는 복면무사들을 향해 외쳤다.

“어차피 딴 놈들은 있으나마나다! 저기 저 괴물만 처치하면 된다!”

“존명!”

순간 검은색 연기가 배를 뒤덮었고 하토와 십팔 인의 무사들 신형이 그 자리에서 사라졌다. 동시에 포구를 지키고 섰던 무사들이 쓰러지기 시작했다.

“크악!”

"크아악!"

순식간에 백여 명의 무사가 쓰러졌다. 무공의 차이가 월등한지라 애초부터 상대가 되지 않았고, 기이한 신법으로 인해 모습조차 보이지 않는 인자들을 막을 수는 없었던 것이다.

"모두 비켜서라!"

이유강이 크게 외치자 무사들이 흩어졌다. 복면인들은 어느새 광룡의 앞까지 당도해 있었다. 그들은 광룡의 머리 위에 서 있는 이유강을 보고는 긴장한 듯 섣불리 움직이지 않았다. 이유강은 고개를 돌려 쓰러진 무사들을 쳐다보았다. 쓰러진 자들은 한 명도 남김없이 급소를 맞아 절명해 있었다. 이유강은 선두의 복면인을 향해 소리쳤다.

"네놈이 하토란 놈이냐?"

"그렇다."

하토는 짧게 말하고는 복면인들을 향해 말했다.

"저놈이 광마황이라는 놈인 것 같다! 십호까지는 괴물을, 십일호부터는 나와 함께 광마황이란 놈을 죽인다!"

"존명!"

인자들의 신형이 흩어지듯 사라졌다.

"……!"

이유강은 도를 빼 들었다. 아홉 명의 복면인이 이미 구궁을 점하고 공격해 들어오고 있었다.

차앙! 차앙!

미처 자세를 잡을 틈도 없었다.

'순식간에 지척까지 다가오다니 대단한 놈들이군.'

이유강은 침착하게 연환 공세를 막다가 일순 도를 휘둘렀다. 그러자 도가 마치 쪼개지듯 수십 갈래로 회전하며 퍼져 나갔다.

"크윽!"

"컥!"

한 명을 제외한 여덟 명의 복면인 모두 가슴이 깊게 베어진 채 절명했다. 유일하게 살아남은 자는 하토였다. 그는 복면이 떨어져 나간 채 믿을 수 없다는 듯 안색이 굳어 있었다. 복면이 떨어져 나가 드러난 얼굴은 사십대 초반의 날카로운 눈매의 사내였다. 이유강은 냉소했다.

"그것을 피하다니, 과연 제법이로군."

"네놈은 대체 누구냐?"

하토는 허리에 있는 작은 검을 마저 빼 들며 이유강을 죽일 듯 노려봤다. 광룡을 공격하려 했던 열 명의 인자가 동료들의 죽음을 목격하고는 하토의 옆으로 달려왔다.

〈제2권 끝〉